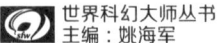世界科幻大师丛书
主编：姚海军

ほ　た　る　め

萤女

[日] 藤崎慎吾 著　张真 译

四川科学技术出版社

HOTARUME

Copyright © 2004 Shingo Fujisaki

This book is published by arrangement with Hayakawa Publishing

Simplified Chinese edition copyright：2017 SCIENCE FICTION WORLD

All rights reserved.

图书在版编目（CIP）数据

萤女 / [日]藤崎慎吾 著；张 真 译 .
-成都：四川科学技术出版社，2017 . 7
（世界科幻大师丛书）
ISBN 978-7-5364-8679-9

Ⅰ . ①萤… Ⅱ . ①藤… ②张… Ⅲ . ①长篇小说 – 日本 – 现代
Ⅳ . ①I313.45

中国版本图书馆 CIP 数据核字（2017）第 130985 号
图进字 21-2015-127 号

世界科幻大师丛书

萤 女

出 品 人	钱丹凝
丛书主编	姚海军
著 者	[日]藤崎慎吾
译 者	张 真
责任编辑	宋 齐 姚海军
特邀编辑	李闻怡
封面绘画	Crow-Lucian
封面设计	施 洋
版面设计	施 洋
责任出版	欧晓春
出 版	四川科学技术出版社
	四川省成都市槐树街 2 号出版大厦 邮政编码：610031
开 本	140mm×203mm
印 张	10.5
字 数	230 千
插 页	2
印 刷	四川省南方印务有限公司
版 次	2017 年 10 月成都第一版
印 次	2017 年 10 月成都第一次印刷
定 价	24.00 元

ISBN 978-7-5364-8679-9

中文版序言

　　这部小说是我的第二部长篇。写得好不好姑且不论，这是我最喜欢的作品之一。而它代替处女作《水晶沉默》，成了我第一部被介绍到中国的作品，这多少让我感到有些意外。不过，如果你喜欢美籍华裔作家刘宇昆的作品的话，或许也会喜欢《萤女》吧。

　　在日本，很多科幻相关工作者把我看作所谓的"硬科幻作家"。要说我恰恰相反倒也不至于，不过熟知我的读者应该都清楚，在我的作品中的确有着与"硬科幻"相对立的特质。从作品中一眼便能看出我非常热爱与科学互不两立的神秘世界。这主要是受到日本自古以来"万物有灵论"的影响。

　　我在大学里面读的是系统工程学，研究生念的是海洋生态学，工作上也完完全全在和科学打着交道。尽管如此，每当我一个人走进大森林，总感觉到处都存在着眼睛看不见的东西。这

I

没有任何道理可言,完全是一种感觉。

在《水晶沉默》中这种特质并不突出。或许,正是这个原因,让它被更多的人所接受,而我也因此被贴上"硬科幻作家"的标签。此外,它还受到美国编辑的青睐,英译本得以出版。

不过到了第二部作品,我笔锋一转,将我的本性——信奉"万物有灵论"——在作品中展现了出来。于是,我似乎让一部分人失望了。尽管在日本,人们并不怎么了解科学,可一旦在科学类型的文学作品中嗅到一丝神秘气息,对此产生抗拒反应的似乎就大有人在了。

而我并不打算去描绘一个"剑与魔法的世界"。在写《萤女》以及可被称为其姐妹篇的《南与那国岛》的时候,我一直试图寻求关于科学与万物有灵论的融合——这么说或许夸张了点儿,那么就是寻找这两者之间的共同点吧。这一点得到了一部分人的积极支持,也遭到了一部分人的反对。让人觉得有意思的是,在支持者当中,科学家不在少数。

那么,中国的情形如何呢?目前,我对此表示很乐观。

本序言开头提到了刘宇昆,在读了他的名作《手中纸,心中爱》(The Paper Menagerie)和《狩猎愉快》(Good Hunting)之后,中国的读者朋友们心中是否也感性地认为万物有灵呢?另一方面,他也在创作硬科幻小说。在他的头脑中,科学与神秘世界似乎是毫无违和感地共存着的。在我看来,这样的精神世界才是一个健康的精神世界。

那么,我再来说说关于《萤女》创作时的一些回忆吧。

作品中用到的几点构思，其实是早在创作《水晶沉默》之前就开始考虑了的。还有，小说结尾之前的场景，其实就是将我二十几岁时想要描写的情形直接搬出来而已。

而这部作品中最重要的构思，还要得益于当初采访早稻田大学理工学院的三轮敬之老师时所得到的灵感。

当时，我身为一名科学杂志的编辑，想试试自己作为一名科学相关的写作者在国外是否也能行得通。于是，我抱着试一试的心态写了一篇关于三轮敬之老师的研究内容的英文报道，结果报道被英国的科学杂志《新科学家》(New Scientist)采用了。不过，到底是老字号的科学杂志，我所写的报道被要求修改了很多次，老师也被我连累到忙得不亦乐乎。当时的情形历历在目，宛如就发生在昨天。想到这里，真的是给老师添了不少麻烦，同时也衷心感谢老师给我的各种帮助。

而为了给故事的发生寻找一个最合适的舞台，我每天在埼玉县一个被称作"奥武藏"的山丘地带徘徊。那样的日子如今依旧让我怀念不已。当时我经常走到筋疲力尽，有一回脚上还磨出了水泡。

幸好后来我了解到在东京这个大都市的附近，也有一片保留完好的森林。通过在创作这部作品时所进行的调查，我再次深刻地认识到一方土地，其文化与自然是密不可分的，也是相互影响的。

如同我当初在《萤女》中所描绘的一样，西欧的科学家也开始发表关于植物间的交流及感受性等相关研究成果。在我看来，这些研究成果虽说是追随三轮老师的脚步，但也展现了科学界的一丝新气象。

　　或许,重新定义"万物有灵论"的日子离我们已经不远了。是否真会如此我也不得而知。人类的世界,我似乎还不是很了解。

　　在以破竹之势即将成为世界第一大国的中国,读者朋友们在读了我的作品之后会有何感想呢?我十分好奇。不论是何种形式,我衷心地希望可以收到你们的反馈。

　　　　　　　　　　　　　二零一七年六月　藤崎慎吾

目录
CONTENTS

睹物思情,池边流萤飞舞,当是我,离恨愁魂。

和泉式部①

---

① 和泉式部(987～1048),日本平安时期的女诗人。

第一章 森 林

1

起初,池泽亮以为是虫子在鸣叫。不过话说回来,这声音好像有些过于刺耳了,而且现在也不是虫鸣的季节。他把自己的帆布包放在已经有些腐坏的木头长椅上,用蒙眬的眼神向四周打望。

栎树、枹树还有枫树稀疏地伫立在这块类似足球场的空地四周,空地里面似乎也没有其他会动的东西。空气湿乎乎的,透过枝繁叶茂的树枝缝隙,池泽看见灰色的云朵低沉得仿佛要落雨一般。

这个季节往往都会给人这种感觉。

走在林间的小路上,池泽在心里这样嘀咕了好几次,试图打消自己的疑虑。但那种异样的感觉却总也挥之不去。越是嘀咕,越是强烈。总之,今天的森林和平时有些不一样。隐隐约约地总感觉有什么人在远远地窥探……

还有一点,就是先前那个声音。

也许是自己身体状况不太好的缘故吧。或许有些耳鸣?池泽将自己的头转了几下,发现脸朝向不同的地方,声音的大小是不一样的。这么说来也不像是耳鸣。

池泽挠了几下乱糟糟的头发,随即又摸了摸自己的脸。干燥的皮肤在掌心留下了切切实实的触感。他轻轻叹了口气,朝着声音传来的方向走过去。卷曲的茶色落叶被踏碎之后,如同散落在黑色地面上的尸体。

在蜿蜒曲折的林间小道上彷徨了一阵之后,池泽渐渐锁定了目标方向。一栋废弃的小屋歪歪斜斜地立在十米开外的地方。声音似乎就是从那里面传出来的,听上去像是咳嗽声一般断断续续的电话铃声……不,应该就是电话铃声,没错!

在荒无人烟的森林中,微弱的电话铃声不遗余力地一遍又一遍地响着。对于已经完全习惯了电子铃声的人来说,这铃声听上去真是太古老了。除了古老之外,这铃声听上去还有些疲惫。

池泽走到弃屋门口朝里面张望。屋里弥漫着一股灰尘味儿。就着从脏兮兮的窗户透出来的淡淡灯光,可以看见已经坏掉的架子和柜台在黑暗中若隐若现。架子上散落着压瘪的锅和饭盒。柜台后面的墙壁上面贴着破破烂烂的纸,已经变色的纸面上依稀可以辨识出"帐篷租赁,每顶1500日元/晚""柴,300日元/捆"这些字样。

那个粉红色的电话座机就摆放在柜台的一角,上面积满了灰尘,看上去跟一台灰色的电话似的。铃声持续响着,如同咳嗽一般。

弃屋的入口处结着一张悦目金蛛的大网。池泽佝偻着腰,从蛛网下面钻了过去,进入了弃屋。一股霉味儿扑面而来,令人忍不住作呕。

细得看不见的蛛网缠在池泽的脸上和脖子上,令他感到十分不爽。旁边的电话继续执拗地响着。

跨过地上散落的木板、空瓶子和空罐子,池泽来到电话前。他偷偷向听筒伸了伸手,突然又缩了回来,朝周围毫无意义地看了看,随即又将手向听筒伸了过去,用食指、中指和大拇指一把抓住听筒,拿了起来。

电话铃声消失了。

"喂?"池泽拿起电话问了一句,尽量不让自己的耳朵和嘴碰到听筒。

无人应答。微弱的噪声振动着他的耳膜。池泽有些踌躇地将听筒往耳边贴了贴。

仿佛是从很远的地方传来了树叶沙沙的声音,又像是海浪的声音——该不会是白噪声吧。伴随着这样的背景声,让人愈发觉得仿佛有人就站在电话座机的对面。

"喂?"池泽又问了一遍。

电话那头依旧是一片死寂。总觉得背后似乎有人盯着看,池泽回了回头。然而,后面除了安在已经有些发黑的墙壁上的架子之外,什么都没有。随后他又感觉脖子上似乎停着谁的目光,于是朝另一个方向望过去。但依旧什么人也没有。除了柜台后面浅浅透出的暗淡和朦胧之外,什么都没有。

"喂——喂——"似乎是为了摆脱这种奇怪的感觉,池泽提高了嗓门。然而,弃屋里面有什么人在的感觉却愈发强烈起来。

有声音。从电话那端传来一阵轻微的动静,似乎是要将树叶的沙沙声平息。好像有人要讲话了,似乎是小孩或者女人。

弃屋里面肯定有人。而且,这不是池泽捕风捉影,他几乎已经可以断定。可是,不管他怎样四处张望,就是捕捉不到这个人的身影。池泽的额头和脸颊已经渗出汗来,有些濡湿了。

池泽从柜台的对面向天花板打量时,突然将目光收回,投向窗边。有人在那里窥探!窗户脏得就跟毛玻璃一样,上面到处都是裂纹,有一部分玻璃已经没有了……顺着窗户方向,池泽感到有几十双——不,至少上百双的眼睛在朝弃屋里面窥探……

电话听筒的另一端,似乎又传来细碎的声响。

池泽再也无法忍受了,他将听筒一把扣在座机上面,将散落在地面的废弃物品踢开,向出口奔去。悦目金蛛的蛛网也顾不上躲避了,池泽连滚带爬地跑了出来。他一把将脸和头上的蛛网拭去,拔腿向来时的林间小道奔去。

池泽几乎快要跑断气了,等他回过神来的时候,他已经跑到放帆布包的木头长椅那里了。池泽斜靠在长椅边的枹树上,向刚刚跑来的方向望去。尽管树影婆娑,但从这里还是能够依稀看见弃屋的入口。周围依旧是一个人影也没有。电话铃声也没有了,森林又恢复了往日的宁静。

池泽盯着弃屋的入口眺望了好一会儿,直到确认没有人从那里面出来之后,他才将帆布包从长椅上抓起来,快步返回林间小道,开始朝山下走去。

这家小型的民营露营地由于游客稀少,三年前就已经关门了。与其说是关门,倒不如说是处于一种被人遗弃的状态。长椅、桌子、卫生间、清洗区,还有兼作小卖部的管理员办公室等,都没有撤走,就那样留在原地。

那台粉红色电话所在的屋子,过去应该就是类似管理员办公室的地方,久而久之成了如今的弃屋。当然,水、电之类的早就停了,按理说电话也应该不能使用了。

这家露营地位于首都圈郊外的丘陵地带。从东京市中心出发，乘电车再换乘汽车然后徒步，大概一共要花三四个小时。距离虽说不远，但对于已经习惯了利用新干线、飞机和高速公路出行的现代人而言，这个地方反倒不是很方便，所以没有多少人知道。但恰好因为这一点，周围才保留了不少自然风景十分优美的好地方。

大概从两年前开始，池泽每个月会有一两个周末在那个营地度过。周六一早出发，大概中午左右到达。在营地里将帐篷支开，然后随意地在熊之田洼和或者武持山周围的森林里面逛逛，拍拍照片。晚上，再用笔记本电脑将数码相机拍的照片悉数上传到《IT 杂志》主页上自己负责的栏目里面。然后在营地住一宿，周日一早下山，打道回府。每次都是这样的模式。

池泽原本就是营地附近的"石那村中乡"的人，那片森林也是他打小就熟悉的地方。从村里出来后，他去了东京山手的高中读书，然后考上东京市内的大学，毕业后去了一家位于市中心附近的跟计算机有关的出版社。就这样他与故乡渐渐疏远，但人到中年之后，寻根的心情变得越来越强烈，于是才会选择在周末去森林周边消磨时光。

这一带是丘陵地带，海拔最高也不过一千二百米左右，最好的季节是春秋两季。醋栗花羞答答地绽放，熊之田洼一带的山毛榉被一层水灵灵的新绿包裹，知更鸟和蓝歌鸲的歌声婉转悠扬地萦绕在树梢之间，这样的时节，池泽几乎每周末都会在森林里度过。然而一旦过了五月中旬，气候变得有些闷热，人也就懒得动了。当然，夏天也有夏天的好处。如果只在气候宜人的好时节才去森林的话，确实有些对不住森林。就是因为考虑到这一点，池泽才在六月上旬造访了已经阔别三周的营地。

他万万没有想到的是,在那里迎接他的竟然是诡异的电话铃声。不过,有可能是自己身体不太舒服、状态不好的缘故,顺着林间小道下山的池泽这样宽慰自己。最近一段时间由于截稿日期逼近,他有些睡眠不足。此外,他每天都在喝酒,三个星期下来,身体也变得迟钝了。这个地方今天还是先撤为妙。

池泽一边往山下走,一边不断地回头向后面打望,直到进入中乡的村庄里面。有什么人的视线一直紧紧地贴在他的脖子上,这感觉始终挥之不去。

2

　　第二个周末，池泽果然又去了那个营地。上周到了之后立刻就回去了，但那个电话着实令他有些在意。快要进入梅雨季节了，太阳时不时地会钻进云层隐身不见踪影。池泽刚到中乡的时候，整个天空是一望无垠的浅蓝色。

　　这次在去营地之前，池泽先去了趟位于林间小道入口处的一家民宿。民宿主人名叫剪场修造，民宿是其父辈传给他的，池泽在小时候就和他很熟了。池泽没有兄弟姐妹，年长四岁的剪场对他而言就像哥哥一样。池泽去了东京以后，跟剪场疏远了很长一段时间，但最近两年，二人的感情又重新热络起来。有时候池泽也作为住店的客人在这里留宿。

　　大概由于是淡季的缘故，看起来有些闲适的剪场，此刻正在宽阔的庭院的角落里劈柴。在这家民宿，如果客人提出要求的话，可以旁边烧着柴火泡澡。也不知道是不是有所谓的远红外线的效果，但的确相当温暖。在这一带，把泉水烧热后泡澡也叫作"温泉"。不过相比之下，这种旁边烧着柴火泡澡的方式更受池泽青睐。

　　"喂，你小子又来露营啦?"已经被太阳晒得黝黑的剪场，一边挥着一把短柄小斧一边斜眼看着池泽说道。粗壮的杉树树干切成的圆台上,柴火被一刀劈成两半,叫人看着心情特别爽快。

"嗯,天气不错。"

两人就这么有一搭没一搭地聊着,池泽将目光投向周遭长满各种树木的庭院。屋檐下的荫凉处,躺着一排已经收割完香菇的木头。如果是春天或者秋天,就能吃到新鲜采摘的香菇,那味道无须多说,自然是十分鲜美。而且,那香气偶尔还会让池泽想起孩提时代的点点滴滴。

在这里,时间仿佛停止了流逝。

"别在那儿发呆了,快过来搭把手——"剪场粗鲁地吼了一句。

池泽苦笑了一下,将帆布书包放在走廊上,脱下夹克外套,抱起一捆已经被对半砍成日式鱼糕形状的柴火,来到离剪场大约三米的另一个圆台处放下。这里放着一把已经用旧了的斧头。

"今天开始热起来了。"剪场一边用围在脖子上的手巾擦了擦汗,一边说道。

"可不。"

池泽将柴火放在圆台上面,举起小斧轻轻地劈了下去。斧头的刀刃嵌进去两厘米。然后他让斧子就留在柴火里面,顺势将带着柴火的斧子用力劈向圆台。这一次柴火被一分为二了。池泽对这项工作还不太熟练,要像剪场那样一挥一个准儿,着实有些困难。尽管如此,在挥斧子的那一瞬间,他还是体会到了一种莫可名状的痛快。

池泽完全沉浸在这种简单重复的劳动里面了。将柴火放在圆台上,然后一挥斧子砍下去,劈开以后再放新的柴火上去,继续挥动斧子。如此往复，脑子里面渐渐变得一片空白。而劳动带来的充实感，渐渐在身体中漫溢开来。这种滋味，是在城市里的工作中体会不到的。

奔走于大大小小无数个信息技术公司之间，打电话，发邮件，搜集各种各样的素材，那些也许不出半年就已过时的新闻他一个月要写好几条。此外，还得时不时地对着那些写不出像样日语的程序员、狂热的设计师抱怨几句又再安慰几句。这个月的期刊刚出版，下个月的校对又逼近了。就像是源源不断地从水井里面打水似的。有时候还不得不给业务员搭把手拉拉广告什么的，四处给人点头哈腰，赔着笑脸。

而现在只需要一言不发地砍柴就好了。劳动的成果，就同小山一样切切实实地堆在自己眼前。

"你怎么了？有事儿？"剪场手上继续忙着，像是自言自语似的说道。

池泽如梦初醒般回过神来，这才注意到自己已经汗如雨下，而劈好的柴火已经像小山一样垒了三十厘米左右了。

"没事。"池泽回到走廊，从帆布包里面拿出毛巾擦了擦脸。

"那边的水壶里有大麦茶。"剪场转过头去用手指了指，"你就用我的茶杯吧。"

"谢谢。"

冰冰凉凉的大麦茶上面还漂浮着冰块，池泽痛痛快快地一饮而尽。掌心感到一阵阵火烧火燎的疼痛。不幸的是已经磨出水泡了。

"对了，那个——"池泽尽量装出若无其事的样子开口说道，"那个露营的地方，你听说过要重新开业吗？"

剪场举起斧子的手停在半空，一脸狐疑。

"没有吧……"斧子落了下去,柴火被劈成两半,向左右两侧飞出去,"我没听说过。"

"这样啊。"池泽点点头,"原来是这样啊。"

接下来,伴随着"咚咚"的沉重劈砍声,又有好几段柴火被劈好了。

"呃,为什么问这个呢?"

剪场突然很唐突地问了一句。

"什么?"

"你问的那家露营地。"

"哦——"池泽苦笑了一下,"其实没什么,只是上周我遇到了奇怪的事情。"

"什么事?"

"电话一直响个不停。就是那个粉色的电话,在管理员办公室里面的那个。"

"啊?"

剪场将斧头放在杉树圆台上,用搭在头上的毛巾擦了擦脸,转过头来,随后走到走廊边,直接将嘴对着壶喝起大麦茶来。池泽将营地发生的事情大致地跟剪场讲了一遍。

"你是不是恐怖小说看多了?"

池泽本以为自己会听到这样的回答。这要是在东京,在他上班的地方,不出意外绝对会得到这样的回答。可是,剪场在喝了几口大麦茶之后,说了句:"哦?这可真是件怪事啊!"然后便陷入了沉默。

"不过我上周挺累的,身体状态也不太好。或许是有点儿耳鸣吧?"池泽有些尴尬,只好想办法自圆其说。

"绿园……还是叫什么来着的,那地方你知道吗?"剪场说道。

"什么？噢，那个，绿园度假村？在武光镇那儿吧。"

"对。就是在夫妇岭对面的那家。"

"知道，当然知道！"

绿园度假村是去年刚刚开业的一家会员制的度假型酒店。虽说还没有去过那里，但池泽也听说过那里有小别墅，还有迷你高尔夫球场和网球场。

"听说那里好像出了事故。"

"事故……"

"现在，武持山的斜坡上正打算修一个小型滑雪场，工地上有好几个工人都受了不同程度的伤。"

"真的吗？为什么？"

"好像都是工程车事故造成的，有的是被无人驾驶的挖土机击中了头部，有的是被突然失控的推土机碾了……"

池泽的眉头皱了起来。

"不过，具体的情况我也不是很清楚。"剪场把水壶放回到走廊边，站起身来，"多多少少和那家度假酒店有些关系。"

"是有人游行反对之类的吗？"

"我反正没去。"剪场摇了摇头，"虽说就在山那边，不过这里是石那村，那里是武光镇。邻镇的事情，还是不好插嘴的……说白了，我们也没有什么直接损失。"

"你那边有没有熟人？"

"嗯，我有个叔父在武光镇经营观光农场。绿园旁边就是水源，如果建了高尔夫球场、滑雪场，农药就会流入羽生川，所以他率先加入了反对者队伍……"剪场用他的大手掸了掸屁股，举起斧子。

"话说回来，这事儿主要是武光镇政府与开发商之间擅自商量的,等到镇民知道的时候,生米已经快要煮成熟饭了。水泥制造业一直是这个镇的支柱产业,但山上的石灰岩已经快开采完了,不得不发展新产业了。酒店业本身也是个吸引眼球的产业,于是开发商就带着度假酒店的方案来了。那时候日本的经济泡沫已经开始破裂,而当时的镇长思维还没转变过来,在什么都没有说清楚的情况下就被那份计划书给蒙了,根据《度假法》稀里糊涂地答应支持开发商。很快这个项目就进行到需要申请去除水源涵养林的地步。直到此时,一直被蒙在鼓里的村民们才得知真相,自然村民中间产生了一阵不小的骚动。作为镇政府,此时已是进退两难,但企业到底是企业,据说是拿钱向那些持反对意见的镇民一家一家地砸过去……最后,坚持反对的就只剩下我叔父和另外几人了。"

剪场将一根柴火放在杉树台上,一口气说了下来。说完后才仿佛回过神来一般,将斧子劈了下去。

"那然后呢? 你叔叔他后来怎样了?"

"他还在经营农场,时不时地抱怨几句什么新的水源有股臭味呀,河流变得污浊了呀之类的。"剪场的唇边又恢复了笑意,"不过他听说那边工地出事后,很认真地说了句:这是山神显灵了。"

"山神啊——"池泽神情严肃地点了点头,"说不定真是这样。"

"喂喂喂,贵杂志位列时代前沿,你身为编辑兼记者,这么说好吗?"剪场笑着说道。

"哈哈……当然我只是在打比方。"

"你小子手机带着吗?"

"手机? 带着呢。"

"我也带着。"剪场从裤兜里面掏出黑色的手机，一看就是便宜货，"在这大山里面手机也没啥用处，不过我倒是挺感兴趣的。"

"是吗？哥对手机感兴趣？"

"是啊。现在这个时代，就连我也不能不带着手机啦。当然，工地上的工人必定也带着手机。对了，这个小小的机器里面，随时随地都会发出电波，对不对？"

"有电的情况下是这样的。"

"我听说，这个电波可以导致机器失控……"

"啊？"

"我在想，是不是就是这个原因导致工程车突然失控……还有，营地里那部粉色电话响个不停，会不会也跟这个有关系？"

"有道理。"池泽点了点头，"说不定真是这样。"

剪场回到走廊边，敲了敲池泽的背。

"'说不定真是这样'，兄弟，这句话你已经说了两遍了！"剪场露出雪白的牙齿大笑道，"自己注意点儿身体哟！是不是在大城市里生活太累了？"

"说不定……哎，也不是！"池泽苦笑道，然后拿起夹克和包站了起来，"总之，我再过去看看。"

剪场虚起眼睛，若有所思地看着池泽，"当心点儿！"

"走了，回头再过来。"池泽挥挥手，转身离开了民宿。

森林里静悄悄的。

到了营地以后，池泽情不自禁地竖起耳朵，却没有听见电话铃声。

粉色电话所在的弃屋静静地立在林子背后，若隐若现。池泽用狐疑的目光向弃屋那边张望着,然后慢慢向摆着长椅和桌子的地方挪过去。

张开帐篷后,池泽开始吃他在便利店买好的便当。他喝了口水壶里的红茶,舒了口气。附近的山谷传来水流潺潺的声音,不远处还有好几只大山雀在婉转地啼叫,还能听见不远处有啄木鸟敲击树木的声音。但仅此而已,并没有听见之前那刺耳的电话铃声。

池泽背上已经变轻巧了的帆布包,将相机挂在脖子上,从长椅上站起来。从营地里出来后稍微走了一段林间小道,然后朝着熊之田洼的方向往山上走去。

池泽一边走一边思考着山神的事。在中乡这一带,传说山神是以熊的姿态存在的,是森林的守护神。山神在给予人类森林的丰富馈赠的同时,又给人类带来了各种各样的灾难,以前人们对山神充满了敬畏之情。"天狗"这个词在很多时候也有着跟山神类似的含义。池泽在很小的时候曾参加过各种供奉山神的仪式,而现在,只剩下老人还在一丝不苟地坚持着一年一度祭祀山神的活动。

池泽印象最深的是在每年农历二月第一个申日①举行的"拜山神"活动。虽说当时已经立春,但那前几天下过一场大雪,积雪还残留在道路两侧。在这样一个寒冷的季节,家家户户都带着斧子进入后山,砍下几棵竹子带回家,然后在申日的前一天夜里做成弓箭。这个叫做"幸弓",每家都会做五到七张左右,在"拜山神"的当天带到附近的神社供奉给山神。

对于孩子们来讲,幸弓是不错的玩具,所以他们常常不顾对山神的失敬,拿一两张出来玩耍。而年长些的孩子还有其他乐

---

① 天干地支纪日法中的一天,每十二天出现一次。

趣,那就是偷偷喝上几口挂在神殿前树枝上,与幸弓一起供奉给山神的竹筒里的神酒。一开始还害怕被人发现,喝了几口酒后便有了几分醉意,变得像大人一样无所畏惧了。

据说,二月的第一个申日原本是山神狩猎的日子。人类为了不影响山神狩猎,尽量不在山里劳动,全天只专心致志地进行祭拜山神这一件事情,这便是"拜山神"活动的主旨。等到供奉幸弓等祭祀活动结束以后,大人们便会在一起捣捣年糕喝喝酒,全村上下都沉浸在欢乐的祭祀氛围当中。然而,这样的风俗却渐渐从人们的生活中消失,现在仍要进行"拜山神"活动的家庭恐怕只有屈指可数的几户了。

池泽陷入沉思,不知不觉已经顺着山谷旁的陡坡登到半山腰。目之所及净是长满了青苔的岩石和倒掉的树木,森林的深邃感扑面而来。鹪鹩骄傲地挺着短尾巴站在溪流中间的岩石上。

池泽气喘吁吁地穿过一片昏暗的树林,迎面而来的是一片色彩明亮的林子,有枹树、栎树、枫树等。山路逐渐变缓,突然眼前出现一片开阔地带。

落叶松林的对面,隐隐约约可以看见一片开阔的湿地。这里便是熊之田洼,距离营地大约要走一个半小时。在山脊上能有这样的地形实属罕见。向下凹陷的草地像个擂钵似的,其中有一半已经长成了芦苇地。池泽的眼前是落叶松林,芦苇地的另一头则是落叶阔叶林。

从草地吹来的微风拂过滴着汗珠的脸庞,池泽感到一阵沁人心脾的凉爽,心情格外舒畅。芦苇地中间有一头梅花鹿,瞬间就不见了踪影。落叶松林里的地面上有无数从树上落下的小东西在滚来滚去。池泽擦了擦汗,开始横穿草地。

实际上，这个地方跟山神也有关系。过去这里曾有过一个很大的池塘，池畔住着一头熊，据说是山神的化身。一天，一位猎人来到这里发现了熊并对着熊开了一枪，只听得当时一声巨响，池里的水全部流进大山，而熊也不见了，只留下这片湿地。由于这块地跟水稻田很像，所以有人把这里叫作"熊之田"。但是也有人在后面加一个"洼"字，说是"凹陷的土地"的意思——这一带的地形恰好是如同破火山口一样的洼地。或者，也许只是单纯表示山坳的意思。

不管怎样，过去这一带有池塘或者沼泽，这个基本上是可以肯定的。周围的植被如此繁茂，枯萎后堆积在这一带渐渐形成湿地，这种可能性非常大。一声巨响之后，池里的水流向大山，这个倒很有可能是山崩等自然灾害引起的。

熊之田洼是池泽最喜欢的地方之一。每当他在草地或者落叶松树林里散步的时候，感触到海绵一样松软的地面总是让他的心情特别愉悦。尽管今天也有这样的冲动，但他还是恋恋不舍地沿着登山的路往山顶方向走去，因为有些事情必须要到武持山搞清楚才行。

山势有些许高低起伏，但大致上还是比较平缓。池泽沿着山脊的小道向西北方向前进。走到一半，左手边的山坡上出现了一大片山毛榉，一望无际，令人叹为观止。这完完全全是一片原始森林，没有半点儿人工痕迹。就在山路的旁边，有一棵直径大概一米的巨型山毛榉，树干和树根如同粗壮的象腿一般深深地陷在厚厚的落叶当中。

树皮形形色色，有的是白色光溜溜的，有的又像手工缝制的地衣一样，还有的长满了黑色的苔藓，凹凸不平。树的形态也是各有千秋，有笔直耸立的，有树枝呈点对称状态向四周扩散的，还有从树根到树梢都弯弯扭扭的。池泽每次经过这里,总是会被这些千奇百怪的树木吸引,忍不住噼里啪啦地按下快门键。只是一片山毛榉,有时候也会让他拍上几百张照片。

从熊之田洼出发大约走了四十分钟,池泽来到一个岔路口,一条路通往武持山山顶,另一条路通向夫妇岭。四五月间,这一带盛开着杜鹃花,热闹非凡。而今这个季节只有清一色的树林,要说花的话,也就只剩下吊钟花零零星星地盛开在树丛之间。从现在开始的一段时间之内,满山遍野看上去都是绿色,这倒也不是一件坏事。

池泽往夫妇岭的方向走去。左边的斜坡上生长着栎树、栗树、枫树、桤叶树等完全未经采伐的自然林,右手边则是一片杉树林。不过走了十分钟不到,这片自然林就突然绝迹了。取而代之的,是一片人工种植的白桦林和草地。往山坡下面走一点儿可以看见铁栅栏,栅栏另一边就是绿园度假村。

池泽沿着山坡往下走,一直走到铁栅栏处。离栅栏大概四五十米处,坐落着一栋栋白色别墅,处处流露着精心营造的西式风格。不过这对池泽而言不过是无病呻吟的设计。别墅里完全看不到有人的迹象。

栅栏从池泽站着的地方开始,沿着自然林顺着山坡的走势向下蜿蜒,大概一百米之后又向左边转过去。白桦林在这一带突然就没有了。池泽沿着栅栏继续向前走。虽说山坡并不陡,但草丛却很深,池泽走得很是艰难。

视野突然变得开阔起来。

眼前既没有白桦树也没有草地,只有一片荒芜的空地,沿着山坡向下延伸了好几百米,宽度大概几十米到一百米。黑色的土地被翻开,到处躺着被挖倒的树木。形状复杂的数根伸向天空，看上去就跟地下冒出来的不知何方神圣的骨头一样。

滑雪场的施工进度比池泽预想中的还要快。工地另一头残留的自然林犹如风中之烛一般。从树梢往上看能够看见武持山的山顶。照这个情形推断，滑雪场应该会修到武持山东北面的山坡上。

池泽从帆布包里面取出望远镜，顺着山坡向山麓一带眺望。几辆卡车和黄色的工程车七零八落地停在那里，没有见到人影，也不像在开工的样子。还是说因为出了事，暂时停工了？

池泽对着荒地拍了几张照片后便返回登山道，经过夫妇岭回到了露营地。

山里的傍晚到来得比较早，池泽回到营地稍稍歇息了会儿，天色便已经暗下来。池泽在桌上铺开一张比例为1∶25 000的、早已磨得皱皱巴巴的地图，用手指在上面比画着，将针叶林和阔叶林用记号标注出来。然后他发现，在熊之田洼这一带，原生林和种植林呈荷包状将这一带包围起来，而滑雪场刚好修在了荷包口。

再一次打量地图，池泽对于这一带原始植被的减少感到非常痛心。而且，这张地图还是绿园度假村建好之前绘制的，如果再除去绿园的占地面积，那么原生态的树林真的所剩无几了。

池泽叹了口气，将地图叠好，开始准备晚饭。说是晚饭，其实也不过就是用小型的瓦斯炉和登山队员常用的组合锅将水烧开，然后将袋装的咖喱和米饭加热而已。池泽一边听着瓦斯炉发出的声音，一边望着蓝色的天空，心里莫名地涌起一阵不安。随即这种不安的感觉钻进了他全身上下的每一个毛孔。也许是心理作用吧，他还感到脑袋后面一阵刺痛。

吃完有些寒酸的晚餐,池泽用之前加热袋装咖喱的开水冲了咖啡,此时那种不安的感觉已经变成胸中的悸动了。他总觉得周遭的空气中似乎飘浮着来路不明的异物——不好的征兆。

池泽一口一口啜吸着咖啡,心情还是平静不下来,只好四处东张西望。天空还是蓝色的,但是营地中央已经是漆黑一片了。大约是由于云层的缘故,天空中看不见星星的踪影。取而代之的是一些带着惨白色光芒的东西,星星点点地在天空中飘浮着。林子深处,似乎有萤火虫在飞舞。

然后,电话铃响了。

池泽不由自主地咂了咂嘴,捂住了耳朵。声音果然消失了。可是,一旦把插入耳朵眼的手指拔出来,就又能听见了。看样子不像是幻听或者耳鸣。池泽从兜里取出手机关掉,然而电话铃声依旧在响。

"到底要干吗呀!?"池泽一边自言自语,一边将小型探照灯戴在头上,从长椅上站了起来。

矗立在黑暗中的弃屋比白天看上去更加没有生气。在探照灯的照射下,池泽看见入口处上次被弄坏的悦目金蛛的蛛网已经修复好了,就像什么事情都没有发生过一样。不变的还是那像咳嗽声一样的电话铃声,从里面坚持不懈地传出来。

铃声已经响了10遍,池泽数着。还是没有停下来的意思。又是10遍……依旧没有停下来的意思。池泽放弃了,弯着腰朝弃屋走了过去。

"喂——"池泽拿起听筒,故意用冷淡的口吻问道。然而和上次一样,电话那头只传来树叶沙沙作响的声音。

"喂,到底是谁?"池泽的言语中带着刺儿,"如果是恶作剧的话,希望你适可而止。"

"啊……"

"什么?"

听筒那边传来一些微弱的声响。池泽竖着耳朵想听个仔细,却还是只能听见树叶摩擦的声音。

池泽的眼前轻轻飘来一只萤火虫。他往门口望过去,只见几只萤火虫似乎带着些迟疑的样子,在空中画着弧线,正要飞到弃屋里面来。

"阿亮——"

池泽又听见了那微弱的声音,如同有人在喃喃细语一般。这一次,他觉得好像有人在叫他的名字。也许是幻听。不过,那声音有点儿熟悉,似乎在哪里听过。

在弃屋中飞舞的萤火虫突然变多了起来,估计有一百只以上。这么多的萤火虫成群结队地一起飞舞,池泽已经很久没有见到过了。当然,去年的这个季节也看到过萤火虫。那时大家在营地多住了一个晚上,当时看到的萤火虫大概也就一百只左右。

随着萤火虫往弃屋中央聚拢,池泽越来越觉得这屋里还有别人。电话那端,仍然是一片沉默。不过,从听筒里隐隐约约能听见些微的呼吸声。

萤火虫的数量还在不断增加,大概已经超过两百只了。看上去有些像圣诞节的饰品,可现在又不是过圣诞的季节。池泽试着将头上戴的探照灯关掉。于是,本应漆黑一片的弃屋,笼罩在一层朦朦胧胧的惨白光芒之中。在这光线下读书可能有些困难,不过粉色电话的轮廓还是可以看得清清楚楚。

池泽忽然发现自己忘了一件重要的事情。等他意识到这一点后,对于屋里发生的这一切,似乎都有了头绪。萤火虫的光芒继续撩拨着他的万千思绪。

这栋废弃的屋子里面肯定有人，只是我们看不见。萤火虫挤在狭小的泛着尘土味儿的屋子里，一只只悬停在半空中一动不动。我们生活的空间里面有无数的晶格点，那个他或者她就在某一个晶格点上。

池泽将听筒贴近自己的耳朵，同时向四周张望观察。这群奇妙的萤火虫，像是将池泽包围起来似的，固定在空中。按理说，池泽并不清楚每一只萤火虫究竟在看什么地方，但他总觉得所有的萤火虫都在盯着自己看。他的的确确感受到了无数的视线投向自己。

渐渐地，池泽想起那件事来。那是非常非常遥远的记忆了。池泽的心本来已经被萤火虫所迷惑或者说麻痹了，此时却突然陷入一股巨大的恐惧当中。

"坂下萤子——"

听筒那端传来的不再是之前那种微弱模糊的声响，而是清清楚楚的说话声。可以听出是女性的声音，但和之前叫池泽名字的似乎不是同一个人。

池泽将电话挂断了。

他那强烈且急促的呼吸声格外清晰。萤火虫依旧围绕着池泽。他还是能感受到无数的视线向他投来。将听筒放回到粉色的电话上后，池泽用手驱赶着萤火虫朝弃屋外面跑去。

新鲜的空气混合着树木的清香，在池泽的胸中缓缓流动。池泽一边向帐篷的方向走去，一边大口大口喘着粗气。出来之后，密密麻麻挤在弃屋中的萤火虫竟然一只也看不见了。他折返回去，隔着窗户往屋里看，屋里依旧透着朦朦胧胧的浅蓝色光。

池泽来到帐篷前,扑通一声坐在长椅上。最后那句仿佛是喃喃细语的"坂下萤子"还回荡在他耳边。应该是个女人的名字,但是在池泽认识的人当中似乎并没有人叫这个名字。池泽把甩在桌上的毛巾拿起来,擦了擦头部的左边,然后端起剩下的咖啡,一饮而尽。

池泽将提灯里的蜡烛点上,把一直戴在头上的探照灯取下来,关掉电源。他靠在桌边,盯着提灯,暂时将自己放空。带着热量的黄色烛光从黑暗中微微渗透出来,轻轻柔柔地将池泽包围起来。比起先前被萤火虫那惨白的光芒包围,自然是现在这种暖光更让人舒心。

池泽又向弃屋的方向看了一眼,可能萤火虫已经飞走了吧,整个屋子都淹没在浓郁的夜色当中。

池泽在很小的时候听祖父母讲起过在村里的各种传说。尤其是在这样的夏夜,关掉黑白电视机之后,为了把小孩子赶上床睡觉,大人们经常会在枕边给小孩子讲故事。在这些传说当中,池泽印象最深的是一个关于"萤女"的故事。

据说在很久很久以前的中乡一带,有这样一个风俗:世世代代都遭遇不幸的人家会将家里的女孩送到山里面侍奉山神。这些女孩一年回家探望一次,每次回来时都会化作萤火虫。

另外,关于源赖政①的怨灵化作萤火虫的故事虽然广为人知,不过在中乡这一带,流传最广的还是镰仓时代初期死于非命

---

①源赖政(1104-1180),日本平安时代末期武士,源仲政长子。保元之乱时,源赖政支持后白河天皇以抗崇德上皇。1178年成为平氏专权时期位阶最高的源氏朝臣。1180年起兵反对平氏。双方交战于宇治川,源赖政战败,切腹而死,享年77岁。

的武士畠山重忠①化作萤火虫的故事。在畠山重忠死后，有一位默默爱慕他的女性追随他到了大山深处，最后也化作了萤火虫。因为没有人知道这位女性的名字，只知道她是一位农民的女儿，大家都叫她"萤女"。这就是第一位侍奉山神的女性，此后，所有进山侍奉山神的女人都被叫作了"萤女"。

池泽在弃屋中首先想到的传说便是这个。此外，这个传说又唤醒了他另外的记忆……那是遥远的三十年前，池泽大概只有八九岁的时候……这些尘封已久的往事，池泽自己起码已经有十年没有想起过了。这些记忆已经成了碎片，有些部分究竟是真实发生过的，还是仅仅存在于自己的想象之中，他已经无从去辨别了。

三十年前，在池泽老家附近住着一位叫竹本澄子的女孩。她比池泽年长三岁，肤色白净，给人梦幻般的印象，但是沉默寡言，有点儿少年老成的感觉。不过，只要她一露出微笑，那种与她实际年龄相符的天真无邪便一览无遗。

池泽在四五岁的时候跟澄子非常要好，她也像对待自己的弟弟一样疼爱着池泽。或许是由于大家都是独生子女，彼此没有兄弟姐妹的缘故吧。可是大人们对于池泽跟澄子一起玩耍这件事，却表现出不太高兴的样子。尤其是池泽的祖母，时不时会直截了当地告诉池泽不要和澄子走得太近。至于理由，池泽记得好像是由于澄子家里养了双尾兽的缘故。

双尾兽是一种妖怪，比黄鼠狼小一圈，毛色和形态有很多种，但一到冬天就会变成白色，尾巴分成两股。据说，人一旦被它附体便会日渐消瘦，直至死去。但是反过来，如果人们好好喂

---

① 畠山重忠(1164-1205)，生于武藏国(埼玉县)，人称庄司次郎，平安时代末期到镰仓时代初期的武将，镰仓幕府的重臣。

养它的话,它就会把不知从哪里找到的金银钱财衔回来帮助主人成为有钱人。大概是九尾狐的亲戚之类的吧。

不管它是不是九尾狐的亲戚,石那村一带的好几个村子对于这种虚构的动物都深信不疑。村民们对于那些被它们附体又或者喂养它们的家庭很是避讳,不愿意和他们来往。

归根结底,这应该是对于移民或者新搬来的人的一种排外意识吧,也有可能是对那些突然飞黄腾达的家庭的妒忌心在作祟。的确,竹本家原本世世代代都在这周边从事农林业,到了竹本爸爸这一代,早早就放弃了祖业,去东京打工,后来又自己创业并大获成功,过着旁人眼中的富余生活。

不过,对于上幼儿园的小朋友们而言,要完全理解这些事情还是有些困难的。虽然池泽也常常在想养了双尾兽的家庭到底是什么样呀,但是他并没有就此和澄子疏远。后来,不知道发生了什么事情,澄子的父母离婚了,她爸爸从家里搬了出去。池泽记得在她父母离婚的半年前,时常有面露凶色的男子到竹本家吵吵嚷嚷,应该是她爸爸生意失败了,在外面欠了很多钱吧。也许是各种各样的事情让澄子的妈妈操劳过度,离婚后不久她便病倒了,从此卧床不起。

人们冷漠地看着竹本一家的变故。老年人纷纷认为这是双尾兽搞的鬼,而年轻人看着竹本一家戏剧般的变迁,大都觉得是不祥的事情。三十年前的大山里面,风俗习惯还十分保守,对于跟大多数人不一样的人或事,人们都有着本能的厌恶。

孩子们也是这样,有的小孩对澄子避之不及,还有的小孩常常故意欺负澄子。池泽也因为常常跟澄子在一起玩耍而受到小伙伴的排挤,有时候也会被一同欺负。以祖母为首的大人更加不让池泽和澄子一起玩耍了。

即便如此,池泽仍然会避开人们的目光偷偷去找澄子玩儿。只要一天不见到澄子,不知为何,池泽就会感到坐立不安。现在回想起来,也许那时池泽对澄子有着朦朦胧胧的爱意吧。

有一天,池泽还是同往常一样偷偷来到澄子家门口,从白色仓库旁边悄悄溜到后院。池泽记得当时梅花已经盛开,是初春时节。那是一个恬静、晴朗、暖和的日子。澄子跪坐在走廊边,看着后院的方向。她穿着出门才会穿的华服,但池泽总觉得气氛跟往常有些不一样。他朝澄子走过去,发现她的眼睛又红又肿。

"你怎么了?"

池泽的话音刚一落下,澄子就将目光转向后面。通往走廊的和室房间的拉门是开着的,里面铺着床铺。有人躺在上面。奇怪的是,这个人的脸被白布盖上了,枕头旁边摆着一把菜刀和一张画画用的纸。

"那个……是伯母吗?"池泽指着躺着的人问道。

澄子点了点头。

"为什么脸被盖起来了?"

"因为她去世了,阿亮。"澄子对着已经呆住的池泽,隐隐露出一丝微笑,"我的妈妈她已经去世了。已经去世的人的脸,是要用白布盖住的。"

作为小学四年级的学生,池泽已经明白死亡意味着什么了。他呆呆地站在走廊下方,不知道该说些什么去安慰澄子。空气中有股浓得化不开的沉寂,于是他又将目光投向后面的和式房间。

"那张纸……"池泽指着死人枕边问道,"上面画的是什么?"

澄子转向背后,斜眼看着池泽,那美艳的眼神池泽至今都忘不了。

"……你想看?"澄子问道。

池泽咽了咽唾沫,轻轻点了点头。

澄子站起来,轻轻走到和式房间里面,连声音都没怎么发出来,然后走到她死去的母亲身边,毕恭毕敬地用两只手捧着那张画纸,回到了走廊边。

"我画的是……"澄子将画纸背面对着池泽,"你真的想看?"

池泽又一次点了点头。澄子将画纸翻转过来。

上面是一只野兽。

脸跟狐狸类似,身子长,腿较短,毛皮像是用金色的彩铅描绘过一般,身后拖着两条毛茸茸的大尾巴。

"是双尾兽。"澄子压低了声音说道。

不知怎的,池泽浑身起了一层鸡皮疙瘩,"双……双尾兽?"

澄子点点头。

"你家养过……双尾兽?"

"养过……那时候我爸爸和妈妈感情还很好……"澄子用手指轻轻抚摸着自己画的画,"但是现在已经不在了。"

"跑……跑掉了?"

"是的。跑了。已经是老早前的事情了。"

两个人都不再说话,池泽陷入了沉默,他想再找点儿话说,但一环顾四周,视线就立刻被那幅双尾兽吸引住了。

突然,澄子仰起脸来,用她那略带大人味儿的腔调说道:"我在想,我自己要不去侍奉山神大人吧。"

"什么?"池泽将目光从画上挪开,盯着澄子看,"为什么呢?"

"因为也没有别的地方可以去了。"

"你就待在这里不好吗?"

"一个人吗？我爸爸不会回来了,妈妈也去世了……"

"我来陪你,每天都来。"

"谢谢。"澄子伸出手来,轻轻抚摸池泽的脑袋,"可是阿亮不在的时候,我就剩一个人了呀……"

"那我也去山神那里,我们一起。"

"可是能够侍奉山神的只有女孩呀。"

池泽再次陷入了沉默,这个时候也只能低头沉默了。

"谢谢你经常过来陪我。我知道,阿亮因为这件事情被家里人责备,被朋友排挤。因为我家里有双尾兽……对不起。"

"别这么说……"池泽张不开嘴,嗫嚅自语道,"没关系的,这点儿小事……"

就这样,两个人都一言不发地待着。偌大的庭院,静悄悄的,似乎连麻雀的脚步声都能听见。

不久,池泽开口说道:"阿澄,你是要去当萤女吗?"

"是啊。"澄子点点头,"山神看上去样子可怕,但其实心地善良。我听我已经过世的爷爷这么说过,所以你别担心我。"

"真的吗?"池泽看上去有些不相信的样子,"我奶奶说,山神是一头看起来很吓人的大熊。你还是别去了,好吗?"

"是吗? 可是……我可能还是会去的。总比留在这里强。"澄子探着身子,凑到池泽耳边轻声说道,"到了夏天我就下山,专程回来看阿亮。"

"真的?"

"真的。我会变成萤火虫回来,你可要来接我哦。"

池泽点点头。

"一定要来哟。我们钩钩手指吧。"

一只又白又细的小手指伸到了池泽眼前。

澄子母亲的葬礼进行得十分低调,据说只有亲戚出席。池泽记得自己当天站在远处眺望出殡的情形。灵车停在澄子家门口,几个男人将棺材抬着放进了车里。澄子站在两三米外的地方看着。她穿着一身黑色连衣裙,将她的皮肤衬托得更加惨白。她的嘴唇涂了淡淡的口红,紧闭着一动不动,注视着棺材的眼睛里流露出一丝落寞。池泽至今都还记得,那张脸的侧面,美得令人心惊。

自那以后的记忆便不是很清晰了。池泽思忖着,或许葬礼当日就是最后一次见到澄子了。听大人们说,澄子似乎被远房亲戚接走了。不过孩子们中间流传着这样一个说法:说澄子进到深山里面当了萤女。传出这个说法的或许是池泽自己,也有可能是别的小孩。

从现实的层面考虑,澄子应该是被自己的父亲或者别的亲戚接走了。可是,不知为何池泽却不想承认这一点。根据石那村一带的传统,只有遭遇了不幸的人才有资格侍奉山神。据说,神灵正是为了让她们彻底了断对凡尘俗世的一切留恋,才故意让其遭遇不幸的。如今,池泽已经无法清清楚楚地回忆起澄子的面容,但她那与小孩身份不符的少年老成的神情,以及那神情背后透着的豁达,却深深地刻在了池泽心底。

提灯的周围开始聚集一些小飞蛾、蚊子和金龟子,变得热闹起来。提灯的中间闯入一只铜花金龟子,扑腾着不停地撞击提灯四周,将沉浸在对往事的追忆中的池泽拉回了现实世界。

池泽条件反射般驱赶着在他脸周围飞舞的蚊子。在他走神的这会儿工夫,天色已经完全暗了下来。不知道从什么地方似乎传来了青叶鸦的叫声。

——我会变成萤火虫回来,你可要来接我哦……

最后,自己到底有没有兑现与澄子之间的约定呢? 池泽已经记不清了。总之,在他的印象里似乎没有跟变成萤火虫后的她再相遇的记忆。毕竟当时池泽还只是个孩子,不出半年,精力便被牵扯到其他各种事情里面去了,跟澄子的约定早就忘得一干二净了。

池泽左右轻轻摇晃了下脑袋,想将这些突然涌上来的三十年前的回忆从大脑里赶走。他从屁股后面的裤兜里掏出装威士忌的小瓶子,喝了一大口装在里面的波旁威士忌,然后将笔记本电脑从帆布包里拿出来,打开电源,等到液晶显示屏的背景灯光亮起,他感觉自己突然清醒了。笔记本电脑这种东西在三十年前根本连影子都没有的吧。

池泽将数码相机里的照片导入电脑,删掉模板化的 HTML 文本,输入了一些简单的评论。池泽将手机连上互联网,用 FTP 上传这些照片和文本。随后池泽打开浏览器进入《IT 杂志》的主页。确认自己负责的栏目《来自手机控的户外连线》的内容已经更新完毕之后,他断开了手机与互联网的连接。这便是他的日常工作。说是工作,其实有一半是他的个人兴趣。做完这些事情,他终于回到现实中,随即困意袭来。

可是,池泽还无法将注意力从盘踞在内心深处的模模糊糊的恐惧上移开。这种恐惧感与小孩子对黑暗、对妖魔鬼怪的那种本能的害怕几乎没有什么差别。这是他自开始没有黑夜的城市生活之后,几乎已经快忘掉的一种感觉。即便是最近两年,尽管他渐渐养成了偶尔到森林里面过周末的习惯,这种感觉似乎也不是那么容易就出现的。然而,对此时此刻的池泽而言,黑夜似乎终于恢复了它本该有的深不可测。

池泽将威士忌瓶中残留的波旁酒一饮而尽,然后进了单人帐篷,将笔记本电脑和手机放在伸手就可以够到的地方,钻进了睡袋。他就像个九岁的孩童一样完全没有安全感。

第二天早晨,池泽从浅浅的睡眠中醒来。出帐篷一看,天空依旧是阴沉沉的。森林里面的雾霭还未散去,湿乎乎的。虽然昨夜不像下过雨,可帐篷还是湿漉漉的。今天早晨也听不见那些吵吵嚷嚷的鸟鸣了。估计天气很快就要变坏。

池泽迅速把行李收拾好,出了营地。踏上林间小道后,他无意识地回头看去,那栋弃屋映入眼帘。他真的希望昨晚发生的事只是一场梦而已。可是弃屋却一副意味深长的样子伫立在那里。

既然跟剪场已经约好,池泽半路又去了趟民宿。稍稍寒暄了几句后,池泽顺便向剪场打听认不认识一位叫坂下萤子的女性。剪场回复说不认识。接下来池泽又去了当地的派出所,在问了同样的问题之后,得到的答复是一个月前,有人来派出所提出了协助搜索失踪者的申请,搜索对象就叫“坂下萤子”。据说,在开到这里的公共汽车上有人见过与坂下萤子很像的女性,所以那人试着来山里找,可是却一无所获。

池泽将他在旧营地管理员办公室的粉色电话中听到了这个名字的事告诉了派出所的人,然后便离开了。

3

吉峰俊一只手拿着圆珠笔在桌上嗒嗒嗒地敲着，嘴里发出不开心的声音。

"这么说来……那个，还没找到？"

坐在他斜前方的绿园度假村的总经理摇了摇头。总经理叫日下，比吉峰俊年长十五岁。他发际线后退的程度与他的年龄很不相符。不过，他看上去干干净净，再加上健壮挺拔的体格和沉稳的言谈举止，能给对方以充分的安全感。

"对方说一旦发现了就立刻用手机或者对讲机通知我们。"

"让手上没什么事儿的员工都去找找吧。"

"嗯，已经按您的吩咐这么做了。"

"派了几个人？"

"我们这边大概派了五六个吧。加上现场的工人，一共得有二十人左右。"日下说道，"需要再增加人手吗？"

"不用了。"吉峰摇头，说道，"要是影响对客人的服务质量就不好了。"

"实在是太抱歉了。"

突然道歉的是承包工程的建筑公司的营业部长。他是一个长着双下巴的小个子男人,即便是不热的时候,也随时都拿着手帕擦汗,邋里邋遢的,是吉峰最不喜欢的类型。

吉峰本人身材修长,身高超过一米八;皮肤在美黑沙龙里面晒得恰到好处,身穿雪白的衬衫和蓝色系的西装;头发浓密,整整齐齐地梳成三七分;脸颊瘦削,轮廓分明,犹如男模一般英俊。

绿园度假村主楼的会议室里弥漫着一股紧张的气氛。以全权负责度假村开发项目的总负责人吉峰俊为首,度假村总经理及其他部门负责人,还有与工程相关的人员都围坐在会议桌四周。会议室刚刚修好,整齐倒是整齐,只是什么装饰都没有,显得有些简陋无趣。

原本会议有两个议题:其一是追究工程车失控造成事故的原因并调整修建滑雪场的日程表;其二是讨论关于个别别墅发生的冷暖空调、热水设备故障,以及针对误操作的对应措施。

然而,就在会议当天却发生了更为迫切的问题。一位参与修建滑雪场的工人突然下落不明。据说他昨晚在宿舍喝酒,醉醺醺地说要到外面去透口气,出去之后便再也没有回来。

今早,在从东京到绿园的路上,吉峰收到了报告。最近一直接二连三地出事故,麻烦不断,吉峰不希望把这件事情闹大。因此,他吩咐日下在通知警察之前先让工地上的工人和手上闲着的员工到附近的山里面找找看。

"嗯,我们在这里干等着也没用。"吉峰故意看了看手表,"不如继续开会吧……德田先生。"

小个子男人将揉得皱皱巴巴的手帕塞进裤兜。

"关于事故的原因,有什么进展了吗?"

"嗯,那个,目前还说不清楚。我本人也是头回遇到这样的事故……另外,要应付警察那边也是一大堆麻烦事……要查明原因还需要再多一些时间。"

"那就是说,现在还不能开工?"

"那倒不是……我已经安排好代替的机器和工人了,等警察对工地的现场查验一结束就可以开工。"

"但是,事故原因都没有弄清楚,警察那边能同意结束现场查验吗?"

"呃……这个,说得也是。说得极端点,也有可能是有人在机器上做了手脚,然后在一旁操控,这么一来可就变成杀人未遂的案件了……"德田再次掏出手帕来擦自己的脸,"总之,事故也好案件也好,总归要把原因搞清楚……不过,说到查明原因,也不是完全没有一点进展的……唔,柿田君,把那个东西拿上来。"德田向坐在旁边的部下命令道。

被叫作柿田的年轻男子将放置在脚边的公文箱打开,从里面拿出一个塑料袋。德田接过袋子,放到桌上。

"这是什么?"吉峰皱着眉头问道。

透明的塑料袋里面装着一个透明的浅口玻璃盘,盘里面有一些黄色的形状不固定的物体。

"似乎还在变多呢。"德田一边打开袋子,取出里面的盘子,一面絮絮叨叨地说。

所有人的目光都集中在了这个玻璃器皿上面。

"这是在出事的工程车的电器系统里面找到的,这东西就缠在里面。"

盘子里像是铺了一层琼脂一样的东西,上面的物体散发着黄色的光泽,像绳结一样扩散开来。不知道为什么,总感觉这东西有剧毒。

德田将玻璃盘的盖子揭开,用手碰了碰黄色物体。黏糊糊的感觉,德田的手指上还沾了一部分起来。

"您要试一下吗?"德田将盘子往吉峰那边推了推。

"不用了。"吉峰皱着眉头答道,"我想再问一次,这究竟是什么?"

"我也不知道。"德田坦率地回答道,"我猜,警察那边此刻也在调查……据说好像是什么什么菌来着。"

"现场的其他工程车也看了吗?"

"嗯。现场其他跟事故无关的车辆也都查看了,有的车里也缠着这些东西,只是不像出了事的车里面蔓延得那么厉害。"

"对了……"

之前一直沉默不语的绿园度假村设施部维修科的主管,有些谦虚地举了举手。他是一位叫西平的男子,面孔有些陌生。吉峰用眼神暗示他快点儿发言。

"事实上,我们在检修别墅里面发生故障的空调和热水器时,拆开以后在机器里面也发现了这些黄色物体。也是黏糊糊的,呈绳结状扩散开来,估计是同一种东西。"

几天前,在靠近计划修滑雪场的地方的三栋别墅里,屋内设备出现了一些故障,没有接通电源的空调突然启动,热水器的设定温度自动升高,诸如此类。工程车就不说了,现在的空调、热水器这些设备大部分都采用微型电脑来控制了。在这些控制装置的周围,也长满了那种黄色菌状物体。

"德田先生,那个黄色的东西可以借给我看一下吗?"吉峰朝盘子的方向抬了抬下巴,"找一家给这一带做过环评的公司好好查一下吧。"

"当然可以。把这个全部给他们都行。我上次用小手指沾了点儿起来,现在就变成这么多了。"德田说着将盘子朝吉峰的方向推过去。

"日下君，不好意思，麻烦你把这个用快递送到米泽先生的事务所去吧。"吉峰碰都不碰盘子一下，"我这边会先跟他联系的。"

"明白了。"

日下正要伸手将盘子拿过来，突然又将手缩回来放到左胸。

"不好意思。"他从西装内侧的口袋里掏出手机，"喂，我是日下……噢，是佐古田君啊。怎么样，找到了？什么？

在小声耳语了几句后，日下挂断电话，看着吉峰。

"那个下落不明的工人……叫佐久的，好像找到了……"日下吞吞吐吐地说，"据发现他的人说，他样子特别恐怖，说是在移动他之前最好我们先过去看一眼。"

"怎么了？很奇怪吗？"

"全身被黄色的、黏糊糊的东西裹满了……"

参加会议的所有人都面面相觑。

"那……可以劳烦各位都跑一趟吗？"日下带着恳求的神情说道，"可能有的事情我一个人不好判断……"

"我们当然会去。"德田最先答道，"佐久君可是我们公司的员工。"

日下将目光投向吉峰。

"照目前这个情形来看的话，去一趟也行。"吉峰脸上流露出不太愉快的神情。

"那个，当然会给大家准备工作服。鞋子的话，我们这边会准备长靴。"

"我本人不太喜欢登山。"吉峰不太情愿地站了起来。

"实在太抱歉了。不过，那个地方离这里也就二十分钟左右的路程。"

"我先去趟洗手间,能帮我把衣服和鞋子准备一下吗？最好是没有用过的。"

"好的。"

吉峰走出会议室,一进洗手间立刻就开始洗手,足足洗了一分钟,再从旁边抽出两三张擦手的纸巾仔细擦干净,随后又从衣兜里拿出杀菌湿纸巾将两只手都擦了一遍。

"为什么我要⋯⋯到那脏兮兮的山里去⋯⋯"吉峰看着镜子自言自语道。

从度假村的主屋出来,沿着名叫"自然小径"的游览步道往里走,前方便是预定要修滑雪场的地方。在这里,吉峰他们与前来领路的员工会合。他们横穿已经采伐过的林地,进入一片自然林。这是一片高度大约一米的细竹林,他们把细竹拨开,沿着地面上若有若无的足印艰难地往深处走去。地上的枯叶铺了好几层,踩上去软绵绵的,对于走惯了柏油马路的人来说,的确没什么安全感。

"还没到吗?"细竹叶子划过吉峰的脸庞和脖子,他眉头紧蹙。

"就快到了。"走在最前面带路的、名叫佐古田的员工答道。

时不时有成群结队的虫子向着他们扑面而来,要一面避开这些飞虫一面往林子深处走,着实十分艰难。要是那张脸突然就出现在面前⋯⋯吉峰光是想想就浑身起鸡皮疙瘩。

就在吉峰快撑不住的时候,他们终于走出了这片细竹林。小小的山谷四周,空间渐趋开阔。阵阵凉风吹来。大家都停下脚步,大口大口地喘着气。德田身上的汗水如同瀑布一样倾泻下来,看着实在有些恶心。

"这里是什么地方?"日下向佐古田问道。

"武持山东北坡。沿着这个山谷往上走,十分钟——不出十五分钟就能登顶了。"

"佐久呢?"

"就在下面。"

佐古田向下指了指,大家开始往山谷下面走去。走了一会儿,前面出现了十几个人,几乎都是戴着安全帽的工人。大家似乎察觉到是吉峰他们赶来了,纷纷看着脚下挪动,小心翼翼地在这狭窄的空间里面让出一条道来。

"唉,到底怎么样了呀?"德田惨叫着问道。

吉峰他们面前是一棵倒下并已腐烂的树,一个男人枕着这棵树脸朝上横卧着。从身穿的衣服来看,的确是工地的工人,可是脸已经完全辨认不出来了。在会议室见到过的那种黄色的、绳结状的物体,从倒下的树木表皮开始蔓延,将这个男人从脸到肩膀包裹得严严实实。

"这个真的是佐久君吗?"日下问佐古田。

"嗯。胸前的口袋上有刺绣。"

"刺绣……哦,绣着佐久的名字呢。"

大家沉默了一会儿,看着这个横卧在枯叶和石块上的男子,以及那一堆黄色物体。

"接下来怎么办?"日下看着吉峰问道,"要不要试着把他扶起来?"

吉峰一言不发,将目光投向德田。

"嗯嗯,是的,先把他扶起来吧。"德田大口大口地喘着粗气说道,"柿田君!"

"在……"从德田身后传来一个年轻男子紧张的声音。

"你能把佐久君稍微扶起来一下吗?"

"我吗? 好的……"

柿田屏住呼吸,走到德田前面,慢慢向佐久身边靠过去,然后在倒地男子的腰附近,单膝跪下。

"怎么样? 他还活着吗?"

"嗯,似乎还有呼吸。"

柿田将右手放在佐久的胸前,轻轻摇晃着。

"佐久——佐久——"

倒在地上的这位工人,完全没有一丝反应。

"佐久,你没事吧?"

这一回他将两只手都放在佐久胸前,比刚才摇晃的幅度大了些。

"真的还活着吗? 还有脉搏吗?"

听见德田这么问,柿田摸了摸佐久的右手手腕。

"很凉……不过,脉搏在跳,应该没事。"

"这样啊。那……要不把那堆黄色的物体扯开吧……"

"呃,要把这个东西剥下来吗?"

德田点了点头,"是的。不剥下来,没法让他把嘴张开做人工呼吸什么的。"

有那么一瞬间,柿田流露出不太情愿的表情,不过他还是再次转身面向佐久,将右手缓缓伸向佐久的脸部。就在他快要触碰到黄色物体的那一瞬,佐久突然抬起手臂来,一把抓住柿田的手腕。几乎是在同时,佐久一下子坐了起来。

"啊!"柿田尖叫着身子后仰,一屁股坐在了地上。吉峰、德田他们纷纷不由自主地往向后退。

黄色网结状物体开始从边缘处裂开,随即又在佐久和倒下的树木之间形成了一张小吊床。透过那张网的缝隙,大家看见了佐久布满血丝的双眼。他的双眼大大地睁着,如同见到了鬼一般,下巴还不停地打着战。

"他在说什么?"日下指着佐久的嘴问道。

佐久的嘴里发出奇怪的声音,似乎不是声带振动产生的,倒像是气管本身振动发出来的声音。

"佐久君,你怎么了?"德田扯着喉咙喊道。

"停……工……"

"你说什么?"

被黄色网状物体包裹着的男子,突然用咆哮一般的声音对着将手放在耳边、探出半边身子的德田喊道:"停——工——吧!"

说完,他就像断了线的人形木偶一般,浑身无力地瘫倒在地。

第二章　萤火虫

1

"这个嘛,毁坏得相当严重啊。"打望着营地那栋管理员办公室兼小卖部的弃屋,南方洋司说道,"该不会马上就要塌了吧?"

"嗯,估计被你那身板儿撞一下的话,也就差不多了。"

池泽刚说完,旁边那个身穿半袖 T 恤、渔夫背心和牛仔裤的大块头男人立刻对着弃屋墙壁做出一副大力士双手猛推的动作。别看这男子举止随和,样子有些滑稽,他可是 W 大学理工部教植物生态学的副教授。作为一位已经育有一子一女的父亲,比起还没有解决终身大事的池泽,他或许更像成熟的社会精英。

可能是昨夜的雨一直下到早晨才停的缘故,空气冰冰凉凉的,带着厚重的湿气。一踩在裸露的地面上,鞋子就沾满了泥。即使踩在落满了枯叶的地面上,也有雨水不断地往外冒。弃屋里面黑漆漆的,四周潮乎乎的,似乎有什么东西在散发着一股腐臭。不知道是猴头菇还是什么菌类,规规矩矩地排列在墙壁上。

一进入六月下旬,整个关东地区几乎全部笼罩在梅雨的天空下。这场雨一直持续了三个星期。为了消磨周末时光,再次回到营地的池泽,不安地眺望着那一排挤得密密麻麻的小树林。

我为什么又到这里来了?

从刚才开始,这句话就不停地在他脑海里盘旋。的确,那个已经没有通信信号却响个不停的电话是有些不同寻常。但是,池泽从来都不是好奇心旺盛的人。跟他的大学同学南方相比,恐怕还不到后者的一半。肯定还有别的原因促使他再来此地。

其实池泽心里是明白这个问题的答案的,只是他自己无论如何也不愿意承认罢了。毕竟是报道科技前沿动态的《IT杂志》编辑兼记者,他不可能轻易接受"说不定是电话自己打过来的"这种不合逻辑的理由。

然而,过去的一周当中,电话这件事压根儿就没离开过他的大脑。不管他做什么事情,一不留神,荒无人烟的森林中电话铃声响个不停的情形便会浮现在他眼前。电话那端唤着"坂下萤子"的声音也一直萦绕在他的鼓膜周围,不曾散去。

他给上周拜访过的中乡派出所打了电话,想打听一下他走之后有没有进一步关于坂下萤子的消息,对方却回答毫无进展。因为露营地的电话本身并没有接通,所以警方有人开始怀疑池泽是不是在搞恶作剧。池泽自己也开始糊涂了。为了搞清楚这件事,他决定再去一次营地的那栋弃屋。不过,他一个人去的话心里有些没底,再加上他也想验证一下那电话铃声到底是不是自己的幻觉,于是叫上了南方与他同去。

他与南方每年都会相约两三次,一起去附近露营。这应该算是下班后约着喝个小酒聊聊闲话之外的友情的延伸。山中漫步自然有山中漫步的乐趣,但是池泽更中意的是一边看着提灯发出的些许亮光,一边享受山间的漆黑和波旁烈酒带来的醉意。这一次,虽然来这里的目的稍有不同,但也并不耽误他继续享受这些小乐趣。

池泽与南方在市区碰头后，便一起去了中乡。在去中乡的路上，池泽将迄今为止发生的所有事情全部告诉了南方。好奇心强烈的南方对这件事表现出极大的兴趣，一到营地便说要赶在天黑之前去检查那个有问题的电话。

弃屋里面依旧泛着那股灰尘味儿。南方不假思索地踩在散落在屋里的木头和废品上面，大步向粉色电话靠近。

"这电话的模样还真让人怀念啊！"

"是啊。"池泽望着南方高大的背影说道，"现在几乎连公共电话都快看不见了。"

"是啊。这就是所谓的时代印记吧。这个估计拿到古董店都卖得出去。"南方就像在评估一把古董茶壶一般，双手在粉色电话上来回抚摸，"金属部分稍微有点儿生锈了，估计得打个九折，不过这种拨号式电话很少见，这个是卖点。"

南方拿起听筒放在耳朵边上，随后将粗大的手指伸进圆形拨号盘一个一个的孔里面，左右转动了几遍。

"喂喂，请问是萤子小姐吗？是我。"突然，南方神情严肃地对着话筒发话了，"现在那个叫池泽的不解风情的男人刚好就在我旁边。"

"别拿我开涮了好不好。"池泽苦笑。

南方突然回过头来，脸上露出害怕的神情。

"她在说话呢。"

"你骗人的吧？"池泽虽然这么说道，但还是一把抢过电话将听筒放在耳边。自然是什么声音也没有听到。

"你把我当猴耍啊！"

"怎么可能！"南方一边说，一边向柜台探出身子，往电话后面看去,随后皱着眉头问,"咦,那是什么?"

"什么呀?"

池泽正打算往后面看,南方突然将电话拿到跟前倒过来,似乎想要看看电话下面有什么东西。

"到底是什么呀?"池泽也向着柜台探出半个身子,从跟南方相对的方向往电话的后面看去。

首先映入眼帘的是一堆黄色的类似蕾丝花边的物体。这堆东西将电话下面包裹得严严实实。有些黄色物体似乎已经沿着电话的塑料部分与金属部分相接的缝隙,以及电话线上的小孔渗透到了电话的内部。这堆蕾丝花边合成一股粗线,顺着电话线向着柜台另一头延伸,在地面某个小洞里消失了踪影。

南方斜拿着电话,用食指碰了碰那堆黄色花边和那条粗线,说道:"黏糊糊的呢。"

池泽也用手捏了捏电话线,的确有些沾手。

"总不可能是有人用油漆涂的吧?"

"是啊。"南方笑着说道,"这个多半是变形菌!"

"变形菌?"

"也叫黏菌。但它既不是动物也不是植物,更不是菌类,而是一种变形的真核生物。"

"是生物啊?"

"是。这堆黄色物体以及电话线上面那根粗线,所有这些东西其实只是一个细胞。"

池泽满腹狐疑地看着南方,说道:"你又在骗我吧?"

"真的。我平时的确是满嘴胡说八道,可我至少不会胡说学术上的东西。"

突然间露出副教授神情的南方,将电话放回原处,开始了如下的演讲：

"变形菌有时候会像阿米巴虫一样蠕动，有时候也会静止在某个地方一动不动，而且它的繁殖方式是孢子繁殖，所以它是一种既有动植物特点又有菌类特点的生物。孢子发芽，变成阿米巴虫形状的细胞，遇到异性并与之结合后，就会变成有无数个核的巨型阿米巴体，也就是变形体。不过由于它们细胞本身并不会分裂，因此只是单细胞生物。

"变形体隐藏在堆积的枯叶下面或者腐坏的朽木内侧，一旦到了高温湿润的时期便会呈绳结状蔓延并爬到地面上来。根据种类的不同，有的变形菌甚至可以扩展到一米见方的面积。有时候也会攀着附近的草丛树木继续往上蔓延，有时候也会顺着岩石或者电线杆子往上爬。为了追求通风良好且日照充足的生存环境，有时候甚至会移动相当可观的一段距离，从森林深处一直爬到有人烟的地方。

"如此说来，这个季节在营地发现变形菌也不足为奇了。"南方一边打望着弃屋一边说道，"不过，这个屋子里面似乎只有电话上有变形菌呢。"

"你这么一说好像还真是，其他地方似乎没见着呢。"

"变形菌在蔓延的过程中会不停地散布孢子，以寻找更有利的生存环境。按照这个逻辑，变形菌选择了这间既不通风、日照也很差的屋子，还选择了潜入到电话里面就相当奇怪了。"

"那有没有可能是本来就待在电话里面的变形菌变成变形体之后爬到外面来了呢？"

"有道理。"南方用食指指着池泽说道，"是有这种可能性。但是电话里面并没有变形体生长所必需的细菌食物。这个条件不满足。"

池泽将手放在电话上面,说道:"要不打开看看?"

"嗯。虽然很想这样做,不过在验证你说的假设是否是真的之前,我们还是先把它就这么放着吧。"南方从钓鱼背心的口袋里面掏出一个胶卷盒和一把镊子,"趁现在没忘记,先取点儿样品再说。"

说着南方再次将电话倾斜,用镊子剥了一小块黄色蕾丝花边下来,放进了胶卷盒。

那天并没有下雨。晌午过后,微弱的阳光从天空中洒下来。闷热的一天。池泽和南方一直待在营地,各自打发着时间。然而直到夕阳西下,电话似乎也没有要响起的意思。

正想着是不是该去准备晚饭了,萤火虫飞舞着过来了。

最初,只有像小手指尖那么大的一点点蓝色光亮从池泽眼前倏地飞过。随后这光亮变成了两个、四个、八个。池泽又感到脖子那里开始火辣辣地疼。

"电话……貌似就要响起来了……"

正在桌子旁边给土豆削皮的南方,抬起头来问:"你知道?"

池泽点点头。萤火虫继续呈几何倍数增长。似乎还有零零星星的亮光从几十米外黑漆漆的林子边缘渗透出来。据说,下过大雨的第二天,萤火虫会变多。即便如此,眼前这种数量也太不寻常了。

"太厉害了!"

南方把刀插进土豆里面,下巴朝前努了努。池泽随即跟着视线朝上看去。

只见桌子周围并排站着的栎树和枫树已经成了圣诞树。

无数的蓝色亮光和透过树叶的绿色亮光,一闪一闪地将枝繁叶茂的树冠包裹了一层又一层。就连树枝之间的缝隙也被星星点点的光亮塞满了。

"这个……也太厉害了……"池泽叹了口气说道。

"它们总是这么大规模地出现吗?"

"不,去年最多的时候也不过几十只罢了……"

"这样啊……"即便是南方也被吓得目瞪口呆,"自打我出生以来,还是头一回看到这么多的萤火虫呢……东京附近的郊区能看见这么多萤火虫的地方,我是听都没听说过。就是在日本全国,也没有吧……听说老早以前倒是有什么萤火虫大战之类的事情,不过那是江户时代的老皇历了吧,至少也是二战之前的事了。"

"是啊……我也是头一回……"话说到一半,池泽就闭上了嘴。在很久很久以前,他似乎经历过类似的场景。

营地四周已然是一片光亮的海洋了,四处泛着安静、冷淡的光芒。狂舞的萤火虫时不时地撞一下池泽的脸。也有萤火虫往提灯上面扑过去,结果被烧死了。在这种情形下,与其说是感叹这片萤火虫海洋的壮观之美,倒不如说有点儿脊背发凉的感觉。想一想,要是突然这些萤火虫齐刷刷地朝他扑过来,那么只有窒息而亡,没有别的结局。

电话铃声终于响起。

池泽望着南方的脸,说道:"你听见了吗?"

南方似乎刻意竖着耳朵听了会儿,然后紧紧咬着双唇,点了点头,"的确在响。"

两人几乎同时从长椅上站了起来。他们戴上头顶探照灯,然后将提灯熄灭。想要凭借萤火虫的光亮看清楚脚底下的路还是有些困难的,但几乎所有的树都变成了圣诞树,即便是没有打开头顶的探照灯也不用太担心会撞上什么东西。

在弃屋的入口处,南方停住了。微弱的电话铃声听上去似有似无,仿佛马上就要断了。

"怎么了?"

听见池泽问他,大个子男人回过头来。

"你一个人进去。"南方突然关掉了探照灯的开关,"我从窗户这里悄悄观察。"

"为什么?害怕了?"

"怎么可能?我感兴趣得不得了!我只是担心,我一进去这电话铃声就会断掉。"

听南方这么一说,池泽也觉得似乎有些道理。于是他点点头,戴上探照灯,独自从弃屋的入口处钻了进去。上百只——不,可能有超过一千只萤火虫已经飞到了屋子中央,墙壁上、天花板上密密麻麻的全是萤火虫的身影。

"喂——"

拿起电话听筒,对方有些迟疑的心绪似乎通过电话线传递了过来。池泽不吭声,默默地等着。

"喂……我是坂下萤子。"这时,电话那头传来的声音虽然有些模糊,但可以肯定是一个女子的声音,"几次三番特地叫您过来,实在是很抱歉。我还不太习惯像这样和谁说话,说得不好您别见怪。"

池泽没有回答,只是静静地听着。回过头去,只见脏兮兮的窗户上映着南方的影子。

"您是池泽亮先生吧?"

"是的……不过,你怎么知道我的名字?"

"我怎么知道您的名字?可是我就是知道呀……很久很久

以前,也许是上辈子,我们可能见过面呢……"

"上辈子?"池泽苦笑了一下,"你这是在劝我入什么教? 都把我追到这里来了……"

"我说的很久很久以前,是想说在我出生以前……"

池泽想问她今年多大了,却没好意思说出口。毕竟,对方是位女子。

"池泽先生,您知道山神大人吗?"

"山神? ……嗯,也可以说是知道吧。不过没见过面……"

对方并没有对池泽的俏皮话做出任何回应,"实不相瞒,我是有事相求。目前,距离您所在的位置步行一两个小时左右,有一处叫作绿园度假村的地方。"

"没错。"

"您能去阻止那边正在进行的滑雪场修建工程吗? ……突然向您提出这样唐突的要求,真的很抱歉……"

"你是武光镇的原住民吗? 我听说他们已经把老百姓的反对运动压下去了。"

"不,我不是武光镇的镇民,我跟反对运动也没有任何关系。我只是代表山神大人前来拜托您的。"

"到底是怎么一回事呢?"

"绿园的工程会毁掉山神大人。无论如何,希望您想想办法阻止工程,救救山神大人。绿园度假村的开发商是环境与发展公司,负责开发企划的核心人物是一个叫吉峰俊的人。您去见见这个人,跟他聊一聊吧。"

"这个,你这么说我可……"池泽挠了挠后脑勺,"我什么办法也没有,我只是个普普通通的上班族啊……"

"我知道我向您提出了非常过分的要求。您想想办法,和那边……"

"那个，你知道你已经上寻人启事了吗？"

"寻人启事？……不知道。"

"貌似当地派出所已经在大山里面找过一次了。想必是你的家里人非常担心你吧。你现在在哪里呢？"

对方陷入短暂的沉默之后，一个字一个字地答道："我在山里。"

"哪座山？在哪一带呢？"

"……我不知道。"

"坂下女士，除了您的名字以外，我对您是一无所知。您在哪里？做着什么？究竟是何方神圣？我统统都不知道。我就是想帮您也不知道从何处下手啊。就算是您不知道自己身在何处，那么您至少让我见您一面吧。"

池泽如此这般地劝说着对方，突然觉得自己好像被捉弄了似的。对方应该是个神经兮兮、歇斯底里的女人。要不，怎么会一本正经地说"救救山神大人"这样的话呢？

"如果我让你见到我，你就会帮我，是吗？"

"至少我们可以商量商量。"

池泽说完，电话那端又陷入了沉默。只听见树叶沙沙的声音，仿佛是背景音乐一般。

"我明白了。"足足有二十秒的沉默，那端才传来女子的声音，"我现在马上就到您那边去，您不动，就这样拿着电话就好了，稍微等我一下。"

"什么？拿着电话不动……什么意思？"

果然是个满嘴荒唐言的女子。万一她不是有些神经兮兮，而是真的有很严重的精神病呢……池泽正琢磨着，屋子里就发生了奇妙的变化。

本来静悄悄停在墙壁上、天花板上以及柜台上面的萤火虫，突然齐刷刷地飞舞起来。一瞬间，池泽甚至觉得整间屋子都要崩塌了。

"您可以把灯关掉吗？"

"什么？你让我做什么？"

女子的声音依旧从电话那端传了过来，"请把灯关掉。"

池泽感到女子的声音里有一种难以拒绝的力量，便将头顶探照灯的电源关上了。

弃屋中间，出现了一道光的旋涡。

萤火虫聚集在池泽周围，一致向左打着旋儿。看到这个情形，池泽自己有些情不自禁地想向右打转，脚底下也有些站不稳了，跟跟跄跄的。

一开始在弃屋中间绕着圈的萤火虫渐渐地缩小了绕圈的半径。池泽眼前飞舞着的光点密度不断增加。不过，它们好像并没有围着池泽打转。不知道从什么时候开始，原本在池泽身后飞舞的萤火虫也不见了，耸立在他眼面前的是一个白色的光柱。

不是飞蚊形成的柱子，而是萤火虫柱子。

池泽紧握着电话听筒，半张着嘴，呆呆地站着一动也不动。

萤柱还在继续缩小半径，密度也在不断增加，宛如一道上升的白色烟霭一般。突然，柱子的左右两侧各延伸出一突起物，随后圆柱上有两处开始变细。一处是在突起物的上方，另一处是在突起物稍微靠下的地方。然后，变细的地方稍微往下的部分反而开始微微膨胀……

难道是……

池泽按捺不住地哼唧了一声。

一位由白色光粒子组成的少女出现在池泽眼前。

"这就是我。"听筒那头传来说话声,"目前,我只能用这种方式和您见面。"

池泽目瞪口呆。

"萤女"这个词语在他的脑海里翻来覆去地出现。传说侍奉山神的巫女……除此之外,他再也想不到其他词来形容她了。

"诚如您所说的,我大概在一个月之前,没有告诉任何人便独自去了石那村,然后登上武持山,它就在绿园的旁边。可是山顶被树林围得严严实实,我什么也没有看见。随后,我没有走登山步道,而是沿着山脊晃晃悠悠地走着,本想找一个视野好点儿的地方,没想到却迷了路。稀里糊涂地沿着山涧顺着急坡往下走的时候,不小心一脚踏空摔了下去。受伤之后,我躺在地上动弹不得。你要问我身处山里的何处,我自己也不清楚,真的。"

萤女一边说着话,一边挥动着看上去像是手臂一样的两根突起物。然而她的声音依旧是通过电话传过来的。这样的情形只能用非现实来描述吧。有点儿像在看老早以前的电脑绘图。实际上,萤女的一举一动看起来都像是三维电脑绘图动漫一般,有些笨拙,不那么精致。

萤女也就是坂下萤子,原本打算自杀,遇难之后放弃了求救,静静地待着等死。三天后,她感觉自己的身体越来越衰弱,似乎还出现了各种各样的幻觉。随后她的身体突然变得轻盈起来,她意识到自己可以在林子里面自由地飘来飘去。不仅如此,她发现自己好像还能和森林里的各种生物交流了。从大树到苔藓类植物,从哺乳动物到萤火虫这样的昆虫,多多少少都可以跟她"对话"了。最令她印象深刻的是,她遇到了自古以来就被山里的原住民当成山神来侍奉的那头黑熊。

在熊之田洼这一带,世世代代都有一头大黑熊栖居在这里。目前住着的是一头正值壮年的母熊。这头熊去年产下一只幼仔,可是幼仔没能养大就被饿死了。原因可能是山毛榉和大叶栎树的收成不好,黑熊在冬眠之前没能够储存到充足的养分。另外,人工植树造林的面积越来越大,修建绿园那样的设施导致原始森林不断减少,这些也都是间接原因。

池泽热衷于在大山里面漫步,因此也略微懂些黑熊的常识。也许坂下萤子本身对于黑熊也很熟悉,所以她说的事情池泽立刻就明白了。

雌性黑熊不好动,因此求偶这件事的主动权往往掌握在相对爱动的雄性黑熊手上。然而,今年已经进入黑熊繁殖季节,这一带却没有雄性黑熊造访。其原因就在于,以熊之田洼为中心的森林几乎被人工林和建筑物隔离了。雄性黑熊不可能去食物寥寥的人工林里求偶。另外,与其他森林连接的唯一道路就是武持山东北面的原始森林,可一旦滑雪场修好后,这条路也就不存在了。这样下去,熊之田洼的森林就快要完全与世隔绝了,而世世代代都作为山神被崇奉的黑熊,搞不好就要在这头雌熊身上终结了。

"我完全能够体会山神大人的心情。孩子死后的悲伤,以及那种被撇下的寂寞……我自己也曾经历过那种痛苦。"

萤女的下半身分裂成两截柱子,像人类的腿似的。她轻轻移动到弃屋的窗户边,作出向外眺望的样子。池泽不知道自己是不是已经被带入非现实世界中去了。他怀着一丝恐惧,试着和萤女搭话。

"你的孩子去世了吗?"

萤女点了点头,"嗯。我怀了那个人的孩子,他却抛弃了我们。后来，我的孩子也没有了。"

"所以你打算自杀？"

电话那端的萤女陷入了沉默。由点点蓝光组成的她的身影，一闪一闪的。过了一会儿，电话里面传来了她的声音，听上去有气无力。

"孩子……是被我害死的。我……很后悔……"

"这到底是怎么一回事？"

然而萤女却不再吭声了。

电话那端又传来树叶沙沙的声音。这次他感觉那沙沙声似乎是从遥远的地方传过来似的，忍不住将耳朵往电话听筒凑了凑。

"我差不多该走了。"萤女的声音听上去有些不清晰了。

"走？你要去哪里？"

"山里。"

我真是问了个愚蠢的问题，池泽想。

她那闪耀着浅蓝色光芒的身姿渐渐模糊了。像两只手臂一样的突起物慢慢地缩了回来，身体上的曲线也渐渐消失了，随即变回最初的样子：一根萤火虫柱子。

"萤火虫也有萤火虫的时间，我必须遵守。"电话那边传来断断续续的声音，"再会。"

萤柱的光束像解开的丝线一样松开，慢慢流淌到弃屋外面。蓝色的烟霭也渐渐变小。整座森林的时间之河似乎就在他眼面前缓缓流淌。

不一会儿，弃屋里面便只剩下空空荡荡的黑暗。

突然，在屋子入口处响起"咯噔"一声。池泽几乎要跳到半空中似的回头看去。

"是我啦。"南方的声音传来。头顶探照灯的光线射向满是灰尘的地板。

池泽将手放在胸前,似乎想抑制住内心的一阵阵悸动,"吓死我了。"

"不好意思,不好意思。"

池泽也将自己头上戴着的探照灯打开。看着南方那张写满了担心的脸,池泽心里又涌起了新的不安。

"你没事吧?"南方问道。

池泽果断地问道:"你都看见了吧?"

"你是说人形的萤火虫柱子吗? 看见了。"

南方点了点头,那张脸上的表情是前所未有的认真。

池泽再次摸了摸胸口,"这就对了。不是我精神失常了啊……"

"哈! 你担心是你自己出现了幻觉? 放心吧,不是。"南方又恢复了笑呵呵的表情。

"不过我也没法对她做出些什么保证啊……"

池泽这才意识到自己还紧紧地将电话听筒攥在手里。他将听筒放在耳边想再听听有什么声响,自然是什么声音也没有听到。

2

　　环境与发展公司距离池泽工作的地方坐地铁只需要两站，其实走着过去也不是不可以。公司大楼跟他想象的规模差不多，是一座十层楼的漂亮建筑，形状近似于长椭圆形，外墙是温和的绿色，散发着柔和的光芒。宽敞的大厅有着近三层楼的挑高，正中央是表面有流水的现代雕塑及观赏植物。

　　池泽有些不安地环顾着四周穿过大厅。穿着制服的年轻前台小姐立刻站了起来，笑盈盈地向他问好。每次只要一进入这种处处是人工痕迹的场所，池泽就会非常紧张，然后一下子就疲倦不堪。

　　"我是《IT杂志》社的池泽。"池泽掏出名片，放在前台小姐的面前，"我想见见营业本部新开发室的吉峰先生。"

　　"您跟他约好了吗？"

　　"是的，约的四点半。"

　　"明白了。请您稍微等一下。"前台小姐用纤细的手指轻轻滑动着手边的触摸显示屏。大概是在查内线电话吧。几秒之后，她拿起听筒放在耳边。

　　"您好，这里是前台。《IT杂志》社的池泽先生跟吉峰先生约好了四点半见面。"

前台小姐重复了两遍"是的",挂掉电话,再次站起身来。

"他马上就过来,请您在那边的沙发坐下来等等好吗?"她手掌向上,指了指右边。那边并排放着几张圆桌和沙发。

"谢谢。"

池泽转身离开前台,找了一张沙发坐了下来。之前坐着的几位男男女女立刻将视线投向他,但很快便又看向了不同的方向。他们的衣着打扮都比池泽讲究很多。

稍稍坐了一会儿之后,一位身穿制服的女性从远处渐渐进入池泽的视野。她先到前台那里稍稍停了一会儿,然后径直朝池泽走过来。

"您是《IT杂志》社的池泽先生吧?"

"是的。"池泽点点头。

她微微一笑,说道:"您久等了。我带您到小会议室去吧,这边请。"

池泽这才觉着肩膀老早就酸痛了。

坐电梯上到二楼,左右两边并排着的全是小会议室。每间大概都是三米见方,摆着长方形的桌子和四把椅子。大概有三分之一的会议室处于使用中的状态。

带路的女性将池泽领到其中一间小会议室之后便不见了,不一会儿端着一杯茶又出现了。

"请您稍等片刻。"

说完之后她便离开了。吉峰是在五分钟之后才出现的,距离池泽走进这栋大楼已经过去二十分钟。

"让您等太久了。刚才恰好有些事情弄得手忙脚乱的。"

"没事。您这么忙我还来打扰您,真是不好意思。"

池泽站起身来交换名片,顺便将吉峰从头到脚打量了一番。真是一位英俊的男子,浑身上下也很整洁;身高比池泽还要稍微高些,应该有一米八以上;年龄大概不超过三十五岁。

再看看手中的名片,头衔赫然印着"总监"二字。放在杂志社的话,类似于总编的级别了吧。这么说来,这个人工作上也是一把好手啊。

"您请坐。"

"谢谢。"

"您是《IT杂志》社的?"吉峰爽朗地笑着说道,"我时不时地也要拜读一下贵杂志呢。"

"这可真是有些不好意思呢。对您有帮助吗?"

"是的。最近酒店、度假中心各种设施的信息化程度也在不断提高。"

"这样啊。"

"对了,听说您想去绿园那边采访、找找素材?"

"是的。"池泽一边拿出掌上电脑一边跟吉峰解释道,"我在电话里面跟您讲过,九月份我们杂志的企划案已经做好了,主题是'度假酒店里的移动生活'。顾名思义,也就是说我们会把各种各样的移动信息设备带到度假酒店,看看到底能有哪些玩法。我非常希望能将绿园作为其中一个展示舞台。"

"原来是这样。那么你们为什么选择了绿园呢?"

池泽立刻把来之前在网上搜索到的跟绿园相关的知识都用上了。

"这个嘛,因为绿园是'离市中心最近的奢侈度假村'。现在,绿园几乎已经成了热门话题……还有,如果跑到深山里面去做这个专题,会有信号不好等现实方面的问题。而关于海边的度假酒店,我们会另做专题。"

"而且绿园可以当天往返,您去采访的话相对也比较轻松吧。"

"事实上,的确也有这方面的考虑。"池泽苦笑道。

"明白了。这个对于我们也是一次宣传的机会,一定尽力配合。"

"非常感谢。"

事实上,"度假酒店里的移动生活"这个企划案根本就不存在。这是池泽为了找一个跟吉峰碰面的借口故意编造出来的。不过一旦发生什么状况的话,也不是说没有成为企划案的可能性。就算不能用到杂志上,池泽自己也可以想办法把企划案放到网站主页上。

"过几天我想去现场看看,去之前希望可以先了解一下基本的信息……所以今天来这里……"

"这样啊……那么我来简单介绍一下整体情况吧。"

"麻烦您了。"

吉峰将抱来的资料在桌子上面摊开,全是各种各样登载着漂亮照片、色彩鲜艳的宣传手册。每一种都选用了厚实且高级的纸张,并且使用了特殊墨水印刷。

绿园度假村的目标客户群体不是普通老百姓和一般家庭,而是那些高收入者及没有孩子的夫妇。它是会员制的度假酒店,第二期会员招募已经开始了,会籍销售可以说进展得还算顺利。会费一年一人是七百万日元左右,但是一旦成为会员,便能以每晚三千五百日元的价格住宿,并且可以随便使用酒店内的所有设施。每年至少能够保证七天的预订。此外,在预订环境与发展公司旗下的其他酒店和高尔夫球场时,也可以享受到优惠价格。

　　绿园的总面积大约有五十平方公顷。作为综合性度假中心，规模不算大，不过它拥有庭园式的设计和各种各样的设施。独栋小楼有八十栋，其设备完全可与别墅媲美。此外还有餐厅、桑拿房、多功能大厅、网球场、室内泳池、滑冰场兼室外泳池、迷你高尔夫球场等设施。还有一个迷你滑雪场。

　　迷你滑雪场占地面积大概是整个度假酒店的十分之一，预计明年一月开放使用。据说到时候还会扩建前往绿园酒店的公路。工期相当地赶。说是迷你滑雪场，可实际上规模远大过迷你的级别。滑雪场配备了一台缆车，两条索道，好像还配置了制雪机。

　　如此多的设施，确实会给周围的自然环境带来不少影响吧。开发时带来的直接破坏就不必提了，迷你高尔夫球场上撒的农药，迷你滑雪场上撒的人工雪催化剂等也是不小的问题。

　　通过采访，池泽渐渐发觉吉峰对绿园的热情有些不同寻常。起初，他只是重复早已准备好的解说词而已，随着池泽时不时地提问，吉峰越说越激动，渐渐有些口沫横飞的样子。

　　池泽装作若无其事地打听到了这家环境与发展公司，目前只在九州四国地区拥有三家中等规模的酒店，在关东中部地区有两家高尔夫球场及一家餐厅而已。经营绿园这种大型综合性度假酒店还是第一次，如果成功了，对于公司的成长而言无疑是一次巨大的飞跃。反之，若失败了，导致公司破产也是有可能的。

　　吉峰作为总监，是社长直接指定的。对他个人而言，这是出人头地的绝佳机会，同时也是一份一旦接受就无法回头的工作，可以说是背水一战。根据《综合修养地域整备法》（即《度假法》),公司在当地政府那里取得了全面支持,销售方面也进行得十分顺利,到目前为止可谓是一帆风顺。

已经基本掌握绿园度假酒店概况的池泽结束了对吉峰的采访,然后拿了几份宣传手册和地图,跟吉峰确定好去现场采风的日期,然后便离开了环境与发展公司。

一走出公司大楼,池泽便情不自禁地大喘一口气。这时差不多已经到了上班族下班回家的时间,道路上已经嘈杂起来。似乎就快要下雨了,天空中挤满了厚厚的云层。街上的行人都是一副形色匆匆的样子。

池泽在心里盘算着,迷你滑雪场如果要在一月开放的话,那就只剩下半年时间了。现在即便是发动环境保护组织,要想阻止工程也几乎是不可能的事情了。

——求求您救救山神大人吧。

池泽耳畔回荡着萤女的声音。倘若山神就此灭亡的话,又会怎样呢?是不是森林也会渐渐走向衰亡呢?萤女的命运也令人堪忧。她们也会随着山神的灭亡而消失吧?坂下萤子会消失,还有,说不定澄子也会消失……

这么一想,池泽的内心突然涌起一阵落寞。太不可思议了。从剪场那里听到绿园的事之后前往查看时,他内心是没有一丝波动的。当时心里想的无非就是:唉,这里要变成这样了。仅此而已。

而现在,一想到当时看见的如同坟场一样的景象,池泽就止不住地心痛。到底是怎么一回事?这些年来,池泽似乎早已将对森林的这份感情抛在了脑后。仔细想想,那片森林既是他童年时代玩耍的地方,也是最近两年来经常光顾的地方。这片林子若是被砍伐成了与外界隔绝的荒芜之地,原本居住在里面的生物就会失去栖身场所,这么一想,他觉得心痛也是理所应当的。

——总之,自打我开始在这里生活以后,被我忘记的东西就越来越多。

站在被霓虹灯装点的钢筋混凝土森林边上,池泽在心中自言自语道。

吉峰抱着资料回到办公桌前,短短三十分钟的时间里,留言条贴了好几张。他瞄了一眼,将其中几张揉成团直接扔掉了。电脑的液晶显示屏弹出对话框,提示收到了新邮件。他点了点"OK"键,正打算看看收件箱,旁边就传来喊他的声音。

"啊,吉峰君——"

转头一看,新开发室的德升室长正在向他招手。德升室长是一个小个子男人,他的发际线严重后退,光秃秃的脑袋上面油光水滑的,是那种旁人不太愿意靠近的类型。

"什么事?"

"社长叫你去一趟。"室长压低了声音说道,可是随后又用周围人都能听得清清楚楚的声音补充道,"请你不要再惹事啦!最后还不是我来给你擦屁股。"

"您费心了。"吉峰摇了摇头,"我自己会擦干净,决不给室长添麻烦。"

小个子男人从鼻子里面哼唧了一句:"那要看你能不能擦干净哟——"

扔下这么一句话后,他转身回到了自己的办公桌前。随着组织结构扁平化的推进,社长倡导公司需要轻装前进,于是越过德升,破格提拔吉峰担任重要项目的总负责人。对于这件事,德升一直耿耿于怀。假如绿园度假酒店取得了巨大成功，那么吉峰极有可能挤掉自己成为新的室长。一想到这儿，德升就会说些打击吉峰的话，或者暗中跟他使使绊子。

吉峰去洗手间洗手。只要一想到室长那油光光的额头，便忍不住想把手洗上三遍。当然还少不了用湿纸巾进行杀菌。这些程序进行完之后，他朝着社长的办公室走去。

社长室房门紧闭。吉峰深吸一口气，敲了敲门。

"在呢——"房间里传来一声粗嗓门，"门开着。"

"那我进来了。"

吉峰转了转门把手。从门缝里可以看见一个满头银发、体格健硕的男子，正对着一张红木桌子坐着，认认真真地做着什么。

"是吉峰君吗？好啦，进来吧，把门带上。"

"好。"

桌上放着一把猎枪，社长正用布擦拭枪身，动作轻柔。

"我又不会向你开枪，快快，到这边来。"

"是。"吉峰走到了桌前摆放的沙发处，"是来复枪吧？"

"嗯。"

众人皆知，社长的兴趣爱好是狩猎。社长办公室里随时都保管着一把猎枪。本来这些东西应该放在自己家里好好保管，不过社长目前家在广岛。虽说他在东京市内也拥有一处高级公寓，不过根据公寓管理方面的规定，不能在公寓内保管枪支这类危险物品，因此他只好偷偷拿来放在公司里了。

在社长自己家里肯定还有好几把猎枪，不过社长每个月有一半的时间都待在东京，再加上关东以北的地区也有狩猎场所，在东京放一把猎枪倒也方便。

"坐吧。"

"好的。"

"听说最近发生了不少麻烦事,要不要紧啊?"

"非常抱歉。我会抓紧时间调查,尽快查明真相,请您不要担心。"

"警察那边要是叽叽喳喳地插手进来就更烦了,你想想办法。"

"谢谢您的提醒。不过,目前还没有必要这么做。"

"好吧。"社长眯缝着眼睛,仔仔细细地查看着猎枪的光泽程度,"我说,我可能是有些杞人忧天了。"

"什么?"

"我们还是提前做好准备吧。警察或许会插手干预……"

"啊,这样……嗯,不过就目前的情形来看,好像并没有这样的征兆。"

话虽如此,吉峰心里还是有些动摇了。他想起了醉酒后在森林里迷路的那个工人喊出的话。不过,关于这件事情,吉峰还没有向任何人汇报过。

"我本以为武光镇的反对运动已经完全压下去了,不过似乎还有头脑顽固的老爷子啊……"

"我会小心行事的。"

社长端起擦拭好的来复枪,对着窗外做出一个瞄准的动作。

"对了,听说绿园附近好像见到鹿了?"

"嗯,时不时还能见到狐狸呀狸猫呀羚羊什么的。听说,山里还有熊呢。"

"还有熊啊?"社长脸上浮起一丝笑容,"真想去试试呢。"

"不过,很遗憾……那一带是动物保护区。"

“这样啊？那你试试什么时候能把保护区给撤销了。”

“这个……”

“哈哈哈，玩笑话。你到目前为止已经有不少麻烦了，也挺对不住你的。”社长托着枪说道，“虽说你很辛苦，不过我很期待你的表现。吉峰君，好好干，证明我的眼光没错！”

“明白。”

吉峰将头深深地埋了下去。社长从嘴里发出“砰——”的一声，枪口随之往上一扬。

池泽在回公司之前，先去了趟车站前的咖啡店。他在靠窗的桌子旁坐下，点了一杯冰咖啡，掏出手机，随后拨通了他认识的一位报社记者的电话。

“您好，我是多田。”

对方也是用手机接的，因此电话一通便自报家门。电话是池泽打过来的，这个他应该明白。

“不好意思。现在方便说话吗？”

“可以。是白天那件事吗？”

多田之前也和池泽一样，是《IT杂志》的记者。或许是做烦了，他如今到了一家地方报社的社会新闻部。这家地方报的报道范围也包括石那村和武光镇。

池泽白天给多田打过一次电话，拜托他将绿园度假酒店那里发生事故的前前后后都给自己讲讲。多田将从负责采访这起事故的记者那里听到的许多不能写在报纸上的信息也告诉了池泽。

“事实上呢，我们登在报纸上面的报道跟你从民宿大叔那里听到的内容差不多。写这篇报道的是一个叫西冈的家伙。这家伙在报道发表之后好像还跟进了一段时间。他觉得事故应该跟之前的反对运动有些关系。"

"有吗?"

"不能说完全没有,不过根据西冈的判断,即便有关系也是非常间接的关系。所以,他也就不再继续追究下去了。"

"那事故的原因弄清楚了吗?"

"目前,对外正式公布的还是原因不明。不过,根据西冈取得的第一手信息,失控的工程车的电气系统里面好像长着像霉菌一样的东西。是不是造成了电气系统的短路或者漏电,目前还说不清楚。不过相关人士认为,应该是这些像霉菌一样的东西造成了工程车失控。"

"霉菌……什么样的霉菌?"

"那……具体的情形我就不太清楚了。不管怎样,最近那边好像接二连三地出现麻烦,一会儿木屋里的设施出故障,一会儿工地现场作业的工人突然下落不明。搞不好已经影响工程的开发进度了。"

"这么一回事呀。"

"对了,全面负责整个工程的那个家伙叫什么来着?"

"吉峰俊?"

"对对对。他对这个叫吉峰的人物也稍微打探了一下。你想听吗?"

"好哇。"

"我倒是不知道开发一个度假村还需要什么工程负责人,总之就是负责经营企划一类的吧。不过,吉峰这个年轻人却是公司里面最好的工程负责人,据说在社长那里也是相当得宠。人长得又帅,很有女人缘。你对他是不是也有这种感觉?"

"嗯。要说他是演员或者模特,我都相信。"

"看吧,就是这样。不过,听说他最近有些麻烦。"

"什么麻烦?"

"听西冈说,吉峰最近跟公司的女同事有些瓜葛,导致他的个人评价有些下滑。不过这种事情也常见。具体是什么瓜葛,就没有继续调查了。"

池泽皱了皱眉头,"跟女人有关……"池泽内心深处似乎被什么东西挠了一下。

"怎么了?"

"没什么……突然想到一件事情……"池泽话到嘴边又咽了回去,沉默着想了一会儿,又摇摇头,"我自己都不明白我到底想到了什么。"

"喂,你打起精神来哟!"

"嗯,我请你吃饭,能再拜托你一回吗?"

"什么事?"

"那个,吉峰跟女人有关的麻烦,我还想多了解一些。能让他帮我打听打听吗?"

"那家伙可能办不到呀。你也是记者,你懂的。"

"也是。"

"总之我让西冈再试一次吧。"

"真的?"

"不过,我有条件的。光请吃一顿可不行。"

"那我要怎么做呢?"

"嗯,比如说给我提供点儿新闻线索之类的。"

"新闻线索啊?"池泽挠了挠头,"或许这个还真有可能成为一件大新闻。"

"哪个?"

"我根据你提供的情报接着往下查的这件事情。我自己是不打算写这篇报道的。这个不是我们《IT杂志》的菜。"

"到底是什么新闻啊?"

"都说了还在调查呢。如果这成了新闻素材我一定给你做。"

"真是便宜你小子了!"多田从鼻子里面哼了一句,"你好歹给点儿提示呀。也算是给西冈的诱饵啊。"

"你说得也对……比如说,粘在工程车里面的那个霉菌。"

"霉菌……是有些奇怪。"

"或许是一种非比寻常的霉菌。我也在一部电话上见到过有些类似霉菌的奇怪东西,就在离绿园不远的地方。据说叫变形菌。现在,我认识的一位植物学家正在调查当中。"

"突然变异?"

"突然变异? 嗯,也有这种可能。你怎么突然这么问?"

"嗯,你看嘛,环境激素①现在也是个大问题啊。不过,突然变异也好,畸形也好,作为新闻报道而言肯定会引起轰动的。"

"环境激素啊? 原来如此。的确有这种可能性。不过,现在一切都还没有定论。"

"好,我明白了。虽说目前我还有些将信将疑,不过姑且就用这个话题来收买他吧。"

"喂,现在还说不清楚究竟是不是环境激素……"

"我知道。现在说说你想知道些什么。"

"跟他有瓜葛的女性的名字、来路,以及他们之间究竟发生了什么。"

---

①指外因性干扰生物体内分泌的化学物质。

"OK！再给我两三天时间。"

多田说完，自顾自地挂掉了电话。池泽咂咂嘴，将手机放回衣兜里。窗外，夜幕已经降临。他啜了口咖啡，雨滴开始敲打玻璃窗。

第三章　变形菌

1

从早上开始,吉峰的心情就很坏。绿园出事故已经过了两个星期,原因却还没搞清楚,而且工地什么时候可以恢复施工也没定。已经够上火的了,偏偏还在召集营业本部会员制事业室和会员权销售代理店举行的说明会上遭到了猛烈的发难。质问他绿园这个突击工程,到底还能不能挽回耽搁的进度。说实话,吉峰自己也没有信心。

确切地说,明年年初滑雪场能否投入使用,将极大地影响会员权的销售。如果无法投入使用,那么就必须改换销售策略。在目前这种经济不景气的大形势下,代理店也得拼命。每个人脑中的弦都绷得紧紧的,超乎想象地紧。可是,他的确束手无策。

但令人不能原谅的是,坐在身边的德升室长竟然将一切责任都归咎到吉峰头上。的确,按道理讲,吉峰理应承担工程开发的直接责任。可是,造成事故的工人原本是室长亲自挑选的。他找了几个他认识的施工方弄了个所谓的比赛就把人选给定了,也没让吉峰参与。他恐怕就是白天泡在各种接待里面,然后收收红包之类的。他把这些因素抛在一边,将问题一股脑地归咎到吉峰的工程管理上面。然而,在目前这种局面下,吉峰在形式上还是德升的下属,不能当场跟德升唱反调。

说明会一结束,吉峰便径直向洗手间奔去。他卷起袖子,使劲摁了好几下洗手液瓶子上的泵。接下来的一瞬间,他情不自禁地发出一声尖叫。手掌里面竟然全是类似那种霉菌一样的黄色东西。不过再仔细一看,手掌里面无非是自己刚刚挤进去的洗手液而已。昨天还是绿色的,今天好像碰巧换成黄色的了。

吉峰将手心里的洗手液直接冲洗掉。他已经不想再用公司的洗手液了。他慌慌张张地出了洗手间,朝公司里面的小卖部跑去。可惜小卖部里面并没有肥皂。吉峰只好走出公司,到距离公司三分钟路程的便利店买了块肥皂回来。然后他回到洗手间,心满意足地将手洗得干干净净。可是,当他用擦手纸将水擦干,又用湿纸巾开始消毒的时候,下意识地又将目光投向了那瓶洗手液。半透明的罐子里,满满当当地装着黄色的黏稠液体。他看着看着,忍不住联想到整个洗面台都被黄色霉菌覆盖的情形,于是全身都起了鸡皮疙瘩。

必须去另外找一个洗面台。

脸色苍白的吉峰回到办公桌前,不出意外,照例是好几张留言条在等着他。他大致瞄了一眼,然后开始一张接一张地揉成团。揉到第五六张的时候,他停住了。这张留言条告诉他给绿园那块土地做环境评估的公司给他来过电话。搞不好,终于把那个黄色霉菌的真面目搞清楚了。吉峰按照留言条上面留的电话号码拨过去,报出他见过的一位员工的名字。

"你给我打过电话?"吉峰问道,言语稍微有些生硬。

"是的。关于贵公司送来的样品,想跟您汇报一下。让您等了这么久,非常抱歉。"环评公司一位叫米泽的负责人说道,并不太在乎吉峰的无理。

"的确等了不少时间呢。"吉峰毫不客气地说道,"那玩意儿究竟是什么?"

"我们认为应该是一种变形菌。"

"变形菌?"

"对。也叫黏菌,您之前听说过吗?"

"没有。"

"您把它看作是霉菌也可以,只是从分类学上来讲是两种不同的东西。目前,至少生物类别是可以确定的,但是培养方面就进行得不太顺利了……不过,我初步认为应该是多头绒泡菌的同类。"

"不进行培养的话,就没法搞清楚吧?"

"没错,是这样的。您给我们的样品中,变形菌呈现出阿米巴的形态。它本应该变成子实体①,也就是有孢子、看起来像蘑菇一样的东西。如果不研究这个子实体的形态,要确认生物的类别是非常困难的。可是,到目前为止,那个样品还只是阿米巴体,还没有变成子实体。"

"种类究竟是什么都无所谓啦,无所谓。"吉峰说道,"关键是,这种变形菌附着在了之前失控的那辆工程车上面,尤其是电气系统里面,还有周围……我在想,这个有没有可能成为事故的原因呢……"

"这个呀,这个可说不好……"米泽含含糊糊地说道,"我们当中并没有研究变形菌的专家,所以无法向您提供进一步的说

_____

①高等真菌的产孢构造,即果实体,由已组织化了的菌丝体组成。

明。不过，我个人认为，变形菌应该不会是引起事故的直接原因。至于造成漏电，或者说在电流必经的地方形成绝缘体，这倒是有可能的……大概就是这么一回事。"

实际上，吉峰坚信原因肯定在变形菌上面。他眼前又浮现出大约十天前，喝得烂醉、下落不明的那个工人最后在森林里被发现时的情形。

人们将变形菌从他脸上剥下来，抬到了绿园的医务室之后，他渐渐恢复了意识。可是对于他自己身上究竟发生了什么事情，他全然不知。据说，他只知道自己喝醉了，晃晃悠悠地走到外面，忽然听见有人喊自己的名字。他顺着声音走去，没想到却在森林里迷了路。对于他自己曾对着吉峰等人大喊"停工吧"这件事情，他也完全不记得了。另外，据调查，这个工人跟反对绿园及迷你滑雪场的运动并没有什么关联。

当然，所有这一切也许都可以归咎于酒精的作用，但当时在场的所有人都觉得事情并没有这么简单。谨慎起见，吉峰将那个工人调离了施工现场。另外，为了不影响客人，吉峰要求工人及其他工作人员绝对不能向外界透露半点儿有关变形菌的事情。

"之前做环评的时候，你们见过这种变形菌吗？"吉峰忽然想到了什么，问道。

"没有。不过，也有可能我们根本就没有注意到菌类这种细节问题，还有，不能排除也有季节的因素。我们展开环境评估的时间是从九月开始到第二年的四月左右，这期间大多数的变形菌正好隐藏在落叶下面，或者是倒下的树木的树皮里面。所以，即便是想找，也不一定能找到。不过，一到夏天，他们就会变成大型阿米巴虫一样的变形体，爬到外面来。我觉得你们发现的这种变形菌,应该也是保持着这样的生活周期吧。"

"你的意思是说,这种阿米巴虫目前还经常出没于森林,也有可能在绿园一带活动吗?"

"有可能的。"

"可是去年,还有前年也就是开工那一年,都没发现这种东西呀。"

"有可能只是我们没有注意到吧。也许是因为今年的湿度特别高,或者是出现了别的什么关键性的条件。这种例子之前也是发生过的。大约在三十年前的北美洲,就曾经发现过大面积的煤绒菌。据说成因就是因为当年的湿度远远高于往年,爆发的煤绒菌形成了子实体,体积和数量都相当引人注目,有的煤绒菌还爬上了电线杆。由于这种生物非常罕见,有人以为是外星球的生物前来征服地球了,在当时还引起过一阵不小的骚乱呢。"

米泽说着说着就笑了。然而,吉峰脸上却没有一丝笑意。

"有办法将变形菌除掉吗?"

"这个怎么说呢?应该有的吧。我听说有高尔夫球场的草地因为变形菌的孢子变得黑乎乎的,让经营者颇为苦恼。不过具体怎么做我就不清楚了。"

"我明白了。谢谢你。"

吉峰挂断电话后立刻拨通了另一个电话号码。他打给一家专门给绿园的迷你高尔夫球场做养护的外包公司。他大致跟负责的工作人员讲了讲事情的经过,然后直接问对方有没有办法根除变形菌。对方回答说,采用加抗生素的农药或许会有效果。吉峰立刻吩咐对方明天就将这种农药撒遍整个绿园酒店和迷你滑雪场。对方有些为难,说明天要做完太困难了。但吉峰极力说服了他,然后挂掉了电话。

姑且认定原因就是变形菌的话,那么只要将它们除掉,工地就可以恢复施工了。如果警察那边还有废话,就让社长出面来搞定吧。

吉峰想着想着,渐渐松了一口气。他正打算处理下一张留言条,突然觉得手上黏糊糊的。而总是擦拭得如同新品一般的电话上面似乎也沾上了一层油。吉峰用湿纸巾将他之前握过的电话听筒擦干净,然后从抽屉里拿出在便利店里买的肥皂,从座位上站起来去找洗手间了。

2

池泽走在 W 大学的校园内,周围全是钢筋水泥,整个校园显得有些煞风景。无论哪栋建筑物看上去都像是工厂一般乏味,冷冰冰的。几乎没有一个地方露出泥土,种植的树木看上去瘦瘦小小的,一脸寒酸相,挤在钢筋水泥的缝隙间艰难地生存着。

即便是理工科院校,这样的氛围也有些过了吧。池泽想起自己读书的时候,学校虽说不在现在这个地方,但是至少校园内还是有一些学堂气息的。

昨晚,南方给池泽打电话,让他立刻到研究室来一趟。好像他发现了一些关于变形菌的有趣的东西。他只在电话里说"来一趟你就明白了",除此之外再没有透露其他信息。南方在生活中本来是个随和的人,可一旦跟研究扯上关系,他便立刻成了顽固并且强势的男人。池泽没有办法,只好跟杂志社谎称自己突然有了采访的安排,第二天便去了 W 大学。

南方的工作室位于一栋类似工厂的建筑物的三楼。其实,一、二楼相当于是仓库,那里并排放置着很多机床。

池泽一边看着每个房间门上所写的数字,一边顺着狭长的走廊往里面走去。终于,一个印着"管理责任者南方洋司"的牌子映入他的眼帘。房间号跟电话里说的一致。池泽敲了两三下门，轻轻推开。里面似乎还被分隔成了几个小房间。

"不好意思，打扰了。"

池泽招呼了一声，他左手边一个较大的房间里面，一个穿着T恤和牛仔裤的学生正打量着他，这是一个没有化妆但看上去却非常可爱的女孩子。

"您好。"

"我叫池泽，请问南方先生呢？"

"嗯，请您稍等一下。"

学生转过身去，步伐轻快地朝里面的房间走去。几秒钟之后，南方那健硕的身姿出现在池泽眼前，他朝池泽招了招手。

"哎，突然把你叫过来，不好意思啊。"

他嘴上虽这么说着，心里真是这么想的吗？反正看不出来。他脸上带着坏坏的表情，像是刚刚搞完恶作剧的小孩一样。

"你看起来相当开心嘛！"池泽边说边朝里屋走去，"我校完稿拿去印刷之前连觉都睡不够。"

"刚好。我马上告诉你一件事儿，准保你听完立刻清醒。"

南方的这间屋子大概只有四叠半①大小，里面堆满了各种书和资料。点一把火，肯定会烧得精光。在堆积得如同小山一样的纸张的缝隙里，硬塞进了一张桌子、一把椅子和一台电脑。

南方从书架和墙的缝隙里面抽出一把微微有些脏的折叠椅子让池泽坐下，随后小心翼翼地拿起一个放在桌上的小盒子，只有火柴盒子那么大。他将这个小盒子放在池泽的手心，盒子上面盖着一层透明塑料膜。

"这是什么？"

---

① "叠"是日本面积单位，1叠约等于1.6562平方米。

盒子里面铺着琼脂培养基,用黑色的塑料薄膜简单地搭了个像迷宫一样的东西,上面密密麻麻地爬满了黄色的霉菌,就是粘在营地粉色电话上面的那种霉菌。

"你看见了吧?"

听到南方这么问,池泽一面觉得惊讶一面点了点头。

"看完了还给我吧。"

池泽将盒子放在南方伸过来的手上。南方取下透明塑料膜,在盒子的左上角和右下角用曲别针固定了点儿什么东西,正好是在迷宫的入口和出口,然后继续将塑料膜盖上。

"我刚刚放的是变形菌的诱饵。将燕麦片磨成粉和琼脂混在一起。"南方将盒子放回桌子上,"好了,我们来聊聊家常吧。"

"喂,到底怎么回事呀?"池泽抗议道,"你搞的这是什么把戏啊? 我感觉你就要开始变魔术了!"

"是吗? 事实上我并没有搞什么把戏。"南方淡淡地说道,"对了,你已经去过环境与发展公司了吧?"

"呃……嗯,去过了。"

以南方的性格,再继续追问下去也没有任何意义,池泽有些不情愿地点了点头。随后,他将前几天拜访吉峰时所见到的情形告诉了南方。南方似乎对此表现出相当大的兴趣,一言不发地不停点头,仔仔细细地听着。大概过了五分钟,南方突然说了句"等一下",打断了池泽。

"怎么了?"

南方将先前那个小盒子取过来,再次放在池泽手里。池泽一看,好像跟之前有些不一样。原本已经爬满整个迷宫的变形菌有一部分缩了回去,下面的琼脂培养基也露了一部分出来。

"好像缩了一部分回去呀。"

"你再仔细看看,到底是哪部分缩回去了?"

被南方这么一说,池泽又仔仔细细看了看,发现缩回去的部分全部在迷宫的死胡同。

"你看懂了吗?"

"这个嘛,也不是太明白。这是为什么呀?"

"你马上就会明白的。"南方从池泽的手上拿走小盒子,然后再次将它放在桌子上,"我们继续刚才的话题吧。"

池泽苦笑了下,不过也没有心思跟他对着干了。

"嗯,我刚刚说到哪儿了?"

"说到你问他迷你滑雪场完工的时间表了。"

"啊,是的。"

池泽点点头,继续讲吉峰对这个项目似乎倾注了相当多的热情。随后,又过了大概五分钟时间,南方再次让池泽看小盒子。

变形菌又缩回了不少,之前那些像毛细血管一样的细小分支,现在已经统统不见了。从入口到出口之间,只有四五条较粗壮的分支。之前蔓延到死胡同里的细小分支已经全部缩回来了。

又过了五分钟,变形菌已经拧得像一根绳子一样在迷宫里面爬行了。南方看着池泽,脸上的表情仿佛在说:你看懂了吧。

"简而言之,"池泽犹豫着说道,"你是想说,变形菌将迷宫解开了,对吧?"

"正是。而且,是最短距离。"

"最短距离?"

池泽再次将目光投向迷宫。的确,在入口和出口之间有好几条路都可以走通。池泽在脑子里面默默计算着,然后将绕远的路线一条一条地淘汰，最后就只剩下变形菌走出来的那条路。

"果然是这样，太厉害了！"他忍不住喊道，"聪明啊！"

南方满意地点了点头。

池泽兴奋地继续嚷嚷道："这个，果然就是基因突变之类的吧！"

"基因突变？"

"啊，就是说……受环境激素的影响，突然变成了拥有智慧的变形菌？"

"你在说些什么啊？"南方忍不住笑道，"破解迷宫这种技能，就是普通的变形菌也能办到。"

"哦，这样啊。"

"是的。现在给你看的这个实验，其实并不是我想出来的。我有个在物理化学研究室的朋友之前做过这个实验并且还将论文发表在了《自然》上。我发现从粉色电话上面弄下来的变形菌样品跟研究室用的多头绒泡菌很像，于是就参照他设计的这个实验试了试。"

池泽一副茫然的表情。

南方继续说道："诚然，像变形菌这种低级生物竟拥有解开迷宫的能力，这本身就是一件不可思议的事情，它究竟是如何办到的，目前还不得而知。这个姑且不论，这次最让我惊讶的还是别的事情。"

"是什么呢？"

"是它破解迷宫的速度。研究室使用多头绒泡菌做实验的时候，放置了诱饵后，它花了八个小时才找到最短的路线。而这种变形菌，它花了多长时间？"

"也就是五分钟吧。"

"也就是说,它的速度是多头绒泡菌的三十倍以上。这太让人惊讶了。如果让人类发明的第一台电脑来做同样的事情,可能都没有它快哦!"

"说到底,它就是很聪明嘛!"

"不对,你说的聪明是指拥有理性的思考能力这回事吗?我认为它们是不一样的。电脑也有能力将迷宫解开,可我们并不认为电脑具备理性的思考能力。就是这么一回事。"

"嗯。"

"总之,我关注的问题点是,这种变形菌所具备的高速信息传递及处理能力。它在移动和变形方面的速度也高于普通变形菌,这跟它在信息处理方面的速度是一致的。所以说,它能够在短时间内确定散落在空间里的多个点之间的最短距离。"

"等一下!"池泽打断了越说越兴奋的南方,"也就是说,变形菌这种生物具有这种特性,只要在两个点放上诱饵,那么它就会在这两点之间长大或者变形?"

"是的。因为变形菌是单细胞生物,细胞没法分裂,想要伸手去抓放在两边的诱饵,结果就变成这样了。其动机就是诱饵。"

"那么,这个变形菌的速度那么快又意味着什么呢?"

"嗯,我们有可能需要从源头上重新研究一下变形菌细胞内进行信息传递和处理的那个系统。到目前为止,科学家都认为,在单细胞内处理信息的是细胞内的原质体所产生的物理化学性的模式或者节奏。但若是这样的话,是不可能实现这种速度的。有可能它们已经使用电信号了。"

"就是说像神经一样?"

"这个还说不好。不过,变形菌是没有动物那样的神经系统的。"

"嗯。那我们继续说回刚刚的话题。"池泽说道,"假若这个变形菌真的发出了电信号,那我们将房间里的几台电脑涂上诱饵,再把变形菌撒在房间里面,一个晚上之后它们会自动组合成一个局域网吗?"

南方大笑,拍了拍手。

"你这个可是了不起的假设啊!是你的风格!事实上,让我兴奋不已的正是这个念头!的确,这是可以运用到工科方面的。如果连接电脑的变形菌自身就具备了信息处理能力,那么就不需要再设置路由器这种划分数据去向的装置了。不过,这类研究能不能赚钱,我们还是稍后再讨论。我感兴趣的是,这个发现给了我现在正研究的课题一个重要启示。"

南方笑眯眯的,轻轻抚摸着那个小盒子。池泽也像是在看着什么重要物品似的盯着那个盒子。至于究竟贝休是什么重要物品,现在还不太清楚。

"后天我还要去营地。"南方突然说道,"这次我要带几个学生跟我一起去。"

"后天?是星期六啊。"

"你也跟我们一起去吧。"

"你又开始提这种无理要求了。"

"反正你明天就把稿件校对完了。"

"话虽如此……不过我今晚肯定是要熬夜的,明天想好好睡上一觉。"

"你是介意那件事情吧?"

南方笑而不语,偷偷地观察池泽的表情。池泽一脸不开心的样子。不过,他也想再见到萤女,还有话想问问她。

"好吧。几点?"

池泽答应了。

第二天的大半夜,池泽待在一个人也没有的《IT杂志》社编辑室里,看着天花板。一如既往的手忙脚乱之后,终于将八月刊校对完毕了。幸好社里这次没有安排池泽出差到印刷厂去核红。

在他那有些发烧的脑子里,新闻报道的大标题、副标题来来回回地打着转。操作系统市场份额之争、宽带、下个世纪的互联网、JAVA、病毒、电脑安全、移动通信、可穿戴媒体、蓝牙、WIFI……这些词像咒语一样飘浮在空中又渐渐消失,每一个标题都只留下浅浅的回响。究竟是为什么? 我们人类为什么要被这些东西反复折腾呢? 在向高度信息化社会迈进的过程中,技术的进步难免会带来狂躁。就好像是对急速失去的东西,我们总是会拼命想办法从其他地方弥补回来一样——

眼球表面有些刺痛。这是长时间盯着电脑屏幕的缘故。他好像已经患了干眼症。池泽轻轻闭上眼睛。他的身体渐渐变得沉重。他左右晃了晃脑袋。睡魔似乎拉住了他,要将他拽进温暖湿润的沼泽深处。

——多想在自家的被窝里面痛痛快快地睡一觉啊……

池泽这么想着,费了不少劲跟睡魔对抗。渐渐地,他也搞不清楚自己究竟是睁着眼还是闭着眼了。视线在办公室上方的白色天花板上东游西荡。明明什么都没有的半空中,竟会时不时地浮现出模糊的影像。

是人影,好像有三个人。一个人站着,另外两人坐着。站着的那位好像是个女人,缓缓地移动着身体,是日本舞伎在跳舞吧。好像也有微弱的歌声飘过来。

妙华飞降地动山摇
一切大地佛光普照
弥勒文殊一问一答
释迦宣说《法华经》

这些歌词是什么意思池泽还搞不清楚,但这些词语却缓缓地刻在了池泽的脑海中。坐着的那两人当中,其中一位是男性,好像在敲打着放置在腰间的鼓。另外一个人特别娇小,像是个孩子。

灵鹫山中宣法日
曼陀罗曼殊妙华飞降
旃檀沉水芬芳四溢
普佛世界六种震动

原来是这样。想起来了。三十年前的某天傍晚,他走在竹本澄子家门口的那条小路上,从围墙那头飘过来的似乎就是这首歌。好奇心驱使着池泽从门口悄悄猫着腰往后院走去,随后躲在灌木丛后面,偷偷向住宅的方向瞄过去,而当时看到的情景此时此刻又浮现在了他眼前。

如果是这样的话,那么坐着的那个小个子肯定就是澄子了。那么跳舞的应该就是澄子的母亲了,而打鼓的应该是她父亲吧。

现在想起来,那真是不可思议的情景呢。防雨窗和推拉门全开着,照亮整个屋子的仅仅是几支蜡烛。房间里本来是装了电灯的,只是故意关掉了。在摇曳的红色烛光当中,一家三口的身影被拉得长长的,模模糊糊地落在了后院的方向。

> 释迦宣说《法华经》
> 众生云集恭敬听法
> 本瑞所现云端掩映
> 曼陀罗曼殊妙华飞降

澄子在干什么呢？父亲在伴奏,母亲在跳舞,她只是一动不动地在旁边看着吗？……不对,她的手在微微动着,好像抱着个什么东西放在膝盖上似的。看上去毛茸茸的,她正轻轻地爱抚着。是小猫吧。

> 释迦宣说《法华经》
> 眉间放出白毫光芒
> 曼陀罗曼殊妙华飞降
> 普佛世界六种震动

澄子将那个毛茸茸的东西的头从膝盖上抬了抬。头比猫长些,脸看上去像是小狐狸,是一种池泽没有见过的动物。池泽不由自主地从灌木丛里探出身子来。

他的身体却定住了,动弹不了。

他的视线跟澄子交会了。

澄子的母亲和父亲似乎并没有发现什么,继续跳舞击鼓。澄子继续抚摸着这只小动物,眼睛却一动不动地注视着池泽。这视线毫不犹豫地潜入池泽的后脑勺,顺着脖子往下移,来回抚摸着池泽的心脏。池泽身体僵硬,渐渐地连呼吸也困难起来了。

澄子笑盈盈地看着站在灌木丛阴影中却不停地流汗的池泽,红色的嘴唇娇艳欲滴,泛着亮光。

突然间,池泽的身体恢复了力气,新鲜的空气缓缓注入肺部,喉部发出了异样的声响。这是他大口大口呼吸新鲜空气的声音。眼前,只见一大片令人目眩的白光。

他猛地站起身,似乎要飞出去一般。

周围是他熟悉的办公室景象。

池泽将手放在办公桌上,上上下下地活动着肩膀。可能是刚刚睡着了,姿势很奇怪,影响到了呼吸吧。

即便如此,刚刚那个梦境也太奇怪了……不对,那是真实的场景。是他埋藏已久的记忆在这个白日梦中苏醒了过来。

池泽突然想起了什么,将梦中听到的那首歌随口哼了出来。

"妙华飞降地动山摇,一切大地佛光普照,弥勒文殊一问一答……"

太好了,都还记得。

池泽握着鼠标,打开浏览器,连上自己最常用的搜索网站,然后在搜索栏里试着将那首歌的第一节敲了进去,随后根据搜索出来的一连串网页挨着查下来,四五分钟后便搞清楚了那首歌的来历。

这首歌谣貌似收录在平安时代末期编集的《梁尘秘抄》歌集里。隐隐约约记得好像以前在学校的课堂里听过这个名字,可究竟是怎样一本歌集呢?池泽打开在线百科辞典网站,输入了"梁尘秘抄"。原来,这部歌集是当时流行的今样歌谣[1]的集大成者,编者是后白河法皇(这个名字似乎也略有些印象)。

---

[1]即当时的流行歌。

为什么当时澄子的母亲要哼唱这么古老的歌谣,跳那种舞呢?在那之前以及在那之后,池泽都没有见过那种舞蹈。有点儿像神社里面祭祀用的神乐,感觉似乎比神乐还要大气些。也许是竹本家代代相传的某种传统仪式吧。

他接着查了下"今样"的意思,但还是搞不清楚这究竟是怎样一种歌谣样式。至于如何断句、如何伴舞、如何唱诵,则完全搞不懂。但如果池泽的记忆没有出错的话,澄子的母亲应该是清楚的。这真是一件奇妙的事情。

接下来他又开始查后白河法皇,他活跃在从平家到源氏时代过渡的动荡时期,据说是一个相当老奸巨猾的人物,源赖朝在背后骂他是"日本第一大天狗"。不过,他也有令池泽赞赏的地方。法皇特别喜欢今样歌谣,独自编撰了《梁尘秘抄》。他底下的人倒也不是对此毫无兴趣。像源赖朝,在他空闲的时候还是很乐意读一读今样歌谣的。他弟弟源义经的爱妾静御前被源赖朝强迫在鹤冈八幡宫献舞的那个故事也十分有名。

不过,静御前献舞时,是由畠山重忠担任铜钹伴奏,这一点在中乡这一带恐怕更为重要。作为当地人民心目中的英雄,重忠完全就是一个多才多艺的天才,笃于忠义,骁勇善战,力气过人却又长相俊美。除此之外,他在音乐领域还极富才能。能为静御前这样一流的舞蹈家伴奏就是有力的证明。实际上,重忠自己本身就有唱诵和欣赏今样歌谣的习惯。

随后,池泽又想起了澄子的视线,以及她抱在膝上的那只小动物。这两者都不像是应该存在于世上的东西。那晚发生的事情跟那个传说——因仰慕重忠而潜入山里的农民的女儿后来成了第一代萤女的传说——这两者会不会有千丝万缕的联系呢?

池泽陷入了沉思。他的脖子硬邦邦的,仿佛不会动弹了一般。池泽单手放在后脑勺上,仰面看着天花板。

——我不是已经相当疲倦了吗?明明已经可以休息了,为什么还要对着电脑呢?

> 释迦宣说《法华经》
> 眉间放出白毫光芒
> 曼陀罗曼殊妙华飞降
> 普佛世界六种震动

"停下来!停下来!停下来——"

为了将在脑海里盘旋不去的歌句驱赶开,池泽一个人大声喊着。他思考着这些暗藏玄机的歌词到底是什么意思,不知不觉天都亮了。

他眨巴眨巴布满血丝的双眼,看了眼办公桌。桌上一片狼藉,如同刚打完仗的战场一般。他慢吞吞地活动了一下手指,想将桌上的资料收拾一下,没想到怎么也提不起劲来。他打算放弃了。正准备回家的时候,桌上的电话响了。

"您好,这里是《IT杂志》社。"尽管已经是相当疲惫了,但只要一拿起电话,他便立刻像巴甫洛夫试验中的狗一样,条件反射般地如此说道。

"喂喂,是池泽吗?我是多田。"

"啊——什么事?"池泽本来已经抬起来的上半身又再次靠在了椅背上。

"什么事?就是向你提供信息啊。"

"哦,对对对。不好意思。"

"你这个装傻充愣的家伙!"多田苦笑着说道,"好啦好啦。

关于吉峰的女性关系那件事——"

"嗯。"

"费了不少劲儿总算搞明白了,对方好像是在吉峰所在公司旗下的酒店上班,在前台工作。据说是位气质非常清丽的姑娘。吉峰因为研修,在那家酒店住过一段时间。两人好像正是以此为契机走到了一起。大概交往了两年之后,由吉峰这边提出结束了关系。根据提供信息的人推测,两人分手的原因好像是女方希望结婚,而吉峰从一开始就没有这个打算。两人好像为此闹得很不愉快,最后不欢而散。分手大概是在一两个月前。之后,那个女孩很快就失踪了,至今下落不明。"

"一两个月前吗?那她叫什么名字?"

"坂下萤子。"

池泽又将身子立了起来,随后将一只手的手肘支在桌上,将额头靠在手掌里。其实他并没有那么吃惊,因为这个答案就在他的预料当中。只不过,现在从第三个人口中听到这个名字,反倒给了他一种不真实的感觉。

"怎么了?你在听吗?"

"……嗯,在听。我知道了。谢谢。"

"那么,你之前说的关于霉菌那件事,有进展了吗?"

"还在调查中,貌似是种非常特殊的霉菌。不过,是不是环境激素引起了基因突变,目前还不太清楚。"

"怎么个特殊法?"

"比如,它能解开迷宫。"

"啊?迷宫?"

"迷路的迷,宫殿的宫。霉菌找到了走出迷宫最短的路。速度和人类发明的第一台电脑的运行速度相当。"

多田一时语塞，"我说，我们家也不是做体育新闻或是别的什么的小报……"

"我知道。"

"嗯，好吧。希望你能给我们再找些更像样的素材。"

多田说完，自顾自地挂断了电话。

空落落的房间又恢复了寂静。空调发出的噪声在池泽耳边隆隆作响。他将电话听筒放回去，慢慢站起身来。他理了理夹克领子，朝窗外看去，对面大楼亮着的灯一盏接一盏地熄灭了。

"萤女……是她啊？"

池泽自言自语地嘟哝着，脸上浮现出自嘲般的笑容，起身离开了办公室。

3

一辆蓝色奥迪 A4 飞奔在去往武光镇的弯弯曲曲的国道上。每当遇到急弯的时候,轮胎就会与地面摩擦出刺耳的声音。不过,这可不像是暴走族在追求弯道的刺激。速度也就马马虎虎,直线行驶的时候充其量也就是二十码多一点儿。主要原因是引擎根本不是在愉快地运转,发动机不断地发出令人讨厌的呜呜呜的声音。

终于到了下坡路段,正准备加速前行的时候却不幸遇到了红灯。周围一个人、一辆车也没有,这是乡下的一个小十字路口。握着方向盘的吉峰心情烦躁,不由得咂了咂嘴。不过,如果在这种地方闯红灯的话,也是会被警察安装的监控器抓拍到的。

吉峰用又细又白的手指轻轻叩着方向盘。收音机里的声响比起之前,杂音变得多了起来,他伸手关掉了音乐。看样子,他也不想听当地的电台。吉峰将立体音响切换到 MD 设备,车里立刻响起了格伦·古尔德①演奏的《歌德堡变奏曲》。精湛的演奏及录音让人心情愉悦,烦躁的情绪多多少少平静了下来。

信号灯变成了绿色,奥迪轻快地启动了。

---

① 格伦·古尔德(1932-1982),加拿大钢琴家。

　　谁知,还没过十分钟,吉峰便又遇上了让他皱眉的事情。流畅的钢琴声突然中断,MD里传来奇怪的声音,像是什么人在说话,但是音质很差,听不清楚。吉峰把音量开大。

　　好像有什么人在抽泣。

　　那人似乎跟麦克风离得有些距离,正抽抽搭搭地哭泣着。听声音应该是个女人。吉峰后背感到一丝寒气袭来。

　　随即传来说话的声音。

　　"我……一个人……该怎么办啊……"

　　吉峰关掉音响。一个走神,差点在拐弯处出事。那是坂下萤子的声音。这几个月内MD里面的内容并没有换过。仔细想想,应该和跟萤子分手前是一样的。吉峰脑子里总是塞满了工作,即使是开车的时候也没有闲暇去欣赏音乐。既然只是偶尔听一听,他就在自动播放器里设置了随机功能,每次听的时候就从八张MD里面随机挑选一张出来播放。到目前为止,他还没有听到过这张MD。

　　不过……好像在分手前不久的某天,在他用这辆车送萤子回家的路上,刚好放的就是格伦·古尔德的这支曲子。随后她还说了希望吉峰将这张碟借给她听听之类的话。平时并不怎么听古典音乐的她说出这样的话来,吉峰多少感到有些意外,不过他并没有问原因,随意地便将MD给了她。等到下次见面她将MD还给吉峰的时候,吉峰也没问"感觉怎样"之类的,直接将MD又放回了播放器。

　　现在回想起来,萤子一开始就有在那张MD里面录上自己声音的打算吧。无论怎样都学不会变通的她,可能在那个时候就已经嗅到了分手的前兆吧。由自动播放器来随机挑选,说不好什么时候选中那张MD,吉峰就能听到自己的恨意了。或者,她还希望别的女人坐这辆车的时候能够听到呢。

吉峰忍不住开始想象萤子一个人在家里录着自己声音的情形。她抱着双膝坐在床上，屋子里一片漆黑，枕头边摆放着便携式MD录音机。她知道自己已经被抛弃了。她一边想象吉峰带着别的女人开车兜风的情景，一边在心底策划着小小的报复。

吉峰胃里一阵翻滚，一股恶心的感觉袭来。

他一脚踩了刹车，将奥迪停在路边。护栏外面就是陡峭的悬崖，下面是河。偶尔有几辆车驶过，却完全没有行人经过。吉峰将有问题的MD从播放器里取出来，走到车外，靠着护栏向下面的河流望去。河滩上一个人影也没有。吉峰将MD使劲儿扔了出去。

"你要我怎样!?"吉峰望着落下去的碟子恶狠狠地说道，"我还能怎样?! 可恶!"

随后他从口袋里摸出湿纸巾，将两只手都擦了个遍，然后把湿纸巾向护栏外面扔了过去，然后匆匆地回到车里，发动汽车急速离开了。

绿园度假酒店的员工停车场里驶进来一辆蓝色奥迪，轮胎发出呜呜的声音。车直接驶进了画好白色线框的停车位里。门开了，一位身材修长的男子从里面走了出来。他头发乱蓬蓬的，使劲关上门，大步流星地走过来。

是吉峰。

"日下在哪儿?"一走进中心大厅，吉峰便朝坐在前台的女孩怒吼道。

"啊，他在救护室。"

女孩像从椅子上弹起来似的站着答道。话音未落，吉峰便横穿大厅朝楼梯奔去。救护室在二楼。途中经过洗手间的时候,他停了下来,将双手伸到自己眼前,怔怔地看着。随后他用力握紧拳头,放下手,又大步离去。

"啊,吉峰先生!"救护室的门一打开,吉峰便看见了总经理日下那张迷茫的脸,"不好意思,您那么忙……"

吉峰摆摆手,那意思是寒暄就不用了。

"到底怎么回事? 发生了什么事?"

救护室里除了日下,还有两名拥有日本红十字会急救员资格的年轻员工和一名吉峰之前没有见过的五十岁上下的男子。此外,床上还坐着另一个男人。

"这位是武光园林绿化的羽仁先生。"

日下向吉峰介绍着这位他之前没有见过的男子。据说是负责农药喷洒的现场责任人。他向吉峰深深地鞠了一躬,吉峰也轻轻点了点头。

"这位是我们公司的员工,立田。"羽仁指着床上坐着的男子说道。

立田的脸上、脖子上有好几处都贴着创可贴,右手手腕上缠着绷带。他佝偻着坐着,眼神里充满了不安。

"还有一个人,叫儿岛,伤得很重,已经送往医院了。其余还有几个人,都受了不同程度的轻伤……"

"明白了。"吉峰有些急躁地打断他,"为什么会受伤?"

"这个……据说是……被野猪袭击了。"

"野猪?"

"嗯。我没在现场,所以也不是太清楚……包括立田和儿岛在内的好几位员工进入要修滑雪场的那座山里,按照指示准备喷洒农药。结果,体形巨大的野猪突然出现并袭击了他们……

立田被野猪撞倒,从山坡上滚了下来,也不知道是幸运还是不幸,好歹只是受了些轻伤。但是儿岛的大腿被野猪的牙剜到了,流了好多血。”

吉峰一时不知道该说些什么,“真的是野猪吗?”

羽仁有些为难地看着坐在床上的男子。垂着头的立田仰起脸来,干巴巴地回答道:“是茶褐色的大型野猪。”

“会不会是人?”

“人? 不是。”立田摇了摇头,“我不可能把人和野猪弄混……”

“不是这个意思……会不会是那些反对绿园建设的人的同伙……”

“就是野猪。而且,不仅如此。”

“嗯?”

“我们也被鸟袭击了。”立田指着自己的脸和脖子说道,“我觉得有可能是乌鸦,四五只集结在一块儿飞过来的,狠狠地啄了我们。”

“还有,有人说他被羚羊用头顶了……那个人已经回家休息去了。”羽仁补充道。

“呵呵……这究竟要干什么? 究竟要干什么啊?”吉峰有些无力地笑道。突然,他觉得有些恶心,手心发汗,黏糊糊的,特别想洗手洗脸。这里很脏……

“您没事吧?”旁边传来日下的声音,“您的脸色看上去不太好。”

吉峰将手压在胸前,想抑制住内心的阵阵悸动。他费力地点了点头,这时突然响起一阵不合时宜的明快音乐。吉峰忍着难受,从口袋里掏出手机。

"你好,我是吉峰。"他一边用沙哑的声音接着电话,一边走出了救护室,"……啊,是社长吗?是,没事。什么?……不是,没那回事。是谁在传那样的事情啊?……德升室长?好的。不是,其实没什么大碍。大家都只是受了点儿轻伤。并不是反对派搞出来的事情。感觉就是有巨型动物突然冲出来,大家受到惊吓,摔倒了而已。哈哈哈……嗯,是的。希望社长能够将它猎杀掉。总之,请您别担心。好的。劳您费心了,还特意打电话过来。"

挂掉电话,他用手背擦了擦额头的汗。他深呼吸了两口,再次回到救护室。

"社长很担心。"吉峰对着日下说道,"总之,不能让客人感到不安。这次发生的事情,请尽量不要对外泄露。"

"这次也是这样做啊。"

吉峰瞪着小声回应的日下,眼神犀利。

"羽仁先生,也拜托您了。员工那边,也请您打声招呼,不要声张。要不然,大家都麻烦……"

"好的。不过,最好跟医生护士都说一声……"

"嗯,就跟他们说是摔倒的时候擦伤的,或者是被树枝划破的之类的吧。"

"好的。"

"拜托了!"

吉峰说完扔下这五人,走出救护室。已经不能再忍下去了。他几乎是一路小跑着奔到了卫生间,从衣兜里拿出装着肥皂盒的塑料袋。

由于清洗过渡,吉峰的手又红又干,到处都在脱皮,简直就像是一双经常洗盘子、做家务的家庭主妇的手。

"畜生！怎么会变成这样啊！"吉峰自言自语地嘟哝道，"这个那个的，都在跟我捣乱！"

他将袖子卷到手肘，将整个手臂淋湿后涂上肥皂。他一边嘴里嘟嘟囔囔的，一边来回搓着手臂，直到肥皂泡变得细腻丰富，像奶油一样。突然，他停了下来。然后缓缓抬起头。

"难道……"洗面台上安装的镜子里，映出一张男人的脸，脸色苍白，长着黑眼圈，"会不会是……萤子那个女人？"

吉峰向卫生间的窗户看过去。隔着玻璃窗能够望见已经划定为滑雪场的那片森林。那一片青翠欲滴的绿色傲娇地回看着他。一时间，吉峰都忘了冲洗手上的肥皂泡，只是带着发亮的眼神怔怔地看着窗外。

第四章　湖

1

　　踏着绒毯一般湿乎乎的落叶，池泽在枹树林中走着。他左手拿着便携式GPS信号接收器，右手拿着特百惠的家用塑料保鲜盒子。发着黄光的纤维缆绳从盒子里面垂下来，一直拖曳到枯叶上。

　　池泽走到一颗粗壮的栎树前停了下来，抬头望着树梢，又在树干上嘭嘭嘭地敲了几下。坚固的树干中间发出像是被什么堵上了的声音。层层叠叠的树叶挤在一起，感觉树枝似乎都要被压弯了。

　　池泽从系在腰间的工具袋里取出一把锥子，在树干上凿了一上一下的两个小洞，刚刚凿到穿过树皮抵达维管形成层的深度。然后他从塑料盒子里取出两根带有电极的软线，分别插到那两个小洞里，接着直接用铁丝将盒子绑在树干上。盒子里设置了放大器。池泽又将栎树根部堆积的落叶稍微扫开了些，抽出第三根电线将它插入地面。

　　便携式GPS是与互联网连接,对DGPS①进行了升级的专业机器。基本上误差只有1米左右。池泽用它对目前的位置进行了定位。池泽用卷起来的一条毛巾擦了擦鼻尖,"噗"地吹了口气。随后沿着发光的缆绳原路返回。

　　大约在十几米的距离之外,有一个更大些的塑料盒子,有二十根左右的电线从盒子里面四散出来。盒子中间安装了一部掌上电脑及一部便携式电话。这两个都是家庭用的机器,便携式电话还是用免费领取的东西改装的。池泽将这个装置作为子机,向位于露营地的母机传送数据。

　　池泽弯下腰,从这个无线终端附近取出一个装有电极的盒子来。然后他一边看着GPS确定方位,一边继续往前走。在七八米开外的林子里,隐隐约约可以看见同样装扮的一位男子。是南方。另外还有五名学生,应该也在这座森林里面转悠,将电极安装到树上。

　　在池泽拜访了南方的研究室之后的第二天,他们便按照约定一起去了中乡的露营地。大型货车奔驰在林间小道上,车上塞满了学生和各种观测用的仪器。一到露营地,南方便慌慌忙忙地开始设置机器。连如何观测都没有讲,只告诉学生们操作的顺序,便让他们一起帮忙了。他也没有问池泽愿不愿意,就让池泽一起参与进来。南方的计划是在太阳落山之前,在露营地周围两百棵以上的树上都安装好电极。也就是说平均一人要安装三十棵以上。

　　太阳渐渐躲进了厚厚的云层,林子里面已经完全暗了下来,池泽终于完成了第三十棵树上的安装作业。"总算解脱啦。"他嘟

────────────

　　①即差分全球定位系统,方法是在一个精确的已知位置(基准站)上安装GPS监测接收机,计算得到基准站到GPS卫星的距离改正数。

嚷着往营地走去。他将头上的探照灯打开,小心翼翼地注意着不要踩到地上的缆绳。湿度非常高,感觉就快要下一场蒙蒙细雨了。

在池泽中意的那个放着有些腐坏的桌子和长椅的地方,一顶巨大的帐篷已经支开了。往里面一看,只见硬纸箱上放着两台电脑和一台貌似用于收发信号的机器。一个学生盘腿坐着,正敲打着键盘。是上次在南方的研究室里瞥见过的那位女学生。

"辛苦啦,辛苦啦。"池泽招呼着。

那位学生面无表情地抬起头来。池泽这才想起来,上回连她的名字都没有问过呢。

"你读几年级?"

"M2。"

应该就是研究生的第二年吧。

"我叫池泽亮。请多关照。"

"橘香奈惠。"

学生将头深深地埋了下来。池泽脱掉鞋子走进帐篷,在她身后晃来晃去地瞥了一眼电脑屏幕。她开着好几个窗口,其中一个窗口可以看见细小的文字一列一列地滚动着。

"在接收信息吗?"

"没有。目前还在测试阶段。"

"什么测试?"

"每个观测点的电极是否正常,信号发射器是否按照设定在运转,等等。"

"明白了。我刚好装了三十棵树,大家都弄得怎么样了?"

"嗯,你看。"橘香奈惠指着画面说道,"目前看来,正常工作的一共有两百一十四棵树了。"

"这样啊！也就是说，两百棵以上的目标已经完成了嘛。"

"是的。"

"对了，事到如今我才问这个问题好像显得有些那什么……"池泽一边挠着头说道，"不过，你们究竟是打算调查什么东西啊？我虽然从学生时代就认识你们老师了，不过那家伙对于自己的研究课题老是有点儿故作神秘的意思……怎么也不肯透露一星半点儿。"

"是的。"

橘香奈惠还是一副面无表情的样子。搞不清楚这是她的性格呢，还是说自己就不善于同年龄相去甚远的女孩子打交道。

"生物电位，我多多少少听到过一些。"

"嗯，是的。我们在测量树木的生物电位。"

"生物电位是什么意思？"

"嗯，就是指细胞膜的内侧和外侧产生的电位差，会随着离子通过细胞膜而发生变化。细胞在活跃的时候和不活跃的时候，所产生的电位差不一样。所以这就成了我们研究生物对环境刺激会做出如何反应的线索。对于人类，我们可以研究脑电波和肌动电流，其实也是通过测量神经细胞和肌肉细胞的生物电位来实现的。"橘香奈惠一本正经地回答道。

"心电图也是这个原理吗？"

"嗯，那个记录的是心脏肌肉生物电位的变化。"

"也就是说，你们打算记录两百棵树的脑电波和心电图吗？"

"不是，树木是没有大脑或者心脏的……"

"这个倒是……"池泽笑了，"我只是打个比方。不过，为什么电极要插到三个地方去呢？而且有一个还是插在地面。"

"插到地面里的是接地线,它可以和插到树干里面的电极一起测量生物电位的DC。"

"DC指的是直流电吗?"

"是这么回事。AC也就是交流电,我们利用插入树干的两个电极来进行测量。"

"有什么区别吗?"

"直流电反映的是植物内部的生理状态,适合以一天或者是一周为时间单位来研究变化。交流电适合研究瞬时反应。"

"哦,原来是这么一回事啊。不过,你们同时测量这两百来棵树,究竟想要搞清楚什么呢?"

"哈哈哈,都问到这里啦!"

回头一看,南方弯着他那壮硕的身躯,正要钻进帐篷里来。他头发有些湿乎乎的,贴在前额上。看来雨下大了。

"大叔很烦人吧? 你去和同学们一块儿准备晚饭吧。"

"到底是什么呀?"池泽半开玩笑半认真地提高了嗓门,"我也帮着一起做了调查的准备工作,好歹也把目的跟我说一声啊。"

南方用毛巾擦了擦头,笑了笑,"是这样,实话跟你说吧,目前这个阶段并不想让你知道得太多。因为这有可能会影响到调查的结果。当然,这种可能性是微乎其微的。不过呢,慎重起见嘛。"

"我如果知道的话,会影响调查结果?"

"有这种可能性。"

"搞不懂。就是说和我有关?"

"那我就告诉你一点儿吧!"南方竖起右手的食指说道,"从现在开始的四十八小时之内,我们计划连续不间断地观测那两百多棵树的生物电位。那么，你说这里面我们最想获取的数据是什么？”

“我哪儿知道。”

“就是你和萤女打电话时候的数据啊。”

2

吉峰将头枕在一棵倒下的树上，横卧着。铺了好几层的落叶将他的身体轻柔地包裹着，然而他除了不愉快，什么感觉都没有。有什么东西似乎散发着一股腐臭味。周围一片漆黑，伸手不见五指。

脏。这里很脏……

吉峰想象着。螨虫和蜈蚣之类的昆虫在腐坏的树叶间蠕动——一扭一扭地爬行着，顺着脖子或者袖口钻进衣服，舔着衣服里面的身体，爬到了脸上，再顺着鼻孔和耳洞往里面钻……

吉峰手忙脚乱地想要从地上站起来，可他的身体却像是灌了铅似的僵硬，动弹不得。他想喊，肺里却似乎一点儿空气也没有。后脑勺和手背上面也开始痒起来了。蜘蛛毛茸茸的脚，还有蛆虫身躯蠕动的画面浮现在他脑海中。

吉峰感觉自己的身体已经麻木了。可能是正在失去意识吧。索性完全失去意识倒也是一件轻松的事情。可是吉峰只能大睁着双眼，呆呆地看着周遭的一片漆黑。

这时，似乎有什么东西偷偷地爬到了脑袋上。几根纤细的触须，像要填满发丝缝一般慢慢向额头靠近。不，不是触须。是更加柔软的东西。黏黏糊糊地贴在头皮上的感觉……是那个菌！绝对是那个黄色的被叫作变形菌的东西！

吉峰再次挣扎着想要坐起来。然而,他还是和之前一样,浑身上下一点儿力气也使不上。

变形菌覆盖了吉峰的额头,渐渐地把眼睛也给盖上了。不过,即便如此,吉峰眼前依然能够看见深沉的黑暗。是不是自己已经闭上眼睛了? 到底是怎么一回事,吉峰已经搞不清楚了。

像网一样的变形菌,塞住鼻孔,包裹住面颊和嘴唇,向着吉峰的下巴处蔓延。很不舒服并且伴随着快要窒息的感觉。脏,脏,恶心……吉峰在心中抽泣着。然而并没有眼泪流出来。

"停止工程——"

谁在喊? 吉峰睁开眼睛,隔着黄色的网看了过去。

一片漆黑,什么都没有,只有点点白光一闪一闪。蓝色光点轻飘飘地渐渐靠过来,不知不觉中,吉峰的视野好像变得开阔了,并不觉得目眩。冷冷的、安静的光芒又再度凝聚在一起,最后汇聚成一个人形。脸的部分眉目渐渐清晰,有种似曾相识的感觉。

"萤子……"吉峰在心中念叨,嘴唇却动不了。

由白色光点汇聚而成的女子,面无表情,一动不动地看着吉峰。而变形菌继续在吉峰身上蔓延,顺着脖子爬到肩膀。吉峰觉得体内仿佛有无数只虫子爬过。

"救救……我……吧……"

他拼了命似的发出了一点儿声音,舌头如同痉挛一般,然而却没有气息提上来。

女子似乎也在说着什么,嘴唇缓缓地动着。可却听不到任何声音。

腿上的感觉也一样,似乎有什么东西沿着皮肤爬了上来,一直爬到两腿之间,包裹住吉峰的生殖器,然后开始轻柔地蠕动。吉峰不由自主地有了反应。他的脑海里浮现出萤子那雪白的身体。柔软的身体轻轻柔柔地扭动着,随后又像是融化了一样扩散而去。像阿米巴虫一样没有固定形状的女人……脸部的轮廓和线条依然还在,依旧在和吉峰说着什么。肉感丰满的嘴唇向着吉峰靠近。

忽然,她的脸成了碎片,如同玉石一般,七零八落地裂成碎片。碎片后面似乎有什么人在凝视着吉峰。可以看见没有瞳孔的红色眼珠和巨大的鼻子。一股腥臭的气息朝吉峰的脸吹过来。

吉峰的喉咙里发出呼呼呼的声音,手和脚开始痉挛。

红眼睛怪物伸出毛乎乎的手臂,手掌里有黏糊糊的黄色黏液。螨虫、蜈蚣还有青虫,随着这黏糊糊的黏液啪嗒啪嗒地落在吉峰的脸上。

吉峰发出惨叫。叫声飘到了很远的地方,又迅速折回来,随后又从吉峰自己的喉咙里溢了出来。

吉峰从床上坐起来。他意识到自己刚刚惨叫了一声。他抓起毛毯,大口大口地喘着粗气。浑身都是汗。他看了看钟,现在是凌晨三点。天还未亮。他用手摸到了遥控器,将天花板上的荧光灯打开。刺眼的光线晃得他眼睛很痛。

他眯缝着眼睛,细细打量这间屋子。这里是绿园度假酒店中心的豪华套房,本来是给公司董事或者重要高层视察时使用的,不过空着的时候,像吉峰这样往返于东京和施工现场的员工也可以使用。昨晚和干事们开会讨论得很晚,所以就在这里住了一晚。

吉峰慢悠悠地下了床，一边摇摇晃晃地走着，一边将内衣内裤脱下来。他意识到自己的阴茎依然雄赳赳地挺立着。他走进浴室，拧开淋浴的水龙头。大约等了三十秒，热水终于出来了。他就这么站在水龙头下面，任由热水从头上浇下，心情渐渐平静，两腿间的热情也随之退去。

好像还是头一回做这样的噩梦。

那发着青白色光芒的脸庞，仿佛还历历在目。

坂下萤子……其实之前吉峰便觉得有些蹊跷。为什么那个女人特意跑到绿园度假酒店附近失踪？她最后一封写给吉峰的信里是这么说的："我会化作大山里的精灵，继续守护着你的'作品'。"这样的句子读了，除了让人不痛快之外，没有任何意义。不过，她除了想令吉峰生气之外，可能还包含了别的意思。

她挺可怜的，但我也没有别的办法了。我的人生才刚刚开始。我的才华用不着社长承认——我有什么样的才华，我自己一清二楚。目前恰恰就是追求自我，实现自我发展最大可能的最佳时机。我哪来的闲工夫去成家、去和小孩子打交道？而她更不可能是在背后默默支持我的那种女子。多多少少会牵绊我吧。

即使打掉一两个孩子，又会怎样？对于如今的女性而言，这样的事情不是家常便饭吗？要是她能再稍稍忍耐一下，安安静静地待着什么都不说的话……我也是有可能考虑和她结婚的。

最后从她那封信上来看，她还是将孩子打掉了。不过她曾一度坚决要将孩子生下来，由她自己一个人将孩子抚养成人。如果那样的话，有可能会演变成我屈服的剧情。说实话，我还真没有坚持下去的自信。

吉峰从淋浴室出来，走进厨房，打开冰箱。里面排着各种种类的罐装啤酒,大概有一打左右。他拿出一罐,用有杀菌功效的湿纸巾将饮用口那里擦了一遍,拉开拉环,将啤酒一股脑地倒进洗得干干净净的玻璃杯里。啤酒一点儿都不冰,倒出来的似乎都是泡沫。他骂骂咧咧的,但还是一口气都喝光了。酒精从喉咙到食道的刺激,让他总算清醒了过来。

吉峰拿着玻璃杯走到洗碗台,拧开带有热水标记的水龙头。他等了大概四五秒钟,准备用水龙头里流出来的热水将玻璃杯洗干净。

"啊——"

吉峰不由自主地叫了一声,杯子掉了下来。淋在手上的热水,已经是接近开水的温度了。他去看了看热水器的控制面板,温度被设定为四十摄氏度。和刚刚冲凉的时候设定的温度相同。可是他看了看自己的手,刚刚被热水淋到的地方现在还是红的。

吉峰拧了拧水龙头,将热水关掉。他突然想起了什么,扭头向冰箱走去。他一边擦着自己的手,一面朝那个1.5米高的白色箱子靠近。他打开门,将手放了进去。设定好的温度虽然是五摄氏度,但似乎实际温度要更高一些。吉峰将冷冻室也打开看了看。他将制冰的盘子抽出来一看,果然冰块有一半都已经融化了。

突然从他背后传来奇妙的声响。他回头一看,微波炉竟然开始运转起来。亮着灯的微波炉里面,什么也没有放的转盘独自旋转着。

吉峰感到心跳加快了。他战战兢兢地靠近微波炉,按了按写着"取消"的按钮。但是没有反应。他指尖使了使力气,又按了一遍。可是,微波炉并没有停下来。

虽说刚刚才喝了一罐啤酒，可这会儿竟然又口渴了。

吉峰用一只手疯了似的不停地狂按微波炉的"取消"键。他用拳头砰砰砰地敲着微波炉的门和侧面。可是，转盘依旧自顾自地旋转着。吉峰喘着粗气，先往后退了退，然后又用两只手将微波炉往前挪了挪，他想看看后面到底有什么。

他回到客厅，在靠近门口的墙壁上将紧急情况下使用的手电筒取了下来。他将手电筒拿回厨房，照了照微波炉后面。

散发着黄色光泽的网状东西映入他的眼帘。

他全身都起了鸡皮疙瘩。

吉峰慌乱跑回客厅，换好衣服，随后打开放在沙发上的手提包，顺序什么的都不考虑了，只顾着将行李一股脑地往里面塞。

就在这会儿，电话响起来了。

安装在房间里面的脉冲电话的电子铃声，突然划破了深夜的宁静。不过，这声音听上去令人很是不安，中途断了几次，但又继续响了起来，仿佛电话在咳嗽一般。

吉峰身体变得僵硬，呆呆地看着电话，冷汗从后背渗了出来。他拼命克制住想要一把抓起听筒的冲动，将最后一件行李胡乱地塞进手提包，然后抱着连拉链都没有拉好的手提包，拔腿奔出了豪华套房。

电话依旧执拗地在关了门的房间里面一遍一遍地响着。他强忍着疯狂地想要洗手的念头，从空无一人的大厅里面跑了出去。

外面正下着毛毛雨。吉峰撑着伞，一面将上衣领子扣好，一面向停车场跑去。虽说已经到了六月，但山里的黎明还是有些寒意的。从绿园酒店中心出来到停车场这一路上都亮着路灯，所以即便没有手电筒也丝毫没有问题。不过，山里仍旧是一片漆黑,吉峰感觉从背后传来无声的压力。

　　终于到了停车场,吉峰冲进奥迪,刻不容缓地启动了发动机。他轰了几下油门,听到爱车发出了呜呜呜的声音。随后,他不顾轮胎发出刺耳的声音,头也不回地全速离开了绿园度假酒店。

　　此时,天空中划过一道红光。那一瞬,山脊的轮廓浮现在夜空中。可这一幕吉峰根本没看见。

3

伴随着久违的鸟儿的啼叫，池泽醒了过来。雨似乎停了。走出帐篷抬头一看，透过黑压压的乌云的缝隙，隐隐约约可以看见蓝色的天空。

昨晚萤女并没有打电话过来。下雨的日子，萤火虫没法飞舞。可能是这个原因吧。

池泽沿着露营地旁边的小路往下走到小溪边，洗了洗脸。河对岸盛开着白色的绣球花，娇艳欲滴。不知道哪里传来了不该是这个季节活跃的竹鸡的叫声，仿佛在声声呼唤："来呀——来呀——"

在回营地的小路上，池泽看到覆盆子已经成熟了。他摘了两三个扔进口中，满嘴都是不可思议的甘甜和野果的香味。他忍不住一个接一个地摘下来往嘴里扔。

虽然已经有些闷热，夏天的早晨却仍旧散发着迷人的魅力。

大帐篷前面，南方咧着大嘴打着哈欠。

"哟，这么早啊！"他看着池泽，挥了挥手。

"早。昨晚有点儿遗憾啊。"

"什么事？"

"电话一直没有响。"

"啊,这样啊。算了算了,无妨。"

"是吗?"

"嗯。"南方点了点头,"这样的话,我们搜集到了电话没来时的数据,就可以和下次电话来的数据进行比较啦。"

"原来是这么回事。应该还会打来的吧?"

"肯定会打来。说不定今天就会打过来。"

"你这么有自信啊?"

"不是。"南方意味深长地微笑着,"不过啊,我和学生们今天下午就下山了。"

"为什么?"

"你别担心。我们会住在你每次去的那家位于中乡的民宿。"

"就是说把我一个人扔在这里吗?"

"对。总觉得我们留在这里碍手碍脚的。你和萤女之间,似乎有一种特殊的关系。"

"或许吧。"

"总之一言两语的也说不清楚。反正即使我们不在这里,机器也会自动记录数据的。谨慎起见,我们几个还是别待在这里好一些。如果有什么事情的话,给我打手机就好了。民宿离这里开车也就是十分钟不到的距离。"

"随你去吧。不过下山之前能帮我个忙吗?"

"什么?"

"去看看那个电话里面到底有什么。"池泽前天已经把从多田那里打听到的有关吉峰和萤子的关系告诉了南方,"万一这件事比你想象的单纯得多呢?"

"你说得也对。有可能只是她个人对于吉峰的怨恨,结果把我们搞得团团转。"南方点了点头,"你说要看看电话里面?"

"那个电话里面会不会就是插了一个类似手机的装置呢?将耳机和麦克风装在听筒里面,然后将来电铃声设置成过去那种电话铃,这样一来明明没有接通的电话,看上去也像是可以正常使用的模样。"

"你是说,有人特意费劲巴拉地做成这个样子?"南方摇摇头,"我觉得没啥意义。"

"慎重起见嘛!都到这个岁数了,遇到事情没办法不留点儿心眼儿多想想。你倒是一点没变,还和从前一样缺心眼儿。"

"的确不太好啊。好吧,就听你的。吃过早饭,就把这件事给解决了。"

可是,池泽他们最终还是打消了研究电话内部构造的念头。那部粉色的电话并不是轻轻松松就能打开的。至少,单凭一把改锥肯定是没法把它弄开的。

不过仔细想一想,这也正常。倘若随随便便就能打开的话,那里面放的硬币不就轻轻松松地被人拿走了吗?当然,如果把改锥、钳子、铁撬棍什么的都拿出来,像搞破坏一样地把它砸开倒也不费什么事。不过,那并非池泽他们的本意。

南方提出一个替代方案,"将整部电话都用铝箔裹上,如何?"这么一来,即便里面安装了一部无线电话也无法再接收到信号了。如果那女人真的将一部不通的电话伪装成正常使用的电话,那么这一招至少可以用来对付她的这一手段。

池泽当然赞成南方的提议。两人一起将粉色电话的主机和听筒,包括变形菌附着的部分都用铝箔严严实实地裹了个遍。露在外面的除了放听筒的支架,就只剩听筒上面耳机和话筒的一小部分了。

一整个上午,南方和学生们都继续做着和昨天一样的给树安装电极的工作。而成为调查对象的树木的总数,目前已经超过两百五十棵了。之后,他们用完午餐,留下观测仪器和帐篷,离开了露营地。

池泽目送载着南方他们的货车离去,心情有些复杂。不知道从什么时候开始,自己好像成了他们实验室里的小白鼠。想要否定这个想法的话,就必须找出自己主动留在这里的理由不可。遗憾的是,他自己也不清楚为什么要留下来。

一个人待习惯了以后,池泽走进了那间弃屋。他站在那部已经变成银色的电话面前,双臂抱胸。就这么待了大概有五分钟。然而,什么事情都没有发生。池泽鼻子里哼了一声,走出房间。随后,他回到那条长椅,背上帆布包,将相机挂在脖子上,朝自己熟悉的山间小道走去。

夕阳西下,山和天空之间的界线变得模糊起来。池泽回到了露营地。今天是阴天,没有下雨,湿气非常重,和上回的天气很像。这种天气下,萤火虫经常出现。

他将行李放在长椅前的桌子上时,等待已久的电话铃声终于响起来了。

"看来不是无线电话啊。"池泽自言自语道,缓缓地向弃屋走去。他看了眼手表,现在是七点二十八分。南方交代过,电话铃响的时候要确认一下时间。

"你好,我是池泽。"进了弃屋,他拿起被铝箔裹得严严实实的电话听筒,报出了自己的名字。

"不好意思,我是坂下。"对方的声音听上去和普通电话里的声音没有什么两样，非常清晰。

"我有很多事情想跟你确认。"

"我也一直在等您。"

"你知道我到这里来了？"

"知道。"

"你是在哪里看见我了吗？"

"不是。但是我能感觉到。"萤女的声音听起来比之前更亲切了些。池泽也不觉得有任何不快。

"今天你会让我看看你吗？"

"您希望见到我吗？"

"是的。如果能够看到你的话，感觉交流起来要更顺畅些。"

"好的，我这就过来。请您稍等一下。"

不知为何，萤女的话莫名地挑动着池泽的心。仿佛在期待着什么似的，他觉得自己心跳都开始加速了。这到底是怎么一回事啊？简直就跟偷偷幽会的男女一般。

弃屋里面星星点点的白光飞舞着聚集了过来。原本只有几只萤火虫，几分钟不到的时间内就汇聚成了一根萤柱。随后，头出现了，手臂伸了出来，腰部柔和的曲线也渐渐显现出来。

萤女出现在他面前。

"真美。"池泽不假思索地喃喃自语道。上一次池泽只顾着吃惊，还有些害怕，都无暇欣赏她的美丽。

"好开心……"萤女低声细语道。眼前这个人形发光体，有些害羞似的将两只手在胸前交叉着。

之前池泽并没有注意到，其实她并不是独立于萤火虫群体的。她的头部上方延伸着由光点汇成的线条，就像头发一样，一直延伸到了屋外。而组成她身体的萤火虫也时不时地在相互换着班。

"我先和吉峰先生见了一面,从他那里了解到一些事情。"池泽盯着萤女看了好一会儿,清了清嗓子,开始说话,"明年年初滑雪场就会开业。虽然现在暂时停工,但据吉峰说,很快就会加速推进施工进度的。还剩下半年的时间了。现在想要让开发停下来,几乎是不可能的事情。"

萤女似乎点了点头,"即便如此,也必须让它停下来不可。"

"诚如我之前和你说过的那样,像我们这样的上班族,真的是人微言轻。要说可行的办法,恐怕还是要把环境保护组织请出来吧。不过全村的人也都一齐出来请过愿了,似乎并没有什么意义。那这种情况下,环境保护组织又能做些什么呢? 大概只能去现场,对那里的自然环境展开独立调查,去检验一下到底有没有认认真真进行过环境评估,然后从中找出可以反对开发、并且能够得到舆论支持的相关材料。简言之,举个例子,调查那里是否生长着受保护的动植物或者是特别珍贵的动植物之类的。不过,光是进行这项调查,恐怕就要花费很长时间。半年时间或许都不够。有可能会花上好几年也不一定。即便在进行调查的同时也配合着反对运动,最终决定也要等到调查结束之后才出得来。到那时,多半已经来不及了。"

"只要受保护的动植物就行了吗? 或者是特别珍贵的动植物……究竟需要有什么样的动植物呢? 能不能举个例子?"

"你问这个问题做什么?"

"说不定我可以找到这些动植物。至少,我很快就能知道到底有没有这些动植物。"

"你光说一句有是没用的。在什么地方,有什么东西,是如何生长的,开发会给它的生存带来什么样的影响,诸如此类的问题,必须要搜集充分的数据以便做出客观的评价。"

萤女垂下头,陷入了沉默。

"哎,其实我想说的是,在充分理解相关难度的前提下,如果你认为这样做还是可行的话,我可以试着去联系我认识的几家环境保护团体。大概就是这么一回事。"池泽换了种安慰她的口吻说道,"我不希望你抱有太高的期望。我不想让你失望。不过,我是不是已经让你失望了啊……"

"没有。谢谢您!我知道您是明白我的。我很开心。"

"我也很喜欢这片森林,不希望有人伤害它。如果我早一点儿知道的话……"

"我还没有放弃。请您……您只要做好您分内的事情就可以了。"

池泽目不转睛地盯着萤女"眼睛"的位置,"在此之前,我还有一些事情想向你问清楚。"

"什么事情?"

"你为什么不直接找吉峰先生谈?你既然能把电话打到这里,那也可以打到任何一个地方去吧?"

"不是的,之前我只能打电话到这里。至于原因,我也不清楚。只有这个地方,我的'声音'才能传过来。现在,我的声音可以勉强传到绿园度假酒店了。但要想找到一个和吉峰先生说话的机会,并不是一件简单的事情。因为他太忙了,几乎不太可能在同一个地方待两个小时以上……"萤女叹了口气,说道,"事实上,昨晚有过这样的机会。吉峰先生昨晚住在绿园酒店,我试着和他取得联系……但后来失败了。可能还是因为声音传递得不够顺利吧。也有可能是因为吉峰先生那边还没有做好接受我的准备。恐怕这两方面的原因都有。"

"这样啊……"池泽稍稍犹豫了一会儿，又接着说，"希望你不要生气，其实，我有朋友是做记者的，通过他，我已经知道你和吉峰先生的关系。不，准确地说，一开始我听到的只是吉峰先生最近有一些男女关系方面的麻烦，仅此而已。我对这件事情有些在意，于是又拜托我朋友稍微调查了下，这才知道原来跟你有关。"

萤女默不作声地待了一会儿。

"你不高兴了吗?"

"没有。"听筒里传来心平气和的声音，"站在池泽先生的立场，自然是希望搞清楚。当然，我并不希望被别人知道。"

"你恨他吧? 我是说吉峰先生。"

萤女缓缓地摇了摇头，"要说一点恨意也没有，那肯定是骗人的。可是，我至今仍然爱着那个人，这是千真万确的。虽然他常常被人误解，但他曾经真的是一个认真并且诚实的人。自从他被任命为绿园酒店的工程负责人之后，他就一点一点地变了。最开始，他因为背负着公司的期待和命运，整个人都绷得紧紧的。我经常听到他说，这是我人生当中第一幅'杰作'之类的话。他每天都工作到很晚，有时候甚至通宵工作。可是，他所走的路却不平坦。他只是想让别人觉得事情进展得一帆风顺。可能他不希望社长担心，又或者是不希望被室长说三道四吧。所以在遇到原住民反对运动，或者工期推迟得特别严重的时候，他总是一个人坚持把所有问题都扛下来，拼了命去解决。渐渐地，那个人的眼神开始有了变化。"

萤女不说话了。组成她身体的萤火虫并不是悬停在半空中，而是缓缓地飞舞着，不断在空中画出螺旋线条。看着这样的画面，池泽只觉得既惊奇又目眩。

"在和他分手的几个月前，我就渐渐觉得他有些不对劲了。原本他是一个特别爱干净的人，但后来变得有些过度了，似乎成了洁癖……每隔三十分钟就要洗一次手，否则就会坐立不安。我大概就是在那个时候怀孕的。对他而言，当时他已经处于极限状态了，没有精力再去处理更多的麻烦。我要是能多体谅一下他就好了……可我是第一次怀孕，又还没有结婚，我当时大脑里面真的是一片空白……我只有拼了命地缠住他不放。结果适得其反。他甩了我，自己逃跑了。他的转变让我觉得特别悲哀，于是我想到了死。最终，我还是把孩子打掉了。可我现在，仍然希望他能够顺利地将绿园、将这件他倾注了心血的作品完成。我没法忘记他双眼闪光、对我滔滔不绝地讲述有关企划的神情……所以我才到了这座山里。我当时就是希望能在这里默默守护他的作品。"

"可是，你现在做的事情却是在阻碍他，为什么？"

"我上一次跟你说的事情并不是在骗你。我必须要保护山神。对于亲手杀掉自己孩子的我，这样做多多少少也能得到一些救赎吧。还有……"

萤女突然闭口不说话了。

"还有什么？"

"还有，我觉得，如果不让滑雪场的开发停下来，有可能会发生更糟的事情。我有种预感，觉得那个人有可能会失去他的整件作品，整个绿园度假酒店……"

"为什么呢？"

"我也不清楚。我目前还没看得太明白。"萤女脸上没什么表情，可看起来有些胆怯，"可能就像池泽先生所说的一样，已经来不及了。"

电话里面又传来了轻微的噪声,好像是树叶沙沙的声音,似乎还能听到其他人在窃窃私语。不过,萤女的声音依旧清晰可辨。

"我还有一件事情想问你。"池泽说道,"大概在三十年前,同样也是因为侍奉山神的缘由,一位叫竹本澄子的少女也进了这片森林。不知道你有没有听说过她呢?"

"三十年前……嗯,是的,可能比这更早一些吧。我还记得和幼年的池泽先生经常在一起玩耍呢。"

"什么?"

"她像宠爱弟弟一样地宠爱着你,或许,又远远不止……不过好奇怪,我才二十四岁,所以说这个并不是我自己的记忆。您和您所说的那位叫竹本澄子的女性,小时候关系很好吧?"

"嗯,是的。"

"那,这可能是竹本澄子的记忆吧。还有其他各种各样的回忆呢。池泽先生您很擅长捕虫。捕到漂亮的蝴蝶呀金龟子什么的,您就会放进小竹筐里当作礼物送给我。可是,我偏偏对昆虫什么的不感兴趣,每次总是假装很开心地收下来,过后却不知道拿这些虫子如何是好……"

萤女微微笑着,那笑容让池泽觉得似曾相识。

"为什么你会知道……"

"我想,肯定是混在一起了。澄子小姐的记忆,有一些混在我的记忆里了……至于为什么会这样,我也不知道。还有一些比澄子小姐更早出生的人的记忆,似乎也在我脑海里复苏了……是不是有许多人在这座森林里面留下了回忆,然后他们的回忆一点一点地侵入到了我的记忆里?"

"侵入到……你的记忆里?"

"是这么一回事。当我知道池泽先生经常来这片林子的时候,心里就涌起了一股怀旧之情……说不定就是因为有澄子小姐的记忆,我才会想到给您打个电话试试。"

池泽苦笑了下,"不过那都是三十年前的事情了,我和那时候比,已经变了不少。"

"嗯,不过一看到您,我还是有种好久不见、特别怀念的感觉。说不清楚那究竟是怎样一种感觉。而且,和三十年前比,您的变化并不大。"

"是吗? 也许是吧。"

"不过,这么说来,我倒是想起来了,在我进入这片森林漫无目的地游荡的时候,我仿佛被不知道从什么地方传来的声音招呼着往林子深处走去。随后我出事了,在我变得可以在森林里面飘浮移动之后,我觉得好像有人在暗中悄悄地教我跟动植物说话、指挥萤火虫等本领。说不定,这个人就是澄子小姐呢!"

池泽想象着澄子像宁芙①女神一样在树林中飞来飞去的样子。这简直就跟天方夜谭似的。可是……

"我和她之间有过约定。"池泽自言自语地说道,"她变成萤女之后如果回家的话,我要去接她……还拉过钩。这个约定,我遵守了吗?"

"这个……"萤女想说什么,但又把嘴闭上了,"这个是不是你随便说说的……阿亮?"

"你说什么?"

不知道从什么时候开始,电话听筒那头传来的杂音越来越大。就在刚才,有那么一瞬,池泽恍惚觉得说话的换成了别人。

①希腊神话中次要的女神,有时也被翻译成"精灵"和"仙女",也会被视为妖精的一员,出没于山林、原野、泉水和大海。

是错觉吧？

"我差不多该走了。"耳畔再次响起萤女的声音，"走之前，还有一件事情我想让您知道。"

"……什么事？"

"我感觉自己现在漂浮在一个巨大的湖里，像一个气泡似的……说是气泡，不过跟空气好像又不太一样……怎么说呢，我就像是一个水滴组成的团块，只不过跟周围的水并没有完全混合在一起。您知道浮游生物吗？有点儿像这种感觉……"

"像阿米巴虫吗？"

"对，就是那种感觉。是一种没有固定形状的水的集合体。因为多多少少混了些其他水分进来，所以对于这个湖泊整体的情况，我还是知道一些的……大概是几天前吧，我感觉这座湖里似乎起了些奇怪的波浪。在幽暗的湖底，似乎有什么恶心的怪物在蠕动……我刚才也和您提起过，有可能会发生更糟的事情。您多加小心。"

"是吗？谢谢。"

"那我走了……我们还会再见面吗？"

池泽点点头，随后他下意识地伸出右手。萤女将她那闪烁着星星点点斑斓光芒的手放在上面。自然是没有任何重量的。可是，却有一种不可思议的温暖滑过池泽的指尖，越过他的肩膀，一直传到他的心里。池泽感到整颗心脏都被温柔地包裹了起来。

池泽不由自主地发出了一声呻吟。仿佛被吓到了似的，萤女有些胆怯地将手缩了回去。人形萤柱瞬间就没有了之前的形状，像一阵龙卷风一样旋转着，被吸到了弃屋外面，看上去就如同瀑布的水流势不可当地向下游奔去。

弃屋又重新恢复了泛着微尘味儿的黑暗。过了一会儿，池泽才发现自己还拿着电话听筒。现在看起来，用银色铝箔将这部电话裹得严严实实的行为实在是太愚蠢了。

池泽叹了口气，将听筒放回了支架。刚刚被萤女触碰过的指尖，还残留着些微温度。

第二天早晨，南方和学生们再次回到了露营地。池泽将昨晚跟萤女见面的事情告诉了南方，南方满意地点点头，走进了帐篷。

"别说。先什么都不要和我说。"南方制止住正要开口汇报的池泽，"这一次我不要有先入为主的印象。"

随后他对着学生们指示了几句。橘香奈惠和山崎进两名研究生坐在了电脑前面。剩下的三名学生被分配到的工作似乎就是在旁边见习。

小橘和山崎时不时地交换一下意见，各自操作着一台电脑。

"现在发送数据了哟！"

"稍微等一下……行，可以了。"

电脑似乎是通过以太网连接上的。

"老师，时间压缩比例约为一分缩为一秒，可以吗？"

"这样啊。行，就先这样开始吧。"

一幅颜色鲜艳的彩图占据了小橘面前电脑的整个显示屏，看上去像是营地周围的地形图。鲜艳的绿色背景上，标出无数个黑色的点。

"这里就是我们所在的地方。"南方指着显示屏上的一点说道，然后在这个位置放了一个红色的帐篷形状的标记，"这些黑点呢，就是我们从前天开始一直忙到昨天上午的成果，它们都是安装上了电极的树的位置,其中也包括你装的那些噢。”

“数量真不少。”

“一共两百五十六棵。最远的一棵树距离营地大概五百米吧……大家都很拼啊。喏,你仔细看看。”

南方朝小橘递了个眼色,地图开始动了起来。

原本都是黑点,渐渐有了颜色,一开始只出现了两三种颜色,随后色彩的种类越来越多。几分钟的时间内,所有黑点都变成了彩色。一共大概有二十种吧,其中最突出的有五六种。也就是说,并不是每一种颜色都平均分布在地图上,各种颜色像打补丁似的成块成块地出现。随着时间的推移,补丁的形状、位置都不断地发生变化。

“这些颜色是什么意思?”

“如果两棵树生物电位的变化在同一步调上的话,那么这两棵树的颜色就一样。比如说,显示为蓝色的树,它们生物电位的节奏就是相同的。橘色和橘色的树也有相同节奏的生物电位。而蓝色和橘色的树之间,就是在用不同的模式进行生物电位的变化。目前,这些颜色代表的就是这个意思。”

话正说着,蓝色组合渐渐缩小了范围,橘色组合的面积扩大了。池泽若有所思地看着。突然,黄色组合插入橘色组合,将其一分为二,其中一块开始变成紫色。每一种颜色的规模大概是二十棵到五十棵,树种则是混杂的。

“这个是对昨天安装完电极之后立刻采集到的数据进行分析的结果。你看到的变化结果是将一分钟缩为一秒之后显示出来的。画面右上角显示的是实际时间。大概是在晚上八点左右。”南方向池泽解释道,“现在大致分成了六种颜色,也就是说,这两百五十六棵树大致分成了六个小组。不过,你看一会儿就会发现,小组的数量以及每一组的成员都不是固定的。它们会随着时间的推移而变化,就像是人类在举行鸡尾酒会时,各种各样的小团体会自然而然地出现或者消失……小橘,暂时先停在这里吧。"

"好。"

原本五颜六色地闪烁着的地图,一下子就定住了。

"接下来,我们快速过一下昨晚的情况吧。从下午六点开始吧。"

"下午六点是吗?"橘香奈惠的指尖在键盘上跳跃,"好,开始!"

她说着摁了下回车键。标出的黑点立刻发生了变化,随后又开始缓缓闪烁。比较大的组合有七个左右。它们之间相互挤来挤去,不断地变化着大小、形状,也就是树木的数量以及成员。尽管颜色的构成发生了变化,不过大体上和前天的情形并没有什么不同。

不过,大概从七点十分开始,奇妙的变化出现了。在这之前,任何一个组合都像是阿米巴虫一样以不固定的形状扩展,但一个组合突然开始以细长的形状延伸,其成员都显示为蓝点。随后,西北偏西方向,一列树的生物电位显示出同样的变化节奏。从地图上看,蓝色的点已经连成了一条线。

"好,停!"南方大声地指挥道。

橘香奈惠敲了敲回车键,画面又定住了。

"有意思! 这种步调一致的变化还是头一次见到呢。大概在什么时间?"

"嗯,七点二十八分。"

池泽倒吸一口气,和南方对视了一眼。

"电话是什么时候打过来的？"

"刚好就是这个时间。七点二十八分……"

南方抿嘴一笑，还有些得意地点了点头。

"喂，赶紧跟我解释解释！"池泽拽了拽大个子男人的袖子，"这个到底是怎么弄出来的？究竟是什么意思啊？"

南方故意咳了咳，"是啊，也是时候跟你说说我的想法了。既然学生们也都在，那我就讲一堂特殊的课吧！我的课时费可高啦！"

"行啦！少说废话！"

"说之前我想问问你，你在进入这片森林的时候，有什么感觉？"

"你是想问哪方面呢……总之，觉得很放松吧。"

"除此之外呢？"

"嗯，每个时间段的感觉都不一样。早晨总是神清气爽，夜里稍微有些不舒服。不，不仅仅是夜里，一个人在山里面走的时候，时不时会感觉好像有什么东西在附近。有时候心情愉快，有时候也会很烦。"

"原来如此。我跟你的感受大致相同。你们呢？"

学生们也都点了点头。

"不仅仅是森林，只要有绿色植物的地方，人类就会感到放松。公园里的绿色也好，庭院里的花也好，摆在房间里的观赏植物也好，总之有植物的感觉就是比没有植物要好。但也有些植物会让人心情不好，比如说樱花。因为经常有人说樱花树下埋着尸体，所以总让人觉得树下有妖气飘出来。不管怎样，植物对我们又会有什么样的感觉呢？为什么会有这种感觉呢？这就是我作为一名植物学家的研究出发点。"

南方依旧坐着,伸手去够自己的帆布包,然后从里面拿出水壶,喝了一口。

"之所以会产生这种疑问,换句话说,其实是我们将植物想成了近似无机物的东西。如果说到小猫小狗在想什么,你并不会感到不可思议吧?为什么会这样呢?因为小狗小猫和我们一样,有眼睛有鼻子还有嘴巴,会发出声音,也会动来动去。如果对它们稍加训练,可能多少还能明白些我们的语言。但植物既不会动,也没有眼睛、鼻子和嘴。所以我们很难认为植物和人类一样,是活着的生物。然而,作为生命体,植物同我们的确是没有区别的。对此,我们也应该有所觉察。"说到这儿,南方竖起食指,"我出道题给你们。池泽君,你说植物能看见别的物体吗?"

"这个嘛。"池泽歪着头说道,"我认为它们没有眼睛,应该是看不见的吧。"

"太遗憾了。我虽然没有对所有的植物进行检验,但是植物的的确确能够区分颜色。比如说,在马齿苋这种杂草周围,将一面墙刷成一半绿色一半灰色,马齿苋绝对会往灰色那面墙上延伸。为什么呢?因为它认为绿色是其他植物,而马齿苋有避开同类生长的特性。不光是马齿苋,据研究报告显示,大多数植物都有这样的反应,好像是跟细胞内一种叫光敏色素的色素蛋白质有关。那菊池君,你来告诉我植物能听见声音吗?"

"老师您这么问的话,那答案应该是能听见吧。"

"这种回答,不给学分。"

"啊,我错了。开玩笑的。"

"已经晚了。植物当然能听见声音。有一个实验非常有名,培育植物的同时给它听古典音乐和摇滚乐,结果植物就朝着播放古典音乐的那只喇叭的方向生长。还有,最近有一种叫作声音农作法的培育方法被运用到商业领域，就是给种植的农作物听音乐。我也做过实验，给树叶贴上电极，给它们听各种声音，同时研究它们的生物电位。的确是有反应的。不过，比起音程，它们似乎对于节拍的反应要更敏感一些。好，西坂君，接下来该是触觉了。你怎么看？"

"触觉啊？"叫做西坂的学生呆呆地挠了挠头，"我认为是没有的，如果有的话就真的太可怕了。因为我小时候经常折一截树枝、摘一片树叶来玩儿……"

"你在来世肯定会受到折断手臂或者摘下耳朵之类的惩罚。"

"啊——饶了我吧。"

"植物也是有触觉的。研究已经证实，仅仅是频繁的触摸就会给植物的生长造成阻碍，最终可能会导致植物矮小。而且，这个结论在盆栽植物身上早就得到了验证。虽然现在还搞不清楚植物内部究竟是怎样一个系统，不过已经确定的是，植物在受到风力摩擦之类的刺激以后，一种叫钙调蛋白的蛋白质会起作用，从而导致植物体内的钙发生变化，并产生特殊反应。我再给你们补充点儿更恐怖的事情。"南方看着那个叫西坂的学生笑了笑，继续说道，"有人说，那些以砍柴为理由把树枝折断的人一踏进森林，周围的树叶就会显示出相同步调的生物电位。说不定是在一起诅咒那个人呢。"

"真的假的？不行了，我得先撤了。"

"调查还没结束，不许回家。接下来只剩嗅觉和味觉了，你们又怎么看？"

一个叫吉野的学生举了举手，"该轮到我来回答了。如果把嗅觉和味觉都看作是化学传感器的话，那么植物也应该有。"

南方拍了拍手，表示赞许。

"其实我刚刚上了基础学院关于植化相克①的课。"

"讨厌！优等生又在卖弄了！"菊池恨恨地说道。

"笨蛋！你自己是差等生吗？"南方敲了敲他的头，"对植物而言，嗅觉和味觉恐怕是它们最重要的感觉了，因为这是它们与外界交流的手段。随着这个领域研究的不断进步，人们发现了许多有趣的事情。举一个比较古老的例子吧，用栽在花盆里的白杨做的实验。白杨有一种特性，一旦叶子被虫咬了，作为一种防卫反应，便会大量释放出一种含有苯酚的物质或者单宁，让自己的身体变苦。然后，当这种苯酚物质飘散到空气中，传递给其他还没有遭受虫害的白杨树之后，这些白杨树立刻就会明白出了什么事，并且也会增加苯酚物质和单宁的释放量。这就等于听见了别人的叫苦声，自己也随即做好了接受攻击的准备。这样的例子不胜枚举。吉野君所说的植化相克，从广义上来讲就是指植物之间用化学来交流的一切方式。如果再把动物加进来，就更有意思了。比如，某豆科植物如果遭受一种叫二斑叶螨的螨虫虫害的话，就会释放出一种引诱智利小植绥螨的化学物质。而智利小植绥螨是二斑叶螨的天敌。这相当于是请了保镖呢！然后，生长在周围的其他豆科植物一旦闻到了引诱智利小植绥螨的化学物质，就会在遭受二斑叶螨虫害之前向智利小植绥螨发出求救信号。再举一个稍稍复杂点儿的例子。在热带雨林中，大多数植物都会给某种蚂蚁提供住所和食物，从而保护自己不受其他蚂蚁或者昆虫伤害。为了吸引这类可以做保镖的蚂蚁，植物自然会释放能够吸引它们的化学物质。但有一种狡猾

①通常是指一种生物分泌出一种或多种生化物质去影响其他生物的发芽、生长、生存和繁殖。

的昆虫却可以在化学物质释放之前看透它们之间的这层关系。它们会在化学物质被蚂蚁嗅到之前捷足先登,提前将住所或者是食物夺走。这个行为有点儿像偷听吧。总之,森林里面一定有各种各样的化学物质漫天纷飞。植物也好动物也好,它们之间一定进行着错综复杂的化学交流。顺便提一句,森林之所以会给人一种清清爽爽的感觉,是因为大多数植物都在释放一种松脂类的挥发性物质。研究表明,这类物质可以使人类的心情平静下来。嗯,差不多就讲到这里吧。总而言之,植物和我们人类一样,同样具备视觉、听觉、触觉、嗅觉和味觉这五种感觉。它们也会根据这五种感觉刺激做出反应,采取行动。这些行动包括增加体内的某种化学物质,释放某种化学物质,避开绿色生长,或者是朝着古典音乐的方向生长,等等。"

"也就是说,植物和动物之间,并没有那么大的区别,是这个意思吗?"池泽插嘴说道。

"某种意义上是这个意思。不过,接下来我要说的才是正题。"南方又喝了一口水壶里的水,扫了学生们一眼,"事实上,植物除了这五种感觉以外,我认为至少还有一种感觉。你们觉得会是什么呢?"

三个本科生都低着头不说话。研究生们应该知道答案吧?但他们却是一脸茫然的样子,对着电脑操作着什么。

"那我换一个问题。通过这一次的调查我们已经明白,森林里的树会组成动态的组合。不,准确地说,应该是在自然林里面。比如说,我们也曾经在种植林或者公园里的人工林里面进行过同样的测量,但却没有发现这样的组合。人工林里面的每一棵树所显示出的生物电位是完全一样的。这种情况与其说是所有的树都显出同样的步调,不如说是它们彼此之间毫不关心,其生物电位仅仅是反映出了周遭的无机环境而已。然而在自然林里面,不论是从时间段看还是空间分布看,都会看见步调一致但又富于变化的生物电位组合。这表明包括生长在森林地表上的植物在内,所有植物之间都在进行复杂的互动。反过来讲,也可以说是因为自然林里面的环境比人工林要复杂得多,所以有必要进行复杂的互动。那么问题来了,这些以生物电位的变化来表现的互动或者说交流,究竟是以什么为媒介来进行传播的呢?吉野,你觉得呢,和刚才我举出来的五种感觉有关吗?"

"嗯……从每一种组合在空间上所占的面积来看,和视觉、听觉等应该没什么关系。不过我也不清楚树的耳朵和眼睛究竟有多好使……"三个人当中看起来最认真的一个学生回答道,"每一种组合里的成员之间也不能互相触摸,所以应该也不是触觉。这样剩下的就只有嗅觉和味觉了,这是最有可能的媒介了。组合里面的某棵树释放出化学物质,在这种物质所能传递到的范围内,所有树呈现出同一步调,应该是有这种可能的吧?"

"嗯,不过这很困难吧?"叫菊池的学生插嘴说道,"像气味这种东西,不都是缓缓传播开的吗?如果有风,那又另当别论。有风的情况下,一瞬间就能飘到很远的地方。不管怎样,昨天和前天都是没有风的。但是,我们刚刚都看见了,只在几分钟到十几分钟内,组合的大小也好构成也好,突然一下子就变化了。这种变化,如果要通过化学物质来交流,应该是办不到的吧。假设有风的话,我们又如何解释为什么就在附近的其他组合能够保持稳定呢?"

"菊池,你能想到这一点,可以说是相当认真啊!"

"我毕竟还是想要学分的。"

"总之,刚才说的'不给学分',暂且取消吧。"

"谢谢老师。"

"对于这两人的意见我基本上是赞成的。我们没有必要将这一切都限定在某个特定的媒介或感觉上面。我们也可以将其看成是复合互动的结果。当然,肯定会有起主要作用的某个感觉,但应该不会是我刚刚举例的这五种中的任意一种。那为什么我们会想不到呢?是因为到目前为止,我们只是将目光聚焦在了树木露在地面的部分而已。"

"对了,还有树根呢……"池泽嘟哝道。

"对!我们几乎忘了还有树根呢。"

"树根这种东西真的是太不可思议了。虽然待在地下,但是对于地面发生的事情知道得一清二楚。你们不这么认为吗?比如说,树的形状不一定是全方位对称的。根据日照的情况出现偏差的时候也是有的。你们再想想那些生长在斜坡上面的树吧。如果树根不知道地面的情况,树就有可能会倒,对吧?还有一件事情特别不可思议。自然林里面的树木生长的时候,它们的根是不会相互缠绕的。根据在室内进行的实验,我们知道,植物的根在延伸时的确会避开障碍物。或者说,应该是在碰到障碍物之前就会避开。根什么都知道。地面上是什么情况啊,自己周围有什么东西啊,全都知道,为什么呢?"南方似乎越说越激动,"这就要说到我想说的某个假说了。这是关于电场的假说。植物的胚芽和根周围会有离子流形成的微弱电场。用振动电极这种特殊的电极去测量电场并追踪根的成长,会发现很多有趣的事情。比如说,一遇到别的根或者障碍物,植物原本的电场就会解体,然后主动形成一个新的电场。同时,植物也会改变生长方向。也就是说,根是通过电场来感知周围的情况,同时也是通过电场来主导构成根部的细胞群的活动的。实验还证实,光线、温度等地面环境的变化会导致电场的改变。所以我想，根周围形成的电场会不会就是连接植物的外在环境与内在环境的接口呢？如果是的话，植物也可能通过这个接口和别的植物交换信息。也许这种电场并不仅仅局限在根部。在森林里抬头看看上空，树冠与树冠之间会有许许多多细小的缝隙，对吧？也就是说，树枝与树枝即便是在特别拥挤的空间里也不会重叠在一起。或许，在树梢的生长点周围也会形成相应的电场。电场这个东西，归根结底是通过生物电位产生的，我们或许可以直接看见树木之间进行交流的样子。不过，至于交流的具体内容，我们是不清楚的。这个就好像是有一大群人在互相交谈，而我们在远处观望。我们知道他们在聊天，但却不知道他们在聊些什么。不过……不过……"

南方竖起一根食指，顿住了，食指指向电脑的方向。

"这一次是个例外。为什么呢？池泽，我们现在又回到了最开始的那个问题。如果是电场作为传播媒介的话，那么没有挨在一起的两棵树之间也可以快速传递信息了。只要中间有植物做接力就行。实际上，从形成的组合来看，空间上并没有挨在一起的树木也有生物电位显示相同步调的。我们刚刚就看见了一个非常罕见的现象，西北偏西有一列树木的生物电位都显示相同步调。这个现象发生在昨晚的七点二十八分。刚好就是你接到萤女打来的电话的时间。根据这些事实，我们可以理解成这一列树木之间传递着某种信息……小橘。"

"在——"

"你查一下，刚刚那一列树当中，离营地最近的那棵树的编号和位置是什么？"

"明白。"橘香奈惠将一台手持式GPS连上电脑，默默地敲打着键盘,"嗯,编号四十三,位置已经导入到GPS里面了。"

"好,我们走,池泽! 你们也一起跟上!"

南方弯着腰,慢吞吞地站起身,出了帐篷。橘香奈惠紧跟在他身后,池泽和其他学生也陆陆续续地跟了出去。

四十三号是距离弃屋很近的一棵枹树,树干直径大约二十厘米,树梢距离地面大概有十五米。乍一看,这只是一株再普通不过的枹树了。

"是这棵树吗?"南方小声嘟哝着,用手敲了敲树干。随后他蹲下来,将树根周围堆积的落叶一片一片挪开。池泽和学生们一脸诧异地看着他。

"有了!"南方突然提高嗓门喊了一句。大家都将目光聚焦到他手上。隐藏在落叶下面的树根露出了一点点,上面附着有黄色的网状物体。

"啊……变形菌!"池泽脱口喊出来。

南方继续将落叶移开,粗粗的一条变形菌,向着五六米之外的一棵栎树延伸而去,"去看看那边的树根!"

根据南方的指示,学生们立刻集合到那棵栎树下,然后像南方一样将落叶一片片挪开。

"老师,这里有!"

顺着学生们手指的方向看过去,可以看见变形菌那粗壮的线条。的确是从枹树那边延伸过来的,到达栎树的根部之后又呈网状扩展开来。

"就到这里了吗?"

"嗯,好像是这样。"

学生们翻着周围的落叶寻找,但似乎在其他地方没有发现变形菌。

"嗯,那我们看看旁边的枹树吧。"

在不到两米开外的地方,有一棵稍微细一些的枹树,它的根非常可能跟栎树的根连在一起。学生们将落叶移开一看,果然,这棵枹树的根部上面附着别的变形菌。依旧是粗粗的一条,这一次是向着七八米开外的一棵栎树延伸。

就这样顺着变形菌延伸的方向找过去,池泽他们不知不觉已经绕到了弃屋后面。最后,他们清楚地看见粗粗的黄线一直钻到弃屋的地板底下。

南方靠着弃屋那有些腐坏了的板墙,看着池泽。

"也就是说,萤女的声音是通过树根以及变形菌传到这里来的?"

"从目前掌握到的情况来看,你这个推理没有问题。有可能在森林里面,树木可以通过树根来传递信息。不过,在营地周围,树与树之间间隙比较大,树根之间存在着空白地带。于是就只有靠变形菌来做它们之间的连接者。当然,最后和电话连接的工作也是靠变形菌来完成的。"

"不可思议……"

"我也觉得。不过,池泽,我是做科学研究的。我最近仔仔细细地想过,不管多么前沿的高科技,最终都不过是炒炒陈饭而已。"

"炒陈饭?"

"是。在漫长的四十亿年的历史当中,人类的创造严格来说应该是一个也没有。比如说转基因,这个应该是非常厉害的高科技吧,可是细菌和寄生虫不是很早之前就在做这件事了吗?大自然像发动机一样运转着——慢着,像鞭毛这种超高性能的发动机在好几亿年前不就有了么?这种例子太多了!要说互联网,这也不是人类的发明啊!"

"此话怎讲?"

"我觉得森林就像是一个通过电场形成的巨大互联网。关于这个,我还真想听听你的意见。"

"嗯。"池泽抱着胳膊说道,"通过电场形成的互联网……有点儿意思。听你这么一说,我还真觉得森林像是一种超分散系统……"

"就是这么一回事。正是凭借森林这个网络,你和萤女的对话才得以顺利进行。既然人类世界存在网络电话,那么有森林网络电话也不足为奇。"

"可是,若只是利用生物电位,可以让电话铃声响起来,让声音从话筒里面传出来吗?"

"那种变形菌到底拥有什么样的能力我们谁都不知道,不过理论上是可以的。电鳗能够放出200伏特的电量,是其神经膜产生的生物电位累积放大后的结果。让电话铃声响起来,说不定只用了它们能量的百分之一都不到呢。"

"嗯,也许吧。"

"问题是,接下来我们应该怎么做?"

"接下来?"

"对啊。你看到那个画面了吧? 七点二十八分,西北偏西的方向有一排连成直线的树,它们的生物电位显示步调一致。随后,萤女所发起的信息传到了那间弃屋。我想说的是,如果我们沿着这条传播路线倒着走,会怎样?"

"可能会找到信息发出的源头?"

南方点点头,"萤女,这个被我们称之为萤女的存在,无非就是一个在森林里面遇难、上了寻人启事的人。到目前为止,她是如何延续她的生命的,我们完全不知道。她或许正处在非常危险的境地呢!"

"是啊,是应该找到她……"

"你好像不太感兴趣啊。"

"嗯……有个问题是,她本人希不希望我们去找她。不过,既然目前我们已经有了线索,应该做不到置之不理吧。"

"那就让我们把调查的进度再往前推进一些吧。"南方看着学生们说道,"同学们,不好意思,你们都听到了吧? 现在,我们需要把设置好的测量装置都拆下来。然后在刚刚我们看见的那一排树的延长线方向上,把这些装置重新集中安装上去。对了,宽度的话就暂定以延长线为中轴,左右各延伸十米左右吧。长度的话,能走多远算多远吧。"

学生们老老实实地点了点头,往帐篷的方向走去,准备开始干活。池泽他们在后面远远地跟着。

"那么,也该让我问问你了。"南方一边走一边看着水面。

"应该说,在这个之前,我有一件事情要问问你。"

"什么事?"

"关于那群数量可观的萤火虫,还有人形萤柱……据萤女说,这是在表达自己的身姿。那么,你对于萤女和森林的关系到底是怎么理解的?"

"实际上,我的假设里面有一些先入为主的成分。刚刚我说到了森林网络,而森林其实并不仅仅是由植物组成,它应该是一个包括了植物、动物还有菌类在内的系统。我认为动物之间,植物之间,还有动物和植物之间应该都存在紧密的互动。我之前提到的那种豆科植物和螨虫,还有热带雨林的植物和蚂蚁,它们之间的关系并不是特例,只是碰巧被人类注意到了而已。所有的动物和植物之间一定都时时刻刻地进行着交流。不过，要成为这个交流的媒介却不容易。化学物质在广播性方面很有优势。它们也能够承担一对多的信息传递，也就是拥有所谓的大众传媒的功能。但是，它们的传播速度比较慢，所能承载的信息也十分有限。植物的形状和颜色也只是一种视觉上的信号，传播的范围较狭窄，信息量也很小。不过，无论如何，这些毕竟是组成整个森林网络的一部分，当然，我坚信它们肯定还会有比这些更有效率的方法。于是我们又说回到了刚才那个话题：电场。"说到这儿，南方停住了，他往前伸了伸胳膊，继续说道，"包括我们自己在内，所有的动物都有生物电位。也就是说，在我们的身体周围都会产生电场。我的这条胳膊附近也有电场。当然，我的脚底板周围也有。以此为介质接收到植物传递的信息，这并不是没有可能啊！然后我们再来看看植物，之前我说过植物也有视觉、听觉等，植物接收到动物传递的信息也是完全有可能呀。那么我们跟植物之间进行对话为什么不可能呢？你怎么看？我特别希望你能理解我的意思。"

"我能理解。虽说有些理论上的东西我不能完全明白，但我觉得应该就是这么一回事。我有个朋友，他只要一踏进保护得非常好的社寺林，就是那种所谓镇守神社、寺庙的原始森林，他的皮肤就会火辣辣地痛。我也有过类似的经历。一站在树龄几百年或者上千年的老树面前，一种敬畏之情便会油然而生。我在想，这也可能是接收到了树木传递的某种信息吧。"

"这么说起来，我倒是想起了一件有趣的事情。在杉树、台湾扁柏树等人工林里面，有时候为了调节树林的密度会砍掉长得过密的树，也就是进行疏伐。这时候，判断哪棵树应该被砍掉是一件非常微妙的事情。树干的粗细、高度、枝形等指标固然都很重要,但最终起决定作用的还是管理人员长期积累下来的经验和直觉,因为单凭眼睛搜集到的信息是不足以作出判断的。而当我们对人工林进行生物电位的测量时发现,被疏伐掉的大多数树与其他树相比,生物电位显示异常。有人做过这方面的研究。"

"这是因为进行疏伐的人和树木在对话吗?"

"是的。我们再回到关于萤女的话题。如果我的假设没错的话,那么萤女的确可以通过植物、变形菌等介质将信息传递给萤火虫。你知道萤火虫之间是可以进行超快速度的光通信的吧。最近的一项研究表明,萤火虫发光并不仅仅是因为生殖需要,还有可能是在进行比我们想象中更复杂的信号交换。如果能够破解那些信号,或许也可以制造出一根萤柱来呢。"

池泽他们走到了帐篷跟前,刚好碰上学生们从里面走出来。学生们手上戴着军用手套,工具袋、GPS和对讲机别在腰间的皮带上。

"上午之前我们会完成装置的卸载作业,下午开始进行新的安装工作。"

"了解,注意安全!"

学生们挥了挥手,分散在森林里面。池泽和南方目送着他们离开,随后一屁股坐在了长椅上面。

"一群好孩子呢。"

"是啊。大家的性格都很好。要是再多学点儿东西的话,就更好了。"

池泽倚靠着桌子,抬头看了看天空。灰色的云层布满了天空,不过貌似在短时间内不会下雨。高空中似乎有猛禽飞过,缓缓地画出一道弧线。尾羽呈圆弧形,应该不是老鹰。有可能是南游隼,或者是苍鹰。不管它是哪种鸟,池泽心底都隐隐有一种不祥的预感。

"你要不要喝点儿咖啡?"南方优哉游哉地问道,"啊——说话说得好累!"

"是啊。"

池泽将放在桌上的燃气炉点燃,然后将加了水的锅放在上面。南方将速溶咖啡的粉末倒进杯子里,抬头看着枹树树梢,轻轻地哼唱起来。池泽忍不住笑了起来。

"我说你啊,你真的很享受人生吗?"

"当然!这不好吗?"

"没什么不好,我很羡慕你。"

"你怎么了?有心事?"

"嗯,倒也说不上是心事。"

于是池泽开始将昨晚和萤女对话的内容讲给南方听。南方的神色一下子就凝固了,低着头,竖着耳朵,安安静静地听着。看样子,他是在将萤女所说的内容跟自己之前做的假设进行比对。

燃气炉上的水开了,池泽也终于讲完了。不过,他并没有提到有关竹本澄子的事情。可能因为这涉及他的隐私吧,所以有些不好意思。不知为什么,他觉得这些事目前还是暂时留在他心底要好一些。

"湖底不知道有什么怪物在蠕动……是吗?"南方嘀咕着。

"你知道是什么吗?"

"完全不清楚。"

"据说,可能会发生更糟糕的事情呢。"

"嗯。这可是完完全全浸泡在森林这个网络世界里的萤女说的。看来目前这个时候的确不太适合哼歌儿。"

　　尽管嘴上这么说着，南方还是津津有味地喝起了咖啡。风似乎比刚才大些了，头顶的树叶发出沙沙的声响。远远眺望天空，猛禽的身影已经不见了。

4

两个男人从北侧远远地望着那片计划要修建成绿园度假酒店迷你滑雪场的土地。那是一片刚刚被砍伐过的荒地,右手边就是一大片长势良好、由枹树、栎树等构成的自然林,一直覆盖到武持山的山顶。按照施工计划,半年之内这片自然林就会完全消失,只不过目前尚未动手。

左手边是一片人工栽植的白桦林,对面隐隐约约地点缀着几栋设计得很雅致的木屋。一对衣着讲究的夫妇拿着网球拍从其中一栋木屋里面走了出来。微弱的阳光透过云朵的间隙照射下来,纯白的网球服有些晃眼。

"果然!这种会员制的度假酒店……"南方叹口气,有些酸溜溜地说道,"我们跟这里的世界没什么交集……"

"这个比买一栋别墅要省心多了吧。养护什么的完全不用操心。"池泽一边用鞋尖踢着暴露出来的黑土,一边说道,"你不是高尔夫球场的会员吗?"

"我怎么可能是呢?我要是有买会员卡的钱,早就花在调查研究上面啦!再说了,我本来对高尔夫就没什么兴趣……你呢?"

"我同样没有,我也不打高尔夫。"

"所以我俩是同类?"

"话虽如此,从这里看过去,左边和右边的风景刚好形成鲜明的对比。"池泽指着左右两边说道,"到底哪边的风景更美好,恐怕不同的人有不同的答案吧。"

"的确如此。我觉得设计这家度假酒店的人,一定是不喜欢大自然的,所以才会把大城市里的花园就这么直截了当地搬到了大山里。宣传册的彩页上还写着什么'与自然共生',真是开玩笑!这里简直就是城市设在山里的一个办事处嘛。这里就是高尔夫俱乐部那些一本正经地说着'在大自然的怀抱里流汗'的家伙造出来的世界!"

今天是《IT杂志》社做的那期企划——"度假酒店里的移动生活"——去现场实地考察的日子,池泽以此为名目,才拿到了进入绿园酒店的授权。虽然只有三十分钟左右的时间,他还是和吉峰约了要见一面。因为南方也一起来了,所以他事先和吉峰打了招呼说撰稿人也会一起来。

以营地为据点,对周围树林的生物电位的测量还在继续进行,不过那些事暂时交给学生们去处理了。两人比约定的时间稍稍早到了一些,于是决定在和吉峰会面前先去绿园酒店里面逛一逛。

"这个地方就是下点儿小雨也会让表土流失不少呢。"池泽看着沾在自己登山鞋上的泥土说道。

"是啊,过不了多久就会变成光秃秃的不毛之地。由于土壤的保水能力低,一刮台风还有可能会引起泥石流。"

"……时间差不多到了,咱们过去吧。"池泽催着南方往白桦林的方向走去。

　　他们离开荒地,走进一条写着"自然小径"的游览步道。从山岭吹过来的风轻抚着两人的面颊。

　　"喂,等等。"南方突然说道。

　　走在前面的池泽停下脚步,回过头来,"怎么了?"

　　"你闻到什么臭味儿了没有?"

　　"臭味儿?"

　　"像硫黄的味道。"南方左右晃着脑袋,鼻子轻轻嗅着。

　　池泽也下意识地用鼻子深深地吸了一口气。的确,有一股像鸡蛋腐烂之后的臭味在空气里面弥漫着,"你这么一说……我也觉得好像是有股什么味道……"

　　"这附近有温泉吗?"

　　"没有。矿泉倒是有,不过传统意义上的温泉一个都没有。"

　　"也是,毕竟这附近没有火山。"南方歪着头说道。

　　池泽看了看手表,已经快到与吉峰见面的时间了。从这里走到主楼大概还需要四五分钟,"这个味道怎么了?"

　　"嗯,其实也没什么……只是觉得这味道有些突出,我突然就注意到了。"

　　"我们快迟到了,快走吧!"池泽说着又迈开了步伐。

　　"噢——"

　　两人到达主楼的时间刚好是跟吉峰约定好的时间。池泽向前台说明来意,被告知在大厅等候。可是,吉峰的身影却一直没有出现。南方一直在旁边嘟囔着什么,吉峰终于从办公室里面走了出来,此时已经比约定的时间晚了十分钟。

　　"不好意思,让你们久等了。碰头会一直结束不了。"

　　吉峰的形象跟一周前大相径庭,池泽对此有些吃惊。衣着打扮和身材倒是没什么变化,只是黑眼圈重得吓人,脸颊瘦削了

143

不少,脸色也很差,脸上还冒了好几颗粉刺出来,着实降低了颜值。

最让人惊讶的是,他那原本炯炯有神的双眼变得黯淡无光,眼神里面也没有了之前的沉着。明明已经到了夏天,池泽却注意到他还戴着白色手套,可能是他们公司对员工的特殊要求吧。

"嗯,你们是《IT杂志》社的吧?"也许是疲惫使然,他的声音听上去也不如之前亲切了。

"是的,我是池泽。这位是负责写稿的南方。"

"你们是过来踩点的吧?"

"是的。您看上去很忙……"

"嗯。本来我是打算带你们在酒店里面走一圈的,但我实在走不开。我已经安排别的员工带你们去了,今天就请你们多多包涵。"

吉峰站起身来稍微行了个礼,正要扭头往办公室走,池泽开口叫住了他。

"那……不好意思。十分钟,不,五分钟也行。能稍微和您说几句吗?"

吉峰并没有停下脚步,他边走边回过头,一脸茫然的样子。

"很抱歉,我们还在开会呢……如果你们有什么问题的话,和我们的员工说可以吗?"

"关于报道的话,和他说没问题。不过,有一件事情……"池泽从后面追上去,压低声音说道,"实际上,我想跟您说的这件事情,和坂下萤子有关。"

吉峰的身体变得僵硬了。他停下脚步,盯住池泽的脸,说道:"我明白了。那么,我们出去说吧——"

主楼外面是一个不算大的广场,种着一大片绣球花,有粉色的、紫色的、蓝色的,开得五彩缤纷。吉峰将池泽他们带到广场一角的一条长椅面前。这里刚好掩映在植物丛中,不太容易被人注意到。

"你们到底是什么人?"刚一坐下来,吉峰便用十分尖锐的口吻问道。

"我们倒也没有必要隐瞒身份。"池泽回答道,"这位南方老师,我还没有来得及正式介绍他。"

"我在 W 大学做副教授。"南方递上名片。

吉峰满脸狐疑地看着南方,"植物生态学老师,请问您到底有何贵干?"

"实际上,翻过这座夫妇岭再稍微走一段,有一片空地,以前是个露营地。"南方指着绿园后面那道山坡说,"我们现在将那里作为据点,正在进行有关原始森林的调查。"

"我一直在那里做移动电脑和通信方面的测试。这些都曾登在《IT 杂志》上面,您一看就明白我在做什么了。"池泽接着说道,"另外,我和南方以前是大学同学。经过一番曲折,我们俩竟然又在同一个地方工作了。最近,我们在营地那里接到了坂下萤子打来的电话。那里有一座废弃的小屋,过去是营地的管理员办公室,屋子里面有一部粉色电话,我和南方君在那间屋子里面碰巧接到了坂下萤子打来的电话。因为大家都被牵扯到这件事情里面来了,所以今天我特地让南方君和我一起来这里。"

"可你刚刚不是说他是负责写稿件的吗?"

"嗯,是……要是一开始就介绍他是大学里面的副教授,万一被您拒绝了呢?我想反正今天应该有机会和您好好说会儿话,到时候再跟您解释不就行了吗?"

"那么,你们真实的目的是什么?"吉峰并不打算掩饰他的尖锐，"威胁我吗？"

"怎么可能？您为什么会这么问呢？"

"因为太奇怪了！萤子为什么会给你们两个她既没见过也不认识的人打电话呢？还有，露营地里的粉色电话？那是什么玩意儿?!"

"你说得的确没错。可事实上她就是给我们打电话了。我们到现在也没搞明白为什么会这样。"池泽苦笑着说道，"不管怎样，我们今天先替坂下小姐把她想要转达给你的话告诉你，我们也想知道你究竟会如何答复她。"

"那就请你们转告萤子，想说什么，直接给我打电话！我不想听你们废话。"

"我听坂下小姐说，她曾经试着给吉峰先生打过电话。好像是在三天前的晚上你留宿在这里的时候。她说她往这里打了电话，但是好像不太顺利。你有什么印象吗？"

"三天前……"吉峰自言自语道，突然他好像想起了什么似的一下子变了脸色。

"怎么了？"池泽打量着睁大眼睛不说话的吉峰。

"……没……什么。"吉峰声音嘶哑。

"我听萤子说，绿园度假酒店这个项目刚刚开始的时候，你是满怀希望的。据说，这个酒店将成为你的第一件'杰作'。"

吉峰看着池泽，眼神中带有几分胆怯，"这个……你怎么知道？"

"我从坂下小姐那里听说的……她对我说，她希望你能将建造迷你滑雪场的工程停下来。原因之一是，计划要建成滑雪场的那片森林对于栖居在那里的动物来说实在是太重要了。尤其这一带据说还有一头被尊称为山神的黑熊，要是失去这片森林的话,黑熊也无法继续生存了。而对于你本人而言,若是破坏了森林,也会发生不好的事情。说不定连绿园度假酒店这件作品本身都保不住。这些就是坂下小姐希望我们转达的内容。"

吉峰紧闭着双唇不作声。

"究竟坂下小姐是以什么为根据讲出以上这番内容的,我们也不明白。这些先不管,实际上到底是什么情况呢? 事到如今还能把修滑雪场的工程停下来吗?"

"当然不可能。"吉峰摇摇头,"绿园酒店已经不是只和一家企业相关的工程了,武光镇也参与进来了,因为期待滑雪场而购买会员资格的也大有人在。我实在想不出一个背叛他们、终止滑雪场修建计划的理由。"

"果然是这样。我们也预料到了你会这样回答。"

"所以呢,你们会怎么做? 再搞一次反对运动吗?"

"是的。实不相瞒,对于这片森林,包括计划修滑雪场的地方在内,我都怀着十分深厚的感情。我的家乡就在夫妇岭的另一面一个叫中乡的小村落。也许出于某种缘分吧,我打算通过某个我的熟人跟环境保护组织的人聊一聊。"

"我也希望能把这片森林留下来。"南方补充道,"不仅仅是因为这里有很多珍稀动植物,还有一点,这里为我们研究生物之间的交流提供了绝佳的场所。这项研究一定会为全体人类带来宝贵的知识财富。不管怎样,你能再考虑考虑吗?"

"随便你们好了。"吉峰扔出这么一句话来,"只有半年时间了,我不认为这个结局会被扭转。"

"说实话,我们也知道这种可能性几乎不存在。可是我们还是没有办法放弃。"

"你们要说的话说完了吗?"

"嗯……差不多吧。"

"不，还有一件事情。"南方竖起一根食指说道，"在绿园酒店里面，你有没有见过一种很特殊的变形菌？黄色的，有光泽，大致呈网状结构，通常附着在倒地的树干上面。"

吉峰的脸僵住了似的毫无表情，"这个……我不太清楚。"

"是吗？看来没有蔓延到这边来啊！"南方小声嘀咕着，同时斜着眼睛偷偷观察吉峰。

"变形菌是什么东西？你们为什么要打听这个？"

"变形菌应该是某种霉菌一类的东西，今年似乎大规模地出现在这座森林里面。但是它的生长和移动速度跟别的变形菌比起来实在是太快了，以至于我一直怀疑这是不是一个新品种。如果是的话，那这片森林就更加重要了。其实，我们刚刚跟你提到的营地里的那部粉色电话上面也发现了这种变形菌。这是一种非常罕见的现象，所以我想，绿园这边会不会也发现了？"

"你说的那个露营地，大概在什么位置？"

"从这里出发的话，翻过那个山坡，再往中乡方向走四五十分钟就到了。开车的话，先上国道往东开，不要进隧道，在隧道口前面往南开，经过中乡，进入林间小道，然后再往夫妇岭的方向往山上开一会儿就到了。"

"萤子的电话就是打到那种地方去的吗？"

"是的。"

"你们知道她是从哪里打过来的吗？"

"不知道。我们目前正在调查中。"

"你们没问她那边的电话号码吗？"

"没问。每次都是她打过来的。就算是问了，可能她也不肯说吧。"

"真像是天方夜谭啊。"吉峰脸上露出嘲讽般的笑容,然后看了眼手表,"差不多就这样吧。"

"啊,不好意思……你这么忙……"

"那我这就失陪了。"

吉峰站起来,就这么头也不回地往主楼的方向走去。不过,或许是心理作用吧,总觉得他的步伐有些不稳,至少没有那种英姿飒爽的感觉了。在背后目送他离开的两人互相看了对方一眼。

"完全没有办法啊。"

"意料之中,没办法。"

"不过,从他那表情就可以断定,他肯定知道变形菌的事情。"

"我也是这种感觉。从多田那里打听到的信息肯定没错。滑雪场工地发生的事故一定和变形菌有关。要是被人知道这种变形菌已经蔓延到这里,那就没有客人会来了。"

"所以才缄口不言?"

"一定是这样。"

两人一边说着话一边站了起来,随后离开长椅,开始往停车场走去。那里停放着他们的货车。

第五章　天　狗

1

没有任何多余的修辞,招牌上只写了"民宿"两个字。池泽一边用眼角余光看着这块招牌,一边推门走了进去。剪场修造正在修理木板围墙,根本就没有发现池泽走了进来,正全神贯注地钉着钉子。现在是刚刚吃过早饭的时间,有节奏的敲击声响遍了整个村落。

"你好。"池泽从身后打了声招呼,"大哥!"

剪场握着榔头的手停住,回过头来。钉子还有一大截是冒在外面的。他扬着眉,大大咧咧地回了句"噢噢"还是"啊啊"什么的,随后又转过身去,继续将冒在外面的钉子一个个全部钉进去。

"本来有的地方就已经腐烂了,这段时间一直下雨,越来越不行了。"他终于离开了木板围墙来到池泽旁边,像是解释什么似的说道。

池泽往围墙那边看了一眼,只见已经变成黑色的木头上面又钉上了崭新的木板。

"这算是一种应急处置吗?"

"嗯……差不多要把所有的都换掉才行。或者索性都换成水泥围墙。"

"要是可以的话,我还是比较喜欢木头围墙。"

"客人喜欢就好啊。"剪场苦笑道,"这种看起来破破烂烂的房屋维修起来可费劲了,可为什么大多数客人都喜欢这种呢?"

"因为物以稀为贵呗!"

剪场解下缠在头上的毛巾,指着远处的大山说道:"老师和学生们现在还在那边?"

"嗯,学生们应该是在营地,老师现在差不多该到了。我和老师昨天都在东京市区里面做事来着。"池泽将拎在手里的包递过去,"我买了些点心来,能让我在这里等等他吗?"

"我不喜欢吃甜食。"

"我知道。这是给你夫人和女儿买的。"

"嘿!你偶尔也拎点酒什么的过来呗。"剪场往玄关走去,边走边招着手,"我想你那儿酒肯定不少。"

"差不多吧。"

外面虽然有些闷热,但通风良好的屋内却十分凉爽。池泽前脚刚在玄关旁边一间十叠大小的房间里盘腿坐下,剪场后脚就端着茶壶和茶杯进来了。

"那位老师好像在搞着什么很神秘的研究呢。"剪场一边往茶杯里掺着麦茶一边说道。

哗啦哗啦的一阵声音传来,池泽一看,茶壶里面的冰块也都倒进了茶杯。黄色铝制壶身上面,似乎像出汗一样挂满了小水珠。

"嗯,你要说神秘也可以算是神秘吧。"

"植物的生物电位什么的,究竟是什么?"

"是啊,要是单听这些术语肯定会觉得神秘。但那个人可是在一本正经地做研究啊。"

"你也参与进去了吗?"

"不,刚好相反,是我让他参与进来的。"池泽将杯中的大麦茶一饮而尽,"我之前不是和你说过那部粉色电话的事情嘛。"

"粉色电话?"

"就是那部被遗留在营地管理员办公室里的粉色电话。我之前不是和你说起过吗?明明已经没有线路接通了,却还是能接到某某人打过来的电话。"

"啊,你这么一说我好像想起来了。"

"多亏了那位老师,原因差不多搞清楚了。"

"这样啊……"

"大哥,也不知道这么了,我似乎是着魔了。"池泽又加了一杯大麦茶,"明明手上堆满了工作,今天又跑到这里来了。就是为了那件事。这么下去,我看我离被炒鱿鱼已经不远了。"

"你对什么着魔了?"

"对萤女。"

剪场没有接他的话,而是皱着眉头看着池泽。

"也不知道是怎么回事,最近我满脑子里都是关于她的事情。不,准确地说,应该是从我第一次在粉色电话上接到她打来的电话开始,就一直念念不忘。"

"她?你没在开玩笑吧?"

"我是认真的。其实我今天来是有一件事情想问问大哥。"

"什么事,你说。"

"你还记得一个叫竹本澄子的女孩吗?"

"竹本……啊,想起来了,是住在你老家斜对面的那个女孩吧?"

"是的。就是被双尾兽附身的那家人的女儿。年龄似乎刚好跟大哥差不多。"

"不,好像比我小一岁。"

"是吗? 我那时候大概只有八九岁的样子,记忆已经很模糊了,她母亲去世之后她到底去了那里,你还记得吗?"

"嗯。应该是去了川越那里的亲戚家了吧。"

"果然是这样啊。"池泽点了点头,"那之后呢? 那之后还有她的消息吗?"

"……没有了。对了,当时有件事情应该是不会给你那样年纪的小孩子讲的。"

"什么事情?"

"其实,大概是被亲戚领走半年之后,那个女孩又回到了中乡。她就这么一个人躲在自己曾经的家里,有一天被在附近巡视的警察无意中发现了。在已经断水断电的家里,她好像就靠吃院子里面种的蔬菜和家里仅剩下的一些罐头充饥。那个时候井比较多,她可能靠喝井里的雨水来解渴。总之她看上去非常非常瘦,样子很吓人。她脸上青一块紫一块的,一问呢,拿现在的话说应该是受到虐待了吧。"剪场将大麦茶一口气喝光,长长地叹了口气,"然后呢,那个警察当然是出于想要保护她的目的,坚持要将她从那座屋子里带走,却没有成功。警察只好无奈地先回派出所,在那里跟她亲戚打了电话,让对方过来接她。可是,大概就是那么十分钟或者十五分钟的工夫,她就不见了。警察将整个中乡的角落都翻遍了也没有找到她。甚至还到大山里面去找过,连我父亲也一起去了。最后还是没有发现她。她就这样下落不明了。"

"这样啊……"

池泽想起自己在澄子走后,每天都会去她家偷偷看一眼。他想,万一她就坐在走廊边上呢。可是,一个月过去了,她依旧没有回来。家里的防雨窗紧紧关闭着,庭院里的杂草一天比一天茂盛。

之后,他开始隔一天去一次,隔两天去一次,渐渐每周才去一次了。他自己也没有意识到,他去澄子家的频率越来越低,最后不知什么时候完全不去了。然后大概是在一年以后吧,他听到轰隆隆的声音,正想着大概卡车或者推土机开过来了吧,一眨眼澄子家便被夷为平地。三天后,那里就变成了耕地。

如果剪场的话是真的,那么池泽再坚持坚持的话或许还能跟她见上一面。又或许,池泽还能救她也说不一定。这么一想,池泽顿时觉得心里堵得慌。

"这件事情还有后续。"剪场透过开着的窗户望着远方,淡淡地说道。

"后续?"

"嗯,大概是竹本澄子失踪快十年时的事了。你那时念高中,好像已经去东京生活了。有一位在熊之田洼采风的摄影家无意间发现了一具已经化作白骨的尸体。死者大概是十岁到十二岁的孩子,应该已经遇难很久了。警察也到我家来了解过情况。我当然和他提到了竹本澄子的名字。后来,根据她牙齿上的治疗痕迹,跟石那川桥那里的牙科医生保留的病历核对之后,果然是她。"

"是吗?我完全不知道这件事。"

"当时闹得沸沸扬扬的。不过一个月之后,大家似乎就都淡忘了。何况你还在东京,更不可能传到你那里去了。"

池泽脑海里浮现出澄子家杂草丛生、藤蔓爬满整面围墙的模样。也不知道具体是什么时候,澄子独自溜进了这座院子。与澄子那么要好的池泽,明明就在很近很近的隔壁,却没有现身。想起来是那么不可思议,但却真的发生了。最后,她在森林深处无声无息地死掉了。

那时候她到底在想些什么呢? 在家里的废墟中,她可能会想,比起在亲戚家,还是留在充满母亲回忆的家里心情要舒畅一些吧,没想到自己连那里也待不下去。她或许觉得自己去山中的话就不会是孤单一人,因为山神可能会派巫女来接自己。如果不这么想的话,她肯定会受不了的。

"话说回来,你怎么会突然想问她呢?"剪场一边吃着咸菜一边问道。

"那个……我有时候会突然想起,她曾给我说过她想成为萤女。"池泽脸上露出不好意思的笑容,"最近一段时间,常常会想起过去的一些事情。"

"不喝酒也会这样吗? 你这样可不行啊! 你明明比我还要年轻呢。"

"可不是嘛……"

"看吧,这就是你比较软弱的证据!"

"我真的服了你了!"池泽苦笑着说道。

"你最近这段时间没有喝酒吗?"

"嗯,是的。最近比较忙。"

"笨蛋! 与其沉浸在回忆里,还不如喝酒呢。一喝酒就什么都忘了。"

"是这样吗?"

"真的是这样!"

"所以你叫我下次带酒来,也是因为这个吧?"

"有这个因素。"

皱着眉头的剪场微微一笑。心情沉重的池泽似乎也得到了救赎一般。要说到一醉解千愁,现在恐怕为时过早。听了剪场的话,池泽心里的回忆几乎都苏醒了。不过,还有一件重要的事情他没有想起来。

我遵守和澄子的约定了吗?

随着其他的回忆渐渐鲜明地浮现在脑海中,他对这件事愈发在意起来。

南方和池泽一同回到营地的时候,已经接近晌午时分了。学生们将火腿、蔬菜、鸡蛋放在桌上,正在准备做三明治。看见两人后,正在切面包的橘香奈惠停下手头的活儿,走了过来。

"早上好,老师。"

"啊,把这儿都交给你们,真过意不去。没出什么事吧?"

"没有。不过昨天晚上,吉峰先生来过这里。"

"嗯?那个人来过这里吗?"

池泽与南方对视了一眼。

"是的。看样子,他是来见老师或者池泽先生的。我跟他说了,请他给老师家里打电话,但他说已经很晚了,不太方便,于是拒绝了我的提议。"

"是吗?然后呢?"

"嗯,然后他说,他自己是坂下萤子的同事,如果我们知道她的下落的话,可不可以告诉他之类的。我思考了半天怎么回他,但实在是找不出拒绝他的理由……"

"告诉他了吗?"

"嗯,把目前我们已经知道的事情都说了。"

"目前我们已经掌握多少情况了?"

橘香奈惠指了指帐篷,"我觉得现在给你们看的话稍微早了点儿。"

"这样啊,那稍微看看吧! 你们正在准备午饭?"

"嗯,是的。对了,菊池君,能帮我切一下面包吗?"

她对着一个本科生交代了几句之后,进了帐篷。然后坐在电脑前,开始敲击键盘。

"老师你们离开之后,有两个晚上都出现了直线组合。有一个晚上没有,因为那天一直下雨。我们把包括第一次接收到的直线组合的信号放在一起核对之后,得出了一个大致的情况。"

在安装传感器的区域内,沿着直线组合的方向依次推移,进行所谓的"逆向探测",其结果显示在了电脑屏幕上。原本以为它通往西北偏西方向,但实际上它却拐弯朝西而去,最后到了熊之田洼的南端,也就是被称为"鬼首坡"的地方。之后应该是继续往西走,只不过目前还没有足够多的数据支撑这个想法。

"你把这些内容也都告诉了吉峰?"

"是的。很不好是吗?"

"那倒也不是。实际上,那个人是坂下小姐的前男友。也不是什么奇怪的人,确实没有理由拒绝他。只不过……的确挺突然的。他到底想干什么?"

"我们跟他说了会找环境保护组织的人聊一聊,他心里肯定多少有些慌张吧。应该是想把她找出来,劝她打消煽动我们的念头吧。"

"是吗?"池泽对此表示怀疑。

"不过,萤女应该还有重要的事情想找你。"南方说,"两个晚上都出现了直线组合,难道不是在试探你究竟在不在这里的意思吗?"

"是吗?"池泽盯着电脑屏幕上面的曲线和曲线通向的深绿色区域看着,喃喃自语道。他想,竹本澄子那已经化作白骨的尸体,会不会也是在那里被发现的呢?

"会不会有可能之前的每一天都在找池泽先生,唯独下雨天因为什么原因而没有来呢?"橘香奈惠插嘴说。

"有可能。现在看来,除了下雨天之外每天都来了是吧?不过,我们的监测才开始了不到一周的时间,目前下结论还太早。"

"会不会跟萤火虫飞不了有关?"

"如果要现身的话,这是个问题。"

"但如果只是有话要说,那只要将声音传过来就好了呀。"

"有可能存在我们没有考虑到的现实原因。下雨的话,虽然对地面下的树根几乎没什么影响,但变形菌会变得非常潮湿。这样一来,电阻可能就会发生变化,也许对通信会产生负面影响。"

"又是这些难懂的话。"池泽苦笑道,"其实,你只要说萤火虫不出来的时候萤女也不会出来,这样解释我就好懂多了。"

"跟这个问题比起来,我对萤女想要见你的理由更感兴趣。"

"对了,突然想起来了,从昨天傍晚开始,交流电的数据里面突然出现了很奇怪的鞋钉。"橘香奈惠说。

"什么东西?"

"请看这个。"

橘香奈惠再次操作起鼠标和键盘。她关掉显示直线组合调查结果的画面，又打开一个新的窗口。画面上呈现出几条横线，有点儿类似脑电波或者心电图。显示的应该是每一棵树生物电位变化吧。

小橘将滚动条往水平方向拖动。

"你们看看昨天下午四点到六点这一时间段的图形。"

她一边说着，一边在画面上指了几个地方给南方他们看。的确，线条会出现大幅度的振荡，且间隔时间不规则。最开始只是出现一两个锐角波峰，之后大大小小的波峰接二连三地出现，有一段甚至出现了波浪线。每棵树都呈现出了大致相同的变化。

"六点以后基本是一条直线，回到了通常以秒为单位的微变动状态。不过，九点之后到零点之间的这段时间，又出现了不规则的变化。然后，今天早上三点到五点之间也读到了类似的数据，虽然比较微弱。"

"那么前天以前都没有出现过类似的现象吗？"

"是的。不过，为了做'逆向探测'，每一次安装电极的树木都有些变化，所以严格来讲是无法做比较的。不过，直线组合中大概十棵树位于营地这一端。谨慎起见，从第一天开始就一直给它们安装着电极。这些树昨天也发生了特殊变化，而在前天之前一切都是正常的。"

"直流电那边怎么样？"

"目前还没有发现跟交流电的异动相关联的变化。大致上还是以几十分钟乃至几小时为单位的整体变化，跟交流电微振荡的时候差不多。反过来说，就是交流电方面，几乎所有的树都是同步调地变化；而直流电方面，仍然是每个组合之间都有些不一样的变化。"

"这么说来,交流电呈现出微振荡的时候,和交流应该没有关系。"

"为什么这么说呢?"

"因为在同一时间从相同的环境内受到的刺激是相同的,所以不能说是同一步调。"

"什么刺激?"

"嗯,我刚刚看到那个图形的时候,突然想到一件事情。不过,只是一个简单的联想而已。"南方眼睛里闪着光说道。他看上去有些言不由衷,应该是想到了一件特别重要的事情,"有件事我想确认一下,能把电脑借给我用一下吗?"

"啊,好的。"

橘香奈惠还没有站起来,南方的手已经向着电脑伸了过去。

"你们去吃午饭好了。"

"那老师您呢?"

"我不吃。"

南方将连在电脑上的手机的开关打开,连接上了互联网。随后打开浏览器,一个接一个地浏览着全是密密麻麻文章的网页。看样子像是在查什么论文吧。这个时候的南方似乎已经完全顾不上池泽他们了。

"好的,那我们先过去了。"

小橘似乎已经完全习惯了这位老师的风格,并不觉得尴尬,大大方方地出了帐篷。池泽也没有办法,只能跟在她身后出了帐篷。

结果,一个小时过去了,南方也没有从帐篷里面出来。池泽时不时地过去看他一眼,他要么就目不转睛地盯着电脑屏幕看,要么就是拿着手机在和谁通话。看样子,他暂时没有想要从电脑前起身的意思。

学生到底是学生，手脚麻利地吃完午饭便向着森林出发了。要安装测量生物电位的区域离营地相当遥远。目前已经接近熊之田洼附近了，光是单程就需要一个半小时。根本没有优哉游哉地吃午饭的时间。不管怎样，想要像当初那样一天之内完成两百五十棵树的安装任务根本不可能。昨天安装了一百五十棵。今天的最低目标是安装一百棵。

池泽反正闲着没事，正想着要不干脆追上学生一起随他们去山里，在安装电极的时候给他们搭把手。正在这时，透过树木与树木之间的间隙，他看见一辆类似迷你卡车的车从林间小道开进了营地。一个穿着灰色工作服、头戴棒球帽的人从车上下来了。

是剪场。

"咦？你怎么来了？"池泽率先招呼了一句。

剪场头上裹着毛巾，右手拿着一个类似笔记本的东西，"吃过饭了吗？"

"嗯，刚刚吃完。"

"学生们呢？"

"去安装测量装置了。"

"老师也和他们一起去了吗？"

"没有。"池泽朝帐篷的方向扬了扬下巴，"从刚开始他就一直待在里面没有出来过，像是在调查什么重要的事情。"

"这样啊。"

剪场跟池泽并排坐在长椅上。他把那个像笔记本一样的东西放在膝盖上，心情激动地来回抚摸着。

"这是什么？"

"啊……这个该怎么说呢。我带来就是想让你看看的……"

"给我看看?"

"嗯……今天早上你不是跟我说了些奇怪的话吗?"

"奇怪的话?"

"你说你对萤女着了魔什么的。"

"啊,那个啊。嗯,我是说过。"

"那时候我跟你胡说八道了一通,问你是不是喝酒了之类,事后我越想越觉得有些不对劲……"

"这个嘛……其实,你把我的话左耳进、右耳出就好啦!"

"不,万一你要是真的被萤女附身了怎么办呢?"

"喂——"池泽苦笑道。

然而剪场继续严肃地往下说道:"竹本家是不是养着双尾兽我不敢确定,但是,他们的的确确养着一头跟双尾兽很像的动物。"

这可不像是开玩笑,池泽只好努力忍住不笑。

"我呢,那个时候时常跟在澄子后面,偷偷窥探她家里的事情。"

"啊?原来大哥也做过这样的事情啊?"

"你啊,是不是以为对她感兴趣的只有你一个人啊?那个女孩随便走到哪里去,后面至少会跟着四五个男孩子呢。不过,对她最感兴趣的恐怕还是你……嗯,不过现在说这件事已经无所谓了。总之,我曾经在她家见过一只奇怪的动物。现在回想起来,那应该是白鼬吧。"

"白鼬?"

"嗯,你知道吗?"

"嗯。跟鼬鼠的身子比起来大约要小一到两圈的样子。不过,通常情况下它们不是应该住在高山里面吗?"

"是的。图鉴上面确实这么写着,它们在海拔一千五百米以上的高山里面生活。所以说,这附近的山里应该是看不到它们的。不过,据说到了冬天,它们也会到海拔八百米以下的地带来。"

"哦。"

池泽想起澄子抱在膝盖上面的那只奇怪的动物。这么说来,那只动物的确像是白鼬。

"有的地方把白鼬叫作山鼬鼠或者山狐,据说是在山神跟前伺候山神的。澄子被亲戚带走以后,我和另一个小伙伴一起偷偷潜入了澄子家。其实我们也是壮着胆子进去的。对于澄子住过的房间什么的,我们多多少少还是有些兴趣的。"

池泽进到澄子房间的次数多得已经数不清了。那就是一间极其寻常的女孩房间,但是布娃娃什么的却一个都不曾看到过,倒是绘本堆得像小山一样。池泽记得两个人的身子靠得很近很近,读完过一本绘本。但是,绘本的内容却完全不记得了。只记得澄子那柔软的身体,还有那莫名令他心跳的气味,以及时时吹到他面颊和耳畔的气息,这些直到今天都还鲜明地烙印在他的记忆里。

"当然了,值钱的东西应该是没剩下什么了。全部被亲戚们搬走了。澄子的房间里多多少少还留了些东西下来,不外乎就是女孩子喜欢读的绘本、漫画之类,还有就是窗帘和旧衣服。说实话,我们当时心里面非常想拿一两件东西回家做纪念,不过都有些不好意思,结果什么都没有拿。不过,我们在澄子父亲的房间里面把这个拿走了。"剪场敲了敲放在膝盖上的笔记本,"她父亲的房间里面也满满的都是书,每一本看上去都很难懂的样子,然后有一张很重的书桌，旁边放着一个很大的笼子。"

"笼子?"

"对。像是用鸟笼改装的，养养小狗什么的足够了。我们推测，这可能就是用来养双尾兽的。然后，我们又把抽屉拉开看了看，这本笔记本就放在里面。看上去像是她父亲的日记。我们猜测，里面肯定有我们感兴趣的记录。我们也知道这样不好，但是作为她家养了双尾兽的证据，我们还是顺手把这本笔记本带走了。当然，原本我们是打算要还回去的。可是等我们发现的时候，她家房子已经被推倒了，成了一片耕地。我们也不知道这个笔记本还能被送还到什么地方去，直接扔掉也不太好，于是就放在我这里，一直到今天。"

"哦……那里面写着什么呢?"

剪场将笔记本递给池泽，"你要是感兴趣的话就拿回去慢慢看吧。不过，基本上都是些鸡毛蒜皮的日常琐事，还有就是跟工作相关的一些笔记。不过，有几个地方稍微有些奇怪。"

池泽哗啦哗啦地翻看着笔记本。就是一本普普通通的大学里面用的笔记本，泛黄的横格纸上留下了钢笔蓝色的字迹，辨认起来有些费劲。能看见有的地方写上了日期，的确是一本日记。不过，一天的记录不过只有几行而已。

"根据这本日记的记录，她家的确养着白鼬。有一天，她父亲在山里走着，发现有一只很奇怪的动物困在了偷猎者设计好的捕兽网里面。这是一只他从来没有见过的动物，看上去十分可爱。父亲想，这个要是带回去给澄子看的话，她一定很喜欢。于是他将那只动物从网里放了出来，带回家里。他在日记里写道，这只动物有可能是'山狐'之类的，不过澄子给它起了个名字叫'小助'。"

池泽忍不住微微一笑。看来真正的白鼬根本不是传说中那种侍奉山神的神秘动物。

"之后她父亲……好像收到了山神的……什么来着？神谕一类的东西吧。"

"那是什么东西？"

"他的日记里面只写了他接受了神谕。从大鸦桥往森林里面走，有一座小小的祠堂，你知道吗？"

"不知道。"

"好像澄子父亲一直以来都有个习惯，只要进山就会去那座祠堂参拜。一直到他的祖父那一辈，那座山都是属于竹本家的。我虽然没有亲眼见过那座祠堂，不过根据日记里面的描述，我对那祠堂的位置心里大概还是有数的。祠堂里面供奉的，据传是畠山重忠公的胡须。而澄子父亲所接收的神谕，就是要时常到这座祠堂里面来参拜。换句话说，对他而言，山神就是重忠。"

"……又是重忠啊？"

"嗯，他是本地历史上最大的英雄嘛，自然不管到了哪里都要露一脸。"

"话说那胡须又是怎么一回事？"

"镰仓时代的武士不都留着胡子吗？重忠虽说人品高贵，清正廉洁，不过每次从镰仓幕府出来的路上都会顺路到恋之洼的驿宿附近的艺妓街去。反正江湖上传说，有个艺妓在与重忠一夜缠绵之后，为了留个纪念，趁着重忠熟睡的时候将他那帅气的大胡子偷偷剃了一小撮下来。这个艺妓是中乡人，她临终前郑重其事地拜托竹本家的祖先将重忠的胡子祭在祠堂里面。还有个说法，说这个艺妓追随着战死的重忠到了深山里，成了第一位萤女。"

"原来是这么回事啊。对了,那澄子父亲后来又收到了什么内容的神谕呢?"

"那个时候,林业一直在走下坡路,山神便授意他赶紧到山下的镇上去找工作。"

"很有现实意义的神谕啊。那她父亲变成普普通通的上班族了吗?"

"是的。后来他想自己成立一家加工扁柏木木屑的公司。他在日记里写道,有重忠公保佑他,肯定能赚钱,马上就去做之类的话。"

"嗯,有一段时间他好像确实赚了不少。"

"嗯。此外,无聊的时候,他好像也会对老婆提一些无理的要求,比如,'你现在给我跳一段今样舞'之类……"

"今样……"

"嗯。到底是什么样的舞蹈,没有人知道。不过,重忠好像说了'只要在山狐面前跳舞,我就可以教你怎么跳'之类的话。可当他老婆在小助面前跳了一段之后,竟然渐渐陷入走火入魔的状态——她一边哼唱着谁都没有听过的歌谣,一边跳着自己都没有学过的舞蹈。"

池泽翻开一页日记,静静地看着。渐渐地,日记本上所写的内容他能辨认出来了。

"九月十日,妻子在小助面前再次吟唱了今样歌谣,也跳了今样舞。我把听到的歌词全记在下面了。事后,我问她本人,她却不记得自己唱过这样的歌,跳了这样的舞。'释迦宣说《法华经》,眉间放出白毫光芒,曼陀罗曼殊妙华飞降,普佛世界六种震动。'我查了查歌词,才明白这是《梁尘秘抄》里面《法文歌》的其中一段。"

池泽脑海里忽然响起了不可思议的旋律。那时候他见到的澄子那妩媚的笑容……

"喂,你在听吗?"

"总之,澄子父亲的确是曾经发达过。在这个背景下,发生了这些奇怪的事情。不过后来的事,想必你也知道。她父亲生意失败,还欠下了一大笔钱,为了不拖累老婆和女儿,他和澄子妈妈离婚了。后来,澄子妈妈也病倒了……就是这样。可怕的是,就在竹本家命运转折的节骨眼上,小助竟然失踪了。据说某一天,它忽然就从笼子里面消失了。"

"双尾兽既有可能给人们带来灾难,也有可能带来幸运。"

"没错。有可能附在人身上的时候,把这两样东西都带过来。又或许,最初先给你一些甜头,之后再把你打入地狱的最底层,永世不得翻身。双尾兽就是这样的妖怪,外表看起来惹人怜爱,内心却被山神的魔力所控制,听任山神的吩咐。如果所有这一切不是偶然的话,那这种可能也是存在的。"

"如果……真是这样的话,那双尾兽为什么要附在竹本家呢?为什么非竹本家不可呢?明明还有那么多户别的人家……"

池泽合上笔记本,轻轻地叹了一口气。

澄子曾说过将来想当老师。她说如果自己在当地小学当老师的话,就可以和妈妈两人一直住在那所屋子里了。

——我喜欢妈妈,也喜欢这里。我这一辈子都想留在这里……

池泽在她房间里面玩的时候,她无意间淡淡说起过。那张柔弱少女的普通侧脸……不过,她的话语里透着落寞的气息,或许是隐约预感到自己这个愿望可能无法实现吧。

"山神也许一开始就把澄子看中了。"剪场说道,"为了让澄子成为自己的巫女,故意让竹本家走向没落。如果是这样的话,那为什么非澄子不可呢?我在想,山神可能既不是什么善良的神,也不是邪恶的神。他既能带来幸福,也能带来不幸。这里面也许有很复杂的原因,并非简简单单的心血来潮。举个例子,比如说我在林间小道上面走着走着,突然就被山上的一块落石给砸死了。这个时候你就会问:为什么必须是剪场呢?我觉得这是一回事。"

"山神本身也是大自然的一部分……总会有疏忽的时候吧。"

剪场轻轻地拍了拍池泽的肩膀,"我有一种情结,从某一时期开始,我就刻意跟这些传说保持一定的距离。村里的习俗也好,传统也好,我都尽量逃避。即便生活在这里,不管你愿不愿意,都会感受到时代在飞速地变化。所以,坦率地讲,这些陈腐的东西总让我特别伤感。要对抗这种感觉,我做了很多事情,比如说,我买了其实根本没什么用处的手机。但是,我们是逃脱不了的。你年纪轻轻就在东京生活,回来对我说你好像对萤女着了魔,从这件事我就知道,我们无论怎样努力都逃脱不了。"剪场从池泽手中接过笔记本,站起身来,"你是不是真的着了魔,我不知道。不过,我已经把我所知道的一切都告诉给你了。之后,你高兴怎么做就怎么做好了。我只希望你能小心再小心。你要是被萤女折磨死了,我是肯定不会说'为什么非你不可'这种话的。"

说完之后,剪场往停车的地方走去。池泽一时间找不到什么话说,只能默默目送他的背影离去。突然,他站起来喊了一声:"大哥——"

剪场停下脚步,回过头来。

"谢谢你!"池泽说道。

剪场默不作声地跟他挥了挥手,随后又转过身去。

池泽跟学生们一起完成测量机器的安装工作回到营地的时候,已经是下午六点左右了。大家设定的目标是一百棵,结果一共完成了一百一十棵的安装工作,还深入到了熊之田洼里的原始森林,给五十几棵树都装上了测量仪器。池泽的功绩大概是十棵吧。

虽说现在是一年当中白昼最长的时节,但天空中压满了黑沉沉的乌云,林子里已经必须用头戴式探照灯或者手电筒照明了。营地里多少要明亮一些。南方正站在帐篷外面,盯着放在便携式煤气炉上面的锅。

"辛苦啦!"南方举着勺子跟同学生们打了声招呼,"今天我没有参加劳动,所以就让我来给大家做饭吧。"

"啊? 真不好意思,老师。"

"您做的是什么啊?"

叫菊池的学生有些担心地朝锅里面瞄了一眼。

"加了培根块的浓汤。好吃着呢!"

"真的哟。看上去的确很好吃。"

"不是看上去,是真的很好吃。你要是不喜欢,可以不吃。"

"这也太残忍了吧……我吃。就是死我也要吃。"

"死什么死?! 笨蛋! 一边儿待着去!"

南方将菊池赶走了,把锅盖上。

池泽一边将帆布包放在长椅上,一边问道:"你之后又查到什么了?"

"……没有，一切都还没有定论。目前什么都还说不清楚。"

"为什么？"

"这么说吧。我没法将已有的线索理清楚，还需要一些专业以外的知识。"南方脸上浮现出罕见的缺乏自信的表情。

学生们正在将手持GPS里的数据往电脑里面传送。电脑已经开始接收生物电位的数据了，之后只要将坐标信息输进去，很快就可以生成组合的画面了。

"怎么样，顺利不？"南方问道。

"目前看来信号接收状态良好。"橘香奈惠回答道，"我们在中间设置了两处中转基地。"

"这样啊。那先吃饭吧。"

"好的！"

四周已经漆黑一片。云层越来越厚，似乎马上就要下大暴雨了。实际上，天气预报也说，今天夜间到明天早晨可能会下大雨。

学生们围坐在桌边，南方正得意地舀起一勺浓汤往自己嘴里送。正在这时候，北方的天空突然闪过一道红光，光线十分强烈，连云层底部的凹凸不平都被映照得清清楚楚。

"咦！那是什么？"池泽不由自主地喊了一句。

"发光了啊！"

"啊，什么？"

对着南方坐的人完全不知道发生了什么，扭身往回看的时候，天空中已经没有那道光了。

"应该是闪电吧？"

"也许吧……可是红色的。"

"南方，你看见了？"

"嗯，看见了。"

大个子男人把勺子握在手上，目不转睛地盯着北方的天空，眼睛里面还映着红色的光芒。

"快看，又来了！"

"真的！"

仿佛夕阳又重新回到了天际一般，连云层的边缘都被涂上了一圈粉红色。这一次比之前那次发光的时间要长一些，大概持续了三秒钟。

"这到底是什么呀？"

"应该不是闪电。闪电的光没有这么长，而且也没有听见雷声。"

"是天狗的灯笼。"池泽轻轻说道。

南方转过头去看着他，"那是什么？"

"这一带把这种现象称之为'天狗的灯笼'。我以前只是听说过，今天也是头回见到。"

"那到底是什么？"

"关于这个现象，有各种各样的传说。有一种说法是，这是天狗为了吓那些晚上在山里赶路的人故意放的火。还有一种说法是，天狗在附近的山脊上依次点上灯，将山里的夜晚照得如同白昼一般。这座山里面流传着人们被天狗欺负、捉弄的传说；相反，也有天狗帮助黑夜里走山路的人，为他们照亮回家的路的传说。不管是哪一种传说，都说明这座山里住着天狗，它时常搞些点灯灭灯之类的事情出来。"

"就跟狐狸的婚礼①是一个意思吗？"

"差不多吧。这一带没有狐狸或者狸猫出来骗人的传说，取

---

①日本民间传说。夜间的怪火如同婚礼队伍中提的灯笼，传说这是狐狸在作怪。

而代之的是天狗的故事。通常我们会说'神隐'①,而这里说的是'天狗隐'。天狗不仅会点上灯笼,有时候还会弄出'扑通'一声像是树倒地的声音。不过,并没有哪里的树倒了,而是天狗在摇晃别人的屋子,故意吓唬人而已。"

"摇晃?有趣。"南方的眼睛里还闪着光,"太有趣了。"

"这里离东京这么近,竟然还流行着这样的传说。"平时一副冷静现实主义者模样的橘香奈惠,忍不住饶有兴致地说道。

"流行恐怕谈不上。我是听着爷爷奶奶讲的这些故事长大的,不过,我并不打算要继续讲给我的孩子们听……不过,跟天狗的传说相关的山、岩石,还有神社什么的,这附近多得很。"

"在这样的森林里面,听到这些传说,总觉得有一种不可思议的感觉呢。"

"哈!没想到香奈惠姐姐也成了浪漫主义者了。"

"不过,话说回来,刚才那道光究竟是什么呀?"

"不是已经说了吗?天狗的灯笼。"南方说道,"好了,大家都听好了,调查就到今天为止。明天上午回收所有的装置,然后下山。行李今晚就收拾好。"

"为什么这么急呢?"

"我在想,刚刚那道红光是不是说明天狗生气了?所以我们赶紧撤了吧。要是冒冒失失地得罪了天狗,说不定会落得个'天狗隐'下落不明的下场呢。"

南方一副开玩笑的口吻,可是透过他的眼神却能看到严肃和认真。南方开始大口大口地喝浓汤了,满脸写着"不问不答"几个字。学生们虽然一个个满脸狐疑,但是没有人敢向教授提问。

①日本民间传说中,孩子突然失踪的现象被称为"神隐"。自古以来都认为是天狗或山神的把戏。

天气预报说中了。吃完晚饭大家正想着喝点咖啡或者酒之类的轻松一下，结果大滴大滴的雨点就落下来了。大家还来不及把餐具和锅都收起来，雨就下大了。于是大家都先往帐篷里面跑去。

"刚刚好！这是天然的洗碗机啊！"南方笑着说道，"有没有谁顺便把澡也一块儿洗了？"

"这雨有点儿像拿着水桶缓缓往外倒水，不过让人心情很舒畅。"池泽附和着说道。

学生们都有些担心地看着被雨点暴击的帐篷顶部。只有橘香奈惠一个人特别沉着，这种时候还能走到电脑前面检查数据的接收情况。

"装置有问题吗？"

"目前看来没什么问题。"小橘向池泽投来意味深长的目光。

"……怎么了？"

"就在刚才，熊之田洼那一带好像又出现了直线组合。七点十分开始的，持续了十五分钟左右。"

电脑屏幕显示出一张标出每棵树位置的地形图。

"是吗？看来果然是那一带啊。"

"不过，营地边上的那十棵树却没有任何反应。在延伸到这里之前，那个直线组合就解体了。"

"可能是因为下雨的缘故吧。"

"要是再晚一点下雨，可能电话就打过来了……可惜了。"

"如果打过来的话，我跟她说点儿什么好呢？搞不懂……"

"你一定要向山神大人请安噢！"南方说道，"交流电方面怎么样？"

小橘动了动鼠标，将显示生物电位变化的图像调了出来。

"啊……出来了。呈反方向振动,幅度相当大。有可能是迄今为止变化幅度最大的一次。"

"发生时间?"

"刚好在一小时之前。那么,就是说……"

"天狗的灯笼被点亮那会儿。"南方轻轻地自言自语道。

帐篷里面静悄悄的,似乎有风吹了进来。提灯里面的烛光微微晃动,电脑周围的人影也随之不断被拉长、缩短。

雨点敲打在大地上的声音,如同大地发出的悲鸣。

2

一家四口从绿园度假酒店的主楼里面跑了出来。

像是父亲的男人跑在最前面，手挡在已经有些稀疏的头顶上。他身后跟着一个七八岁的女孩和一个四五岁的男孩。他俩并排跑着，身上披着父亲的夹克。最后面的是一个身穿浅蓝色连衣裙的女人，她一只手压住头上的帽子，努力追着前面三人。毫无疑问，这位就是母亲了。

四个人奔跑在蜿蜒的小路上，旁边是一排已经点上灯的白桦树。地上铺满了红色炼瓦似的砖块，有无数的小黑点浮在上面。

"跑的时候注意一点啊！不用那么着急。"小菅勇治回过头看看孩子们说道。他知道，在主楼餐厅塞下去的那顿大餐，此刻正在胃里面翻滚。

"都湿了！"

"都湿了！"

孩子们相互附和着尖叫，十分享受目前这个状态。小菅自己也淋湿了，但他却毫不在意。穿着西装在城市里面走着的时候如果突然下起雨，小菅是十分不乐意的。不过，这里是度假村,偶尔让肌肤感受一下大自然的恩赐,也是乐趣之一啊。不过,但愿这雨水的酸度千万不要对头发产生什么影响,他在心里默默祈祷着。

对于没有带伞这件事,最后悔的应该是妻子吧。平时她总是穿着T恤和牛仔裤,要不就是网球裙。难得到高级餐厅吃一次饭,她特意穿上了最中意的连衣裙。她这会儿的心情肯定不好。

"马上就要到了,加油!"

小菅他们住的木屋位于绿园度假酒店里面相对比较边缘的位置。平时从主楼走过去也要五分钟左右。沿着写着"自然小径"的游览步道往里走,一直走到尽头,就是预计明年一月份开业的迷你滑雪场。

"加油加油!"

"加油——"

孩子们已经气喘吁吁了。道路变得有些陡。妻子在后面离他们四五米。此时已经是倾盆大雨了,幸好头上方的树枝树叶为他们遮挡了部分雨水。

——这种时候跑也没用吧。

小菅虽然这么想,但却因为惯性没法停下来。

侧腹开始隐隐作痛时,四个人总算是奔进了小木屋里面,然后大家都挤在了玄关那里。

"我先进去吧。"

小菅开始脱掉上衣和裤子,然后只穿着内衣裤,把脱下来的衣服抱成一团准备从玄关往客厅方向走。

"老公,你把浴巾拿过来吧。"妻子制止住正打算学父亲脱衣服的孩子们,说道。

"好的。"

浴巾全部放在浴室里面。正打算横穿客厅往浴室走的小菅，突然停下了脚步。房间里有一种奇妙的温暖，几乎算得上"热"了。他环视房间，空调映入眼帘。果然，运行状态灯是亮着的，一股暖风正从里面吹出来。

小菅从浴室里拿了三条浴巾出来，回到玄关。

"你出去的时候把空调打开了？"他把浴巾递给妻子，问道。

"空调？没有啊。"妻子用浴巾擦着手和脚，摇了摇头。

"那是你们吗？"小菅蹲下来看着孩子们的脸，问道，"你们是不是碰了空调的遥控器？"

"没有。"

"不知——道。"

两人异口同声地矢口否认。

"开关打开了？"

"是啊。而且是制热。"

"啊，讨厌。"妻子盯着孩子们问道，"你们两个真的没有搞恶作剧吗？"

"没——有。"

"不知——道。"

孩子们把脸蛋鼓起来，裹着浴巾往客厅跑去。

"哎！等一下，你们俩！"妻子喊道，"先去冲个澡！"

孩子们假装什么也没听见，直接穿过客厅，往日光房跑去。小菅在后面追。

"权太——"

"权太——"

阳光房正对着宽阔的露台，孩子们的爱犬此刻正趴在阳光房里面。那是一只雄性金毛犬,平时它只要一看见孩子们的脸就会立刻摇着尾巴奔过来表示欢迎,可是今天它为什么连站都没有站起来呢? 只是稍稍抬起头瞥了孩子们一眼而已。

"小权太,我们回来了。"

"我们回来了。"

虽然两人喊了它,它却只是怔怔地望着外面。

"怎么了? 今天为什么没精神呢?"

终于走到客厅的妻子隔着门看着阳光房里的情形,说道:"嗯。从昨天傍晚开始,它就没什么精神。狗粮也不怎么吃……是不是有什么地方不舒服啊?"

金毛完全没有任何反应,孩子们只好从阳光房里出来。刚一出来,他们就被妻子轰到浴室里去了。这时候,小菅突然闻到一股异味。他打量着阳光房。不像是狗身上散发出来的异味,倒像是在温泉附近经常可以闻到的那种味道。随后,他注意到露台外面那扇门处于半开半闭的状态,那股味道应该是从门缝里面飘进来的吧。

"怎么会有一股硫黄的味道呢?"

小菅对着客厅的方向说道,不过妻子和孩子们已经进了浴室。门开着,外面的风再一次扑面而来。不过,这次伴随着雨点飘过来的只有泥土的芬芳,刚刚那股类似温泉的刺鼻味道已经没有了。小菅觉得有些纳闷,把门关上了。

大家都洗完澡,一个个神清气爽,也都平静下来。外面的雨势却一点儿也没有变弱的意思。窗户靠外那一侧,雨水如同瀑布一样倾泻下来。起风了,时不时地,风会卷起雨滴,狠狠地拍打在玻璃窗户上。

"好像要打雷了,梅雨季节就快结束了吧?"妻子一只手拿着啤酒罐望着外面说道。

小菅躺在沙发上,舒展着全身。

"还早着呢。起码还有一两个星期。"

孩子们在沙发后面玩耍,不时发出欢笑声。他站起身一看,原来女儿和儿子正挥舞着自己和妻子的网球拍在玩打打杀杀的游戏呢。

"喂!你俩玩的游戏够古老的!"他不由自主地喊了一嗓子,"是动画片里学的吗?"

"不是——"女儿答道,"我们在学山里遇到的大叔。"

"什么?"小菅皱着眉头问道。

"今天傍晚,我和小良在山里散步。嗯,就是那个游览的什么道,我们想走到尽头看一下。然后呢,那里有一个山坡,上面没有树,但是山坡另一面还有森林。森林里不知道为什么,突然闪了一道光。然后呢,这样的……"说到这儿,女儿举起手,在头顶相抵,形成一个三角形,"一个戴着头盔穿着铠甲的大叔拿着刀站在那里。"

"会不会是在拍电影或者拍照啊?"

"怎么可能?在那种地方!"妻子插嘴说道,"话说回来,不是早就给你俩说过了吗,不许自己跑到那么远的地方去!"

"变成墓所!"儿子一脸认真,举着网球拍,碎碎念着。

"你说什么?"

"变成墓所!"

"什么意思?"

"不知道。大叔是这么说的。"女儿替弟弟解释道。

"什么木梭……不对。"小菅摇摇头,"墓所?难道指的是墓地、坟地的意思吗?也就是说,成为墓所……就是要把这里变成坟地的意思?"

"行了,你别说了,听着怪可怕的!"妻子皱着眉头说道。

"嗯,你们说的是真的吗?是在电视上看到的,对吧?"

"不是,我们是在山上看见的。对吧,小良?"

"对的,我们在山上看到的。"

小菅和妻子对视了一眼。

"怎么今天净是些奇怪的事情啊?"

"真是的。"

小菅从桌上拿起一瓶啤酒,一饮而尽。孩子们还在继续打打杀杀的游戏。突然,他感到后背一阵凉意袭来,忍不住打了个寒战。

"怎……怎么了?"妻子瞪大眼睛看着他。

"没什么,只是突然觉得有点儿冷。"

"你就别再添乱了!"

"没事。可能是刚刚一口气喝了一瓶啤酒的缘故吧。"

小菅虽然嘴上这么说,心里却没有一点儿放松。窗外的黑暗一点点蔓延开来,雨水顺着窗玻璃流淌成几条小溪流。他隐约觉得,似乎有什么东西在夜色的掩映下偷偷潜入进来。

那天夜里,一家人比平时都睡得要早。

孩子们八点半左右就睡了,小菅和妻子先回了趟客厅。可是,大概因为醉意袭来,两人都觉得困得不行。结果,九点过两人便都回卧室睡觉了。

不过,不到一小时,小菅便醒了。似乎有狗叫声传来。本以为它叫一两声就会停下来,但似乎并没有要停下来的意思。

"权太它怎么了?"睡在旁边的妻子睡眼惺忪地问。

"真是没办法。"

小菅从床上下来,往阳光房走去。雨依旧下得很大,哗哗哗的,如同瀑布一般。窗户外面漆黑一片,什么都看不见。

爱犬此刻正在阳光房里不知所措地乱窜。它看见小菅过来了,立刻朝他奔来,冲着他叫了两三声。随后它转过身,扑到面向露台的落地玻璃窗上,前爪不停地挠着玻璃,冲着暗处叫了好几声。

"怎么了? 你在叫什么呢?"

小菅站在金毛旁边扫视着外面,不过目之所及并没有发现什么可疑的东西。大概是有狸猫或者狐狸之类的从外面跑过去了吧。

"权太,外面什么都没有,你安静一点儿吧。"

小菅虽然这么安慰着它,可金毛依旧是一副愤怒得不得了的样子,在阳光房里面跑了一圈,然后朝通向露台的门扑了过去。它的前爪不停地挠着门把手周围,看上去非常想出门。不过,在这样的雨天出去的话,全身都会湿透吧。

"安静点,权太!"小菅蹲下来,抚摸着金毛的头部,"坐下!"

正在这时,背后传来妻子的声音,"老公……"

他回过头一看,只见妻子脸色惨白。

"怎么了?"

"孩子们不见了!"

"你说什么?"

小菅将金毛扔在一旁,站了起来。木屋里有两间卧室,孩子们住在另外一间。

"你在屋里找过了吗?"

"找了,厕所、浴室里面都没有。连壁橱里面我都看过了,所以我猜他们是不是来这里了……"

爱犬不安地从鼻子里面发出哼哼声。

小菅离开阳光房,往孩子们的卧室里面奔去。房间里面的确没有两人的身影。床上并不是乱糟糟的样子,一切都很平常,和正常起床之后没有两样。

"日奈子! 良夫!"小菅一边喊着两人的名字,一边往床底下看去,"你们在哪里啊? 快出来吧。"

然而,他并没有得到任何回应。

房间就这么大,一目了然。小菅把能找的地方都找遍了。确认确实没有孩子们的身影之后,他回到了自己的房间,从旅行箱里取出塑料雨衣穿上,又跑到客厅取下墙上的手电筒,然后去玄关抓起旅游鞋,折返回到阳光房里。

妻子蹲在金毛旁边,抬头看着小菅。

"没有看到他俩,是吧?"

"嗯,找了,没有。"

小菅穿上旅游鞋,然后打开阳光房通往露台的门。刚一打开门,雨水便飘了进来,地板一下子就湿了。

"权太!"

在小菅的催促下,金毛向着屋外跑去。他一只手压着雨衣上面的帽子,在金毛后面追着。金毛横穿露台,下了台阶往后院跑去。雨越下越猛,风也毫不示弱,刮得就跟台风似的。单薄的塑料雨衣很快就被风吹得卷了边儿。小菅有些后悔没有准备真正管用的雨具。

他俩首先围着木屋找了一圈,也查看了露台下面和灌木丛后面。然而到处都没有看见孩子们的身影。金毛一直对着小菅叫,似乎有什么话想对小菅说。

小菅站在玄关处,用对讲机跟妻子说道:"木屋周围也都没有。我跟权太再去远处看看!"

"我也去!"

"不,你就留在这里。万一孩子们回来了呢。还有,你给前台打个电话,看他们能不能也派点儿人手过来帮忙找找。也请他们跟警察那边联系联系。"

"好的。"

说完,小菅挂断对讲机,回过头来,只见金毛原地踏着步,盯着小菅。

"我们出发吧,权太!"

小菅的话音未落便跑了出去。他穿过写着"家庭房·雪松"的大门,沿着游览步道往下跑。游览步道一直往西延伸到修建迷你滑雪场的地方,再往前应该走不了几步就到头了……光线越来越暗,前方一片浓郁的黑暗。

小菅用手电筒照着路走。雨衣的帽子早卷起来了,头和脸都淋湿了。脸上就跟洗淋浴一般,眼睛都快睁不开了。雨水顺着头往后背流。下半身的裤子也都湿透了,小腿冰凉。旅游鞋里也进了不少水,每走一步都发出咯吱咯吱的声音。穿雨衣几乎没有什么意义,倒不如脱了省事。

不过,金毛一直坚持往前面跑着,根本顾不上休息。

游览步道的地砖只铺了一半。前面虽然还有路,但泥土就直接裸露在外面。金毛和小菅都直接在泥土地上跑跑跳跳地移动着。

走着走着,两旁的白桦树突然没有了,狂风暴雨变得比之前更加放肆。小菅不由得停下脚步,金毛也像是受到惊吓一般往后退了回来。这一带是一片广阔的采伐地,他们应该到了迷你滑雪场的工地现场。由于手电筒光线的射程有限,他也不知道这片土地到底有多大。

金毛又开始狂吠,对着黑暗深处不停地叫着。小菅举着手电筒向四周扫射,瞪大了眼睛想要捕捉到孩子们的身影。不过,他仍旧一无所获。

刚刚跑的时候他完全没什么感觉,现在一停下来,他立刻感到一股寒意袭来。明明已经是七月了,山里的温度却比外面要低一些。虽然不至于冻得瑟瑟发抖,但的确能感受到自己的体温正被一点一点地夺走。

——要不先回去了吧。

他正这么想着,眼前突然闪过一道白光。刹那间,树的轮廓在黑暗中清晰可辨。这下就要打雷了吧?可是并没有雷声传过来。什么声响都没有。他正觉得可疑,一分钟不到,另一处又闪了一道光。

"啊!"

小菅不由自主地大喊一声。在白光闪现的那一瞬,他似乎看到有人影闪过。不是孩子的身影。人影看上去有些奇怪,似乎穿着盔甲……

稍稍沉默了片刻的金毛,此刻又开始狂吠起来。它明显是盯着发光的地方……

"喂——"

小菅对着人影出现的方向喊了一声,然后朝暗处迈出了一步。脚下的路十分泥泞难走。又走了两三步,前方似乎已经没路可走了,再往前就是斜坡了。坡度很陡,绝不是给初学者准备的滑道。

小菅费劲地把脚从泥地里拔出来,步履蹒跚地从斜坡上面横着走过去。就着白光,他能看见树林的影子。荒地到这里就结束了。到了森林里面,估计风和雨都会小一些吧。

金毛到底是金毛,在泥地里走起来并不像小菅那样费劲。往前走几步又往回跑几步,一边顾及主人一边前进,这证明它驾驭泥地还是颇有余力的。

"日奈子——!良夫——!"

小菅时不时地停下来喊几声孩子们的名字。然而,回应他的除了雨水敲击地面的声音之外,就是狂风刮过树林的呼啸。

刚刚那个人影究竟是谁?那道白光是在给那个人打闪光灯吗?不对,那道光可比闪光灯强烈多了……

他一边想一边往前走,突然感觉身子好像变轻了。

"啊!"

等他反应过来的时候,已经以无法控制的态势摔下了斜坡。他运气不太好,刚好踩在了已经松动的泥土上。小菅倒在地上,被泥沙卷着往下面滚了下去。

他发出一声惨叫,同时听见狗叫声从远处传来。

"权太——"

后脑勺似乎撞在了什么硬硬的东西上,强烈的冲击随脊柱传遍全身。

随后他似乎没有什么知觉了。

风雨在头顶咆哮。树冠被雨水猛烈地敲打着,风穿过树枝间的缝隙发出的呜呜声在黑暗中回响。不过,林子里面反倒要安静许多。雨淅淅沥沥地下着,风轻轻地吹着。几乎所有的雨水都顺着叶片传到树枝,再从树干往树根流去。

时不时的,一道白光划过地面。每当白光划过的时候,周围并肩站着的树木和裸露出来的岩石都在黑暗中现了身。不,好像不仅仅有这些……还有一队呈等距离排列的、大大小小的人影……

走在队伍最前面的人,体格相当健硕,身上穿着盔甲,像是古代的武士。他们迈着沉重的步伐,缓缓地走动着。不可思议的是,他们身上似乎一点儿也没有被雨水打湿。

远远跟在后面的小小人影似乎还是年幼的孩子,一共九人。他们都光着脚,当中还有穿着睡衣的。每个孩子浑身都被雨水淋得透湿,可看上去他们却一点儿也不在乎。没有人说话。每个人都像机器人一样地迈着脚步,眼睛半开半闭,呼吸均匀稳定,如同在睡梦中一样。

这个奇怪的队伍既没有走在林间小道上,也没有走在登山道上。他们正在兽道上深一脚浅一脚地走着。本来脚步就不稳,再加上周围漆黑一片,时不时都有被石块或者树根绊倒的孩子。不过,即便是走在队伍末尾的孩子摔倒了,走在最前面的武士也会立刻停下脚步。于是整个队伍都停了下来。等到摔倒的孩子笨手笨脚地爬起来站好之后,武士才开始缓缓地迈动步伐往前走。而在此期间,在这伸手不见五指的树林里,武士一次也不曾回头看过。

这支队伍就这样严肃地往前走去。

白色的闪光似乎在指引他们,沿着兽道不断前行。

3

蓝色的奥迪渐渐驶近那座长椭圆形的绿色大楼。穿过写着"环境与发展公司"的大门,从绿色大楼前面绕到后院,奥迪直接朝地下停车场开去。此刻已经是夜里一点左右,大厦里没有一个房间亮着灯。这座十层楼的大厦在暴雨中静静地矗立着。

脚步声回荡在空空荡荡的停车场里。吉峰没有像平常那样穿着西装,而是穿着轻便的衣服,肩上背着装有迷你高尔夫球杆的球包。

"您今天上班可太早了呀!"

门卫认识吉峰,跟他打了声招呼。吉峰脸上浮现出若有若无的微笑,跟他挥了挥戴着白手套的手。

"不是,有些东西忘拿了。"

"明天要打高尔夫吗?"

"是的。有几支球杆被我放在公司了。"

"这样啊。最近一段时间您每天都加班到很晚……确实有必要偶尔放松一下。"

"是这么回事。"

"别看现在雨下这么大,到明儿早就放晴了。"

"如果是的话,那就太好了。"

吉峰从普通出口出来,穿过幽暗的大厅,坐电梯到了五楼。他的办公室在这一层。当然,这里一个人也没有。通常能加班加到这种时候的,也只有吉峰了。

走出电梯,吉峰径直朝楼梯间走去。空气中还残留着涂料的气味。一级、两级,他一步一步地上着台阶。呼吸渐渐有些急促了,但从他那紧绷的脸上看不出任何表情的变化。他的眼睛似乎盯着远方某处,目光坚定。

终于爬到了十楼,他轻轻推开楼梯间的门,铺着地毯的走廊映入眼帘。这里和五楼一样,除了电梯前面有微弱光亮之外,其他地方一片黑暗。公司董事们的办公室就在这一层,当然,这里也是一个人也没有。

吉峰脚步轻快地沿着走廊往里走,然后停在社长办公室门口。他伸出手,拧了拧门把手。门没有上锁。虽然这和他预想的一样,但不知为何,他还是松了口气。打开门之后,他向左右两边看了看,然后迅速闪进去。

街灯透过窗户射进来,房间里看上去并不是一团漆黑。红木办公桌和办公用品此时都成了黑色剪影,待在和往常一样的位置上。不过,这间大约有二十叠大小的办公室看起来似乎比平时宽敞一些。

吉峰从兜里拿出钢笔式手电筒,打开开关。手电筒虽小,但由于使用的是卤素电灯泡,光线很明亮。墙上挂着鹿头和棕熊头,看上去有些令人毛骨悚然。据社长说,这些都是他射中的猎物。

房间最里面是一间步入式壁橱,大概有两叠大小,放着社长的私人物品。放枪的柜子也在这里。金属柜身,看上去比普通的储物柜小一些,而且几乎没有什么纵深。由于是用于存放枪支的,所以柜身十分坚固。社长的来复枪应该就放在这里面。

吉峰用手电筒照着柜子,轻快地朝柜子靠近。动作要是不快一点儿的话,可能一会儿警卫就巡视过来了。他试了试,想把柜门打开。果然,柜子是上了锁的。

吉峰将高尔夫球杆包放在地板上,从橱柜里走出来,向书架走去。书架上面大概摆了三百册书。他脑海里情不自禁浮现出社长将手放在额头上的样子。

实际上,社长每次把吉峰叫过来,大致上都是为了显摆他的猎枪。他记得自己应该好几次都看见过社长把猎枪取出来又放进去。

社长嘴上虽然说千万不可以让别人看见他有猎枪云云,可他自己却经常在吉峰面前炫耀自己的来复枪、霰弹枪之类。也许,他允许自己只可以在吉峰面前卖弄枪支吧。你要说他没有什么戒备心也行,这倒恰好说明社长性格当中也有天真的一面。

——我记得应该是放在从上往下数第二层的书架上面⋯⋯

吉峰抽了几本书出来,哗啦哗啦地翻着。翻到第五本的时候,他终于找到了。这是一本厚得可以直接放进箱子里的经营学方面的辞典,中间的书页被挖空,钥匙就藏在里面。拿着这把钥匙,吉峰又回到放枪的柜子前。可是,这把钥匙却跟柜子的锁孔不匹配。

——糟糕,不是这把。

吉峰跑到社长的办公桌前面,拉动抽屉。右边的抽屉一下就拉开了,里面放着文具和文件资料一类的东西。不过,左边的抽屉却纹丝不动。他将刚才找到的那把钥匙插进最上面一个抽屉的锁孔里面,"咔嚓"一声,钥匙转动了。他往里瞅了一眼,除了几扎信笺纸以外,还并排放着好几把钥匙。他挨个儿试了试,果然在其中找到了打开枪柜的钥匙。

吉峰将沉甸甸的温切斯特M-70拿在手上,枪身冰凉的触感让他心跳有些加速。不过,目前这枪还没法射出子弹来。因为装子弹的弹匣已经被取了下来,里面当然不可能装有子弹。平时社长都是分开放的,至于他把弹匣藏在什么地方,吉峰自然也是知道的。

吉峰将枪放在办公桌上,往壁橱对面走去。正对面的墙边也立着一个柜子,一共大概有十几个抽屉,吉峰将它们一次一个个地拉开。每个抽屉里面都满满当当地放着文件资料。拉开第八个抽屉一看,只见一个小小的保险柜被掩埋在一堆文件后面若隐若现。里面放的应该就是装上了火药的子弹了。吉峰将保险柜从抽屉里拉出来,放在办公桌上。然后从放在左手抽屉里的那一堆钥匙中找到了可以打开保险柜的那把。果然不出所料,里面放着装有子弹的小盒子和弹匣。

子弹的数量比吉峰预计的少多了,一共只有六发。这个数目刚刚可以把弹匣和枪膛都装满。可能原本就是故意没留下多少发子弹在这里吧。不过,这么多也足够了。

首先,他把子弹全部塞进衣兜,然后把枪托起来,脑海里一面回忆着社长的动作,一面将弹匣装上。接下来,只要装上子弹,这把枪就处于随时可以射击的状态了。

社长每次只要一说到自己的爱好,立刻就跟着了迷似的。尽管吉峰对打猎并不感兴趣,但也被迫听过一些关于枪的种类、使用方法等的长篇大论。忙起来的时候真的觉得很烦,可讽刺的是,这些经验在今天反倒派上了用场。

吉峰假装试着端起这把来复枪瞄准。他在脑海里勾画出德升室长那张油腻腻的脸，一股厌恶之情迅速涌上来。随后，绿园的总经理日下那张认真的脸也出现了，跟德升并排着。两人背地里似乎有不少勾结。吉峰交代过不许传出去的那些事情，通过日下的嘴全都传到了德升耳朵里。

然而，在昨天召开的总经理会议上，关于让吉峰退出绿园项目的议题终于被提出来了。昨天虽然没有讨论出结果，但肯定免不了被提到下一次的董事会上去。

最主要的问题是，如今变形菌已经蔓延到整个绿园度假村。木屋就不必提了，连主楼里面的设施上面都附着有变形菌，时不时就会搞出些机器失灵的事件来。来自客人的投诉和抱怨接连不断地出现。前天，温度突然失灵的淋浴器终于将一个孩子给烫伤了。那些不明就里的客人将这一切都归咎为绿园的设施有问题。如果让他们知道真相的话，估计再也不会来这里了吧。

到目前为止，吉峰采取的一切对付变形菌的措施统统以失败告终。除此之外，还有那些吉峰试图掩盖的事故，比如迷你滑雪场修建现场的工人突然下落不明，工人们为了洒农药进山结果却身负重伤等，似乎让问题变得更严重了。关于这些事，德升室长和日下肯定跟总经理还有上面打了小报告。

——这么说来，你们到底能干什么？你们到底能不能解决？

吉峰扣在扳机上的手指微微战抖着。

更加不能原谅的是，这两人竟然在自己的精神状态上大做文章。接到社长有些担心的电话时，他一下子就明白了。

"你不要紧吧？我听到一些传言，说你好像得了神经衰弱。"

"没有，我没事。为什么会说我得了神经衰弱？"

"嗯，说你一天之内要洗几十遍手。也有人说，你是不是染上了洁癖？"

"没有这回事。"

洗手过于频繁的确是事实。不过,这不外乎是因为自己爱干净罢了。最近忙得几乎没有洗手的时间,吉峰只好戴上白手套工作。这跟喜不喜欢没什么关系,只是因为这家公司实在太不干净了。绿园也是,不仅有变形菌,还有搞不清楚来路的细菌、病毒什么的。面对这样的环境还能保持心平气和、无动于衷的家伙才更加奇怪,难道不是吗?

"嗯,不管怎么说你最近都太累了,稍微休息一下吧,怎么样?"

听到社长说出这句话,吉峰就跟泄了气的皮球似的。德升室长他们在下面搞的小动作终于影响到社长了。曾经那样信任自己的社长,如今也开始有所动摇了。

"现在根本不是我能够休息的时候。"

吉峰想拼命抵抗,然而社长接下来说的话让他更加绝望了。

"这个你不用担心。休息一周左右,让德升君他们帮你处理一下是没有问题的。"

——真想杀了他俩。

吉峰举着猎枪,咬着自己的嘴唇想着。然而,他却找不到解决的办法。子弹总共只有六发。而且,还有别的对象需要他准确击中。

吉峰将来复枪收在迷你高尔夫球杆包里,背在肩上。随后他向着社长办公桌默默地行了一礼,转身离开了。

4

营地被浓雾包围着。尽管没有下雨,早晨却没有听见五彩鸟儿的啼叫,取而代之的是一阵电话铃声。

池泽从帐篷里面钻出来,踩在湿透的落叶上,跟跟跄跄地走着,整个人都迷迷糊糊的,睡意还没有完全退去。他看了看手表,才六点过。

本来以为这营地已经跟自家院子一样熟悉了,没想到大雾中池泽竟然连方向都确定不了。平时花不了一分钟就能走过去的弃屋,现在怎么也找不着了。顺着电话铃声的方向,池泽在一片浓白色中移动。假如不伸手往前探路的话,几乎都快撞树上去了。

好不容易走到弃屋里面,池泽拿起电话,只听见电话那头传来一阵刺耳的杂音。

"喂?"

池泽打了声招呼,对方却没有任何回应。像是什么东西噼里啪啦裂开的声音,这当中又时不时地混杂着人或者动物的声音。

"喂——"

这一次，池泽稍稍提高了嗓门儿。只言片语似的声音断断续续地传进了池泽的耳朵。

"池……先生……?"

"什么?"

"池泽……先生?"

"是的，我是池泽。是坂下小姐吗?"

"是……太好……"

"你怎么了? 我这边听得很不清楚。"

杂音突然变得更加刺耳。不过，萤女的声音听上去好像近了一些，多多少少能听清楚了。

"赶快逃……吧。"

"逃走? 从这里吗?"

"是的。"

"为什么? 是发生什么事情了吗?"

"要有危险了。……'湖'的底部，'小东西们'最近活动得十分剧烈。山正在变热，开始胡言乱语。"

"什么意思?'小东西们'又是什么?"

"我也不……道，但它们拥有强大的力量。它们的数量很多，多到可以让山都动起来。"

"地动……山摇?"

"是的。山变热之后，就开始说一些我根本听不懂的胡话。因为这个缘故，树和动物也都不好好说话了。"

池泽点了点头。尽管萤女说的话有一半他都没有听明白，但那种十万火急的紧迫感的的确确传递给他了。

"您赶快逃走吧。"

"明白了……不，其实我不是很明白。总之我会先下山的。"

"那就请您……吧。尽快!"萤女的声音又变小了。

"有件事情我得先告诉你。"池泽不知不觉提高了嗓门儿,"前天夜里,吉峰先生似乎来过了。他想知道你在什么地方,可能是想联系你吧。"

电话那端静悄悄的。池泽以为她已经挂断电话了,谁知,一阵杂音又传了过来。

"……我知道。"像是想起什么似的,萤女用微弱的声音回答道。

"你知道?"

"嗯……吉……先生,现在正在来这边的路上。"

"来这边?……是去你那里吗?"

"是的。他从绿园出发,沿着山道走着……"

池泽想象不出吉峰走在山道上面的样子。他是打算利用从学生那里打听出来的信息,自己把坂下萤子找出来吗?一个在公司里位高权重的男人,为什么不差遣别人来做这件事呢?

在池泽发呆的这段时间,电话那头完全是一片沉寂,连杂音都听不见了。

"喂?"

本来还想说点儿什么,可是对方已经没有任何回应了。池泽将电话听筒放了回去。

等他回到帐篷前,发现南方和学生们已经围坐在桌前了。

"出什么事儿了?"南方开口问道。

"通话了。虽然有杂音干扰得厉害,有一部分话我都没听清,不过萤女叫我们赶快离开这里。据说有什么危险正在步步逼近。"

池泽将电话里面听到的内容根据自己的理解整理以后,又再讲给他们听。可是，谈话内容原本就是支离破碎的，池泽也没法解释得很清楚。不过，南方却不住地点着头。

"是吗？明白了。"

"你听懂了？"池泽看着他的眼睛说道，"我都不太明白，你怎么就懂了呢？"

南方依旧没有立刻回答他。他先向学生们做出了指示。

"昨晚上我要求你们回收完测量仪器之后再下山，我更正一下。现在立刻就下山。"

"到底是怎么回事啊？"池泽继续追问道。

"可能要发生地震了。很快。"南方说道，"听了你刚才那番话，我更加确信了。"

"地震？"

"昨天，我看到生物电位的交流电变化之后就在想这个问题。不知道你是否知道，目前通过测量植物生物电位来预测地震已经取得了长足的进步。比如说合欢树，树根垂直往下延伸到地下很深的地方。这跟植物学者的关系虽说不大，不过我之前读过一篇论文，多多少少预先掌握了些跟植物生物电位方面有关的知识。那篇论文里面出现过的一组数据跟昨天我们测到的十分相似。我昨天待在帐篷里面首先做的事就是把那篇论文搜出来进行确认，然后我跟认识的地质学家、植物学家取得了联系，从他们那里听取了各种各样的意见。你们都跟我过来。"

南方一面说一面进了帐篷。池泽和学生们紧跟在后面。南方径直在电脑面前坐下，用鼠标点了点，然后退到一旁，让大家可以看见屏幕。屏幕上面显示的依旧是这一带的地形图，不过和之前显示的树木标出的图像稍有不同。

"这是一位地质学家用邮件发给我的，是石那村及其周边的活动断层图。你们看那些红线,知道是什么意思吗?"南方指着画面里的几个地方问道,"这些就是活动断层。我们现在就位于这一带。幸运的是,这一带的红线不是很多。不过,你们看这里,这里有很多小东西在活动。"

南方用小手指画了一条线,从羽生川附近开始,横穿绿园的中央地带一直到绿园的西侧,最后停在了熊之田洼那一带的前面。

"这里,还有一些更小的东西。"

那些小点基本上都集中在夫妇岭附近呈南北走向的一条线周围。

"活动断层指的是那些从一百七十万年前一直活动到现在,并且预计将来也会一直活动下去的断层。当然,并不是所有的活动断层都被确定了。比如,据说在关东平原就有大量的活动断层隐藏在沉积层的下面。所以说,这一带的活动断层远远不止我们现在看到的这一两条短短的横线而已。另外,我还注意到,在鬼首坡以南断断续续地分布着一些活动断层,最终与名为立川断层的更大的活动断层连接在一块儿。这里有可能是这一地脉的尽头。"

"那这里有可能会发生地震,跟植物的生物电位之间到底又是什么关系?"池泽焦急地插嘴问道。

"通过合欢树来研究地震预测的学者的观点是这样的:地幔运动会造成海洋板块下沉,大陆板块上升。这样一来,大陆板块就会受到挤压,相应的,地壳承受的各种力量也会增加,从而产生裂缝。随着各种力量的不断增加,有时裂缝越来越大,就会产生所谓的大陆性地震。也就是说,有裂缝的地方通常也会出现地面变形。随着这些变形的累积,当地表再也无法承受这种变形的时候就会发生地震。当这种变形累积到一定程度，地下的岩石受到的应力会相应增加，此时就会产生极化，也就是说，会分离出带正极和带负极的两种电荷。这时电流便产生了，这种电流叫作压电。这种压电已被应用于电子打火机等日用品上。以压电为首，裂缝所产生的静电，还有在地下水及岩石间发生的极化，以及伴随化学反应所产生的极化等，这些原因归结在一起，便产生了地电流。一旦产生电流，自然而然也会出现电场和磁场。而合欢树对于这种地电流、电场、磁场的变化相当敏感，于是就会发生生物电位的变化。不仅植物，很多动物在地震发生前受到地电流的影响也会有反常的表现。有关地震之前家犬出现古怪行为的报告不胜枚举。还有关于鲶鱼的报告，说它们不管发不发生地震，仅仅是地震的前兆就会让它们十分抓狂。"

"生物电位准确预测过地震吗？"

"有研究学者认为预测过。但这一结论还没有得到学术界的普遍认可。通常，每次地震之后，生物电位的异常都会被看作是地震的前兆之一。有数据显示，兵库县南部地震，也就是阪神大地震那次，在地震发生的三天前，岛根县三瓶山上的合欢树就出现了生物电位异常。"南方稍微撇了撇嘴，"不过，我昨天只看见交流电有异常，所以我没打算说会发生地震。可是，我在吃晚饭时看见天边那道红光，想法就变了。那道红光多半是因为压电或者静电导致的。地壳当中积累的力学上的变形多到一定程度之后所产生的电流，在空中发生了放电现象。尤其是当空中本身就有带电荷的云时，在天地间出现天电现象从而引起发光，也就不是特别不可思议的事情了。这种现象以前就有人目击过，松代地震和阪神大地震时都拍到过相关的照片。"

"我好像也听说过。"

"萤女说,山变热了,还开始胡言乱语,这指的可能就是断层活动引起摩擦生热,通过电场运作的森林内部交流网络被地电流产生的杂音干扰了。"南方从衣兜里面取出手机,"看来情况十分紧急。同学们,大家赶紧收拾东西……池泽,你那里有绿园的电话号码吗?"

"嗯,我有前台的电话。"

"给我说一下。"

"你要干什么?"池泽拿出自己的手机,开始找电话号码。

"我当然是要让他们提高警惕。绿园不就正好位于活动断层正上方吗? 而且,那里基本上都是采伐地,最近连续下雨,土壤已经很疏松了。即使地震本身震级不大,也可能引发山崩。"

"不过,他们会信吗?"池泽将手机的液晶显示屏上出现的电话号码给南方看。

南方一边看一边用自己的手机拨号,"管他的,先说说看。"

南方将手机放在耳边,沉默着。大约十秒之后,南方皱着眉看着手机屏幕说道:"怎么回事? 没有信号了。"

南方拿着手机走出帐篷。他一边看着手机屏幕,一边在桌子周围走。他将手机天线拉长,同时不断变化着身体的朝向。

"不行。昨天明明都还好好的。"

南方摇了摇头。池泽也用自己的手机试了试,然而不管他走到营地里的什么地方,手机都是无法通话的状态。

"还是不行。"南方对着正在收拾东西的学生们说道,"你们的手机能用吗?"

大家都将手伸向衣兜或者是帆布包。

"咦,没有信号。"

"我的也是。"

"好奇怪！昨天我还从这里给家里打了电话呢。"

结果，没有一部手机可以使用。

"难道这是地电流所造成的影响？"

南方点了点头，"嗯。看来这里产生了比我们预想中还要强烈的电场。大家赶紧收拾，帐篷就留在这里好了。你们先坐车去中乡的民宿吧，得把要地震的消息告诉剪场先生，然后跟他借个电话，把要地震的消息也告诉绿园度假酒店。之后你们赶紧回家！"

"老师，你们呢？"

"我们还有些事情要做。你们不用担心，我们很快就来追你们。"

他和池泽互看了一眼，然后将满脸狐疑的学生往停放小货车的方向赶过去。

"路上注意安全啊！"

五个学生都坐上了车，大家却不愿意发动。

"你们留在这里真的没问题吗？"

"行了，你们快走吧！地震说来就来了！"

见南方怒了，坐在驾驶席上的菊池才发动了引擎。

小菅在一片微弱的亮光中渐渐睁开眼。我这是又睡过去了吗？他想。从昨晚开始，他便睡了又醒，醒了又睡，就这样一直持续到早晨。

他想从躺着的沙发上坐起来，结果却疼得直咧嘴，太阳穴周围也剧痛无比。尽管如此，他还是强忍着坐了起来。

"老公，你没事吧？"坐在对面沙发上的妻子担心地问道。看她一脸憔悴的样子，应该一夜没睡吧。

"孩子们呢?"他明知道没有什么希望,却还是问了一句。

意料之中,妻子摇了摇头。

"刚刚前台来电话了,又开始找了……"

"好吧……"

昨天夜里,小菅在滑雪场建筑工地不小心从斜坡上摔了下去,头撞在倒在地上的树干上,脑震荡昏迷了过去。自己到底在泥地里面躺了多久,他也不清楚。金毛在他旁边不停地叫着晃着,他才渐渐恢复了意识。连滚带爬地回到木屋时,都快接近凌晨一点了。

这期间妻子已经联系了绿园的员工及警察,开始搜寻孩子们了。他们也问了小菅各种问题,不过以目前的状态,小菅还没法好好回答。他自己差点都要变成搜寻对象了。

听着妻子与警察之间的对话,小菅渐渐明白,失踪的不仅仅是自己家的孩子。住在绿园酒店里、年龄在七岁以下的孩子在同一时间内全部失踪了。四个男孩,五个女孩,一共九个孩子。

绿园酒店工作人员和警察一起在酒店内及附近的森林里一直搜寻到凌晨两点过。可是,大概是天气太差的缘故,搜寻范围无法再扩大。加上有山体塌方的危险,搜寻行动在凌晨三点左右不得不暂停。对此,小菅也无法抱怨什么。

妻子也参加了搜寻行动,不过在警察的劝说下,她也只好暂时先回到木屋,一夜未合眼地挨到天亮。那九个孩子仍然下落不明。

"难道说……遇到神仙了?"小菅背靠在沙发上,精疲力尽地把头搭在靠背上,喃喃说道。

"老公,你之前一直在说梦话呢。"

听到妻子的话,小菅把脸抬了起来,"我说了些什么?"

"听得不是很清楚……好像,你在叫谁等等你……"

小菅歪着头想了想。突然,他想起了那道白光,以及那些奇特的人影,"我在滑雪场的建筑工地看到了……"

"看到什么了?"

"穿铠甲的武士。"

妻子的眼里闪过一丝不安的神色。

"不用担心。"小菅微笑着说道,"我现在很清醒。有可能之前只是错觉而已。"

"可是……会不会是……精神变态的人在这附近游荡?"

"有穿铠甲的变态吗?"小菅笑道,"不过,这件事情仔细想想真不可思议。昨天,孩子们说的可能是真的,因为我也看见了……不过,在那种荒无人烟的僻静地方,突然出现穿铠甲的武士,的确有些恐怖。"

"……是啊。"

"不过,从昨天孩子们的反应来看,他们不像是坏人。我昨天确实没看清楚。"

"会不会是说了些甜言蜜语把他们骗走了呢?"

"嗯……"小菅略微想了想,"那样的事情恐怕还不至于发生……不过,这里的确是个奇怪的地方,净发生古怪的事情。"

"是啊。真想快点儿把孩子们找到,赶紧回东京去。"

外面已经天色大亮。望着窗外,两人几乎同时叹了口气。

在营地目送货车离开之后,池泽敲了敲南方的后背。

"我说,我们还有需要做的事情吗?"

"啊,对了,有的。"

"可是,我并不知道我还需要做些什么。"

"行了，别这么看着我。在给你讲解之前，我得先让学生们回去呀。"

"明白了，老师。那么，接下来我该做些什么呢？"

两人随便找了条长椅坐下。

"你说，萤女提到，在'湖'的底部，'小东西们'在剧烈地活动。据说，这些家伙拥有巨大的力量，甚至可以造成地动山摇。"

池泽点点头，"啊，对了，我还没听你说起任何关于这一点的解释呢。"

"实际上，除了我刚刚说到的交流电异常和发光现象之外，还有一个情况很有可能也是地震的前兆，前不久，我俩一起去过绿园，当时闻到过一股奇怪的臭味，你还记得吗？"

"臭味？……啊，想起来了，在滑雪场附近，我们闻到过类似温泉的味道，你说的是这件事吗？"

"没错。那股气味明显就是硫化氢，也就是硫黄的味道。地壳变形到一定程度，地下就会产生裂缝，地底下的温泉和气体就会顺着裂缝往上蹿。你说，附近这一带并没有真正的温泉，只有矿泉而已。我拜托认识的地质学者稍稍去调查了一下，结果发现这一带的矿泉水里面竟然含有从秩父市的中生代和古生代[①]地层涌出来的硫化氢。原本储存在地下的气体被喷到了上面，这极有可能是地震的前兆。不过，这件事如果倒过来也说得通。"

"倒过来？"

"嗯。也就是说，并不是断层活动导致地下气体上升，而是气体在上升的过程中引发了断层活动。我特地咨询过一位地球物理方面的专家，他告诉我，如果大量气体上升时速度够快的

---

① 4亿4000万～1亿4300万年前。

话,是会使岩石间的缝隙扩大从而减少内部摩擦的。这样一来,岩石会变脆,渐渐承受不住地壳的变形直至破裂,最后引起地震。另外,这种气体既可能是地球内部化学合成的,也可能是由其他生物产生的。比如说,产生硫化氢的、被称为硫酸盐还原菌的'小东西们'。"南方盯着池泽的眼睛说道,"你明白吗?硫酸盐还原菌是一种厌氧菌,它们在土壤中大量存在。它们用二氧化碳、水、氨、有机酸还有乙醇等,通过厌氧反应生成硫化氢或者乙酸等。还有,甲烷菌这种厌氧菌也经常和它们一起,放出沼气和二氧化碳。沼气也是同硫化氢一同喷出地面的,只不过它没什么气味,不容易被人注意到。知道这些背景以后,你再好好考虑一下萤女的话。"

池泽挽起袖子,自言自语道:"……'小东西们'在剧烈地活动……拥有巨大的力量,甚至可以造成地动山摇……是吗?"

"在'湖'底,这个得放在前面。"

"就是说,这一带的地下有许多厌氧菌在释放大量气体,有可能会引起地震。是这么回事吗?"

"我认为我的解释就是这样。另外,昨晚你说的话也给了我一些提示。"

"我吗?什么话?"

"就是你说的那个天狗的灯笼啊。"

"噢,那个啊。给了你什么提示?"

"这一带,天狗指的就是某位山神吧。你不是说,这一带把'神隐'也叫作'天狗隐'吗。这位天狗还有本事在山里制造发光现象,发出巨大的声响,甚至摇晃别人家的屋子。这个难道不是地震前的各种征兆吗?这应该是地震发生之后人们总结出的经验吧。古时候的人们,自然而然地认为引起这一切的是天狗,也就是某位山神。出人意料的是,这种朴实的想法反而看清了事情的本质。引起这一切的并不是地震,而是大山本身。"

听着南方的解释,池泽又想起了另外一点提示,那是畠山重忠要求澄子父亲表演的今样歌谣的一节:

> 眉间放出白毫光芒
>
> 曼陀罗曼殊妙华飞降
>
> 普佛世界六种震动

听到这里,会觉得这句歌谣只是单纯想要表达华丽的发光现象以及伴随而来的大地轰鸣的样子。歌谣本身是想要表达对《法华经》的赞美,但与此同时,它是不是也想要表达山神对自己所拥有的力量的一种赞美呢?

"你是想说,天狗的真身就是某种厌氧菌吗?"

"不是,我觉得还是应该把天狗考虑成整座或者整片森林吧,包括了里面的一切生物。植物、动物以及菌类,涵盖地上地下的整个网络,这才是森林。我认为,萤女所说的'湖',指的是肉眼看不见的森林的本体。在那个'湖'底,有'小东西们'。也就是说,厌氧菌也在这个网络当中。当然,从物质循环或者食物链的角度来看,我们也能得到一样的答案,所以这并不是什么不可思议的结论。"

"嗯。那么,我们接下来能做的是什么呢?"

"我在想,如果是天狗引起了地震,那么,我们是不是也可以求他停下来呢?"

池泽笑了,"怎么求? 跪下来双手合十吗?"

"这也是个办法。"南方认真地说道,"过去人们不就是这样来躲避天灾的吗？祈祷会表现为脑电波,脑电波也是一种生物电位,这会影响到神社里的树木的生物电位,最终会将信息传递给地下的细菌。我觉得这并没有什么不可思议。现在的问题是,正确有效的祈祷方法已经被我俩忘得差不多了。当然,我俩也没有这方面的经验。所以究竟能不能行之有效地祷告,这还得画个问号。"

"你还知道过去的人跟森林说话的方法啊……"

"嗯。要说详细的细节,那我肯定不清楚,但多多少少了解一点儿吧。至少过去的人比现在的人更直接,面对森林的时候更能敞开心扉。这一点非常重要。"

"我们并不会与植物对话,所谓的祈祷无非就是个仪式而已——我们不知不觉被这样的观念所束缚,感知变得越来越迟钝了。"

"同感。不过,你的感知能力比我灵敏一些。看了你拍的那些照片,即便是业余人士也会感受到你在非常专注地与森林进行交流。你还说过,有时候你一踏入森林,皮肤上就会有一种火辣辣的疼痛感。我就从来没有过这样的经历。萤女只给你打过电话,这一定是有原因的。"

"也许吧。可是,难道你不是因为有这种感知能力才成为植物学家的吗?"

南方摇了摇头,"我在感知方面是很迟钝的。可能是因为脑子太聪明了吧,在大脑接收到感性信息之前,我已经开始进行理性观察了。我进行科学研究,也不过是喜欢享受解开谜语的乐趣罢了。"

"你觉得科学是谜语?"

"对我来说,是的。"

“不管怎么样,如果祈祷没有效果的话,我们怎么办?”

“那我们就去找巫女。”

“萤女?”

“嗯。在森林这个网络里面流动的信息,应该叫什么来着?像文字或者语法那样的东西……”

“代码?”

“对。我们并不知道森林的代码,或者说,我们早就忘记了。然而萤女,可能是由于她直接与森林这张网络相连的缘故,她也许知道代码。要不她怎么控制萤火虫呢?还有,我们并没有直接和森林网络连接,但是我们却可以和萤女通话。”

“所谓的中间人?”

“对。巫女不就是人类与神灵之间的中间人吗?我们拜托她去劝劝‘小东西们’吧。”

“你是说她连厌氧菌都可以操控吗?”

“不知道。可能她在理论上掌握了森林网络及其相关代码。也许最初对于传输什么样的信息以及怎样传输,她也感到过困惑,不过她至少有过与黑熊和萤火虫交流的经验。”

“那要不去拜托她试一试?”池泽看了一眼弃屋的方向,“可是,她不打电话过来啊……”

“什么?你真的没问她电话号码吗?”

“我跟你可不一样,我一直就不擅长跟女孩子说话。”

“我们可没闲工夫开玩笑哟。我们必须想办法和她取得联络。”

“怎么做?”

“当然是拿起听筒拨号啊!快来。”南方说着便站起身来,一边迈开步子走着,一边跟池泽招了招手。

池泽跟在他身后，来到了营地边的一棵树前。这是一棵枹树，树干上缠着红色胶带。萤女每次打电话来的时候，在森林中形成的直线组合的末端就是这棵树。

"你也可以用弃屋里的电话试一下，不过，我觉得这里可能传话的效果更好些。"南方抚摸着有些凹凸不平的树干说道。

"哪里是听筒和拨号盘呢？"

"你自己不是也说过吗？我们先入为主地认为我们和植物之间是无法通话的。你首先要做的是忘记这种想法。你肯定能做到的。"南方抓住池泽的手，敲了敲枹树的树干，"你看见了吗？这棵枹树和那边那棵栎树是连在一起的，栎树又和那边那棵枫树连着，枫树继续连着更远处的那棵桤树。就这样一棵树连着另一棵树，最后一直通到萤女那里。你试着这么想，然后在心里呼唤她的名字。别太用力，尽量放轻松，用轻快的心情去反复呼喊她的名字。"

"你没开玩笑吧？"

池泽歪着头，抱着树干。树干虽然凉幽幽的，但没有冰冷的感觉；虽然结实，但没有硬邦邦的感觉，这种触感让人心情愉悦。

池泽闭上眼睛，让自己平静下来。然后他按照南方所说的开始想象。

——坂下小姐。

他在心中默默念道。

——坂下萤子小姐。

当然没有任何回应。从一开始他就不抱任何期待。虽然半信半疑，池泽仍在心中念叨了几遍萤女的名字。

"不行啊。"

"怎么？你这就打算放弃了？"

"可是,我们也不知道这样做究竟奏不奏效啊?"

"这个我还真不知道。不过,你有别的办法吗?"

池泽低下头,不说话。

"总之,你就再试几次吧。对了,要不你这样想……比如说,你想象自己拿起话筒准备拨号,然后你继续想萤女的脸,再'喂喂'两声试一下。"

"可我不知道萤女长什么样啊。我没有直接跟她见过面。"

"你不是见过萤柱吗?"

"那不过是她的化身而已,是一个由萤火虫组成的跟她同等大小的三维体,颗粒太粗了,脸部细节什么的我根本就看不清楚。"

"噢,明白。不管怎样,都请你相信我,再试一次吧!"

池泽有些不情愿地再次对着枪树,突然抬起头来说道:"对了!"

"怎么了?"

"我想起来了,我并不是完全没有见过她……说不定,我可以试着回忆一下她的脸……"

"是吗,那你待会儿试一下!"

池泽两手继续抱着树干,然后闭上眼睛,任凭自己的思绪从这棵树跳跃到下一棵树,在森林里穿越。

他想起了三十年前的中乡。小路两侧是高高的篱笆和石墙,路面完全没有铺装。池泽就在这样的小路上,一边踢着小石块,一边蹦蹦跳跳地往前走,最后停在一座大屋子前面。随后他钻进门,绕着白色仓房的外墙走到了后院。澄子就坐在屋子外面的走廊上。她坐得端端正正的,脸上带着淡淡的笑,看着池泽。她的皮肤像绸缎一样洁白柔软,还有那秀气的红唇……

池泽感觉自己的双手似乎已经陷进树干里去了，但他并不感到害怕。他心里有一种不可思议的平静。与此同时，似乎有另外一种黑暗缓缓地出现在他紧闭的眼睑之下。

不一会儿，这片黑暗当中出现了一个小小的亮点。白色的光亮一闪一闪的，飘浮在半空中，轻轻柔柔地画着圈。似乎在引着他往什么地方去。池泽被吸引了，跟在亮点后面追了上去。

黑暗一点一点地退去，周围的景色浮现出来。此时似乎已到日落时分，四周的景物失去了颜色，只留下模模糊糊的轮廓。池泽走在溪流旁边的一条小路上，右手边就是黑压压的山崖，树木就跟粘在崖壁上似的。左手边四五米下就是小溪，溪流哗哗的声音在山谷间回荡。

这个和当时的情景一模一样。

池泽迈着有些不稳当的步伐，追赶着一只萤火虫。它距离池泽大概只有一米，就在他头上方一闪一闪，在林间小路上轻快地飞舞着，既不太慢，也不太快，似乎刻意保持着与池泽之间恰到好处的距离。

池泽穿着半袖T恤，五分牛仔裤，光脚蹬着一双运动鞋。他在小学的校园里面玩到天黑，回家路上刚好看见了一只萤火虫，便一路追随。回过神的时候，已经在离村子一公里之外的地方了。不过，他并没有不安，也不觉得有什么好奇怪的。可能他认为，遇见萤火虫就必然会是这样的结局吧。

一直在池泽前方带路的萤火虫，忽的一下就消失了。池泽停下脚步，环顾四周，才发现自己已经身处一片伸手不见五指的黑暗当中。周围荒无人烟，耳畔传来溪流哗哗的声音，忽远忽近。虽然完全看不见四周的景色，不过他凭感觉判断，这一带应该就是大鸦桥附近。

　　林间小道在这里分岔，一边通往鬼首坡，另一边通向夫妇岭。小溪虽然在这里也一分为二，不过从溪流的方向来看，它们应该很快就会合流的。白天池泽有时候也会和朋友来这里玩，甚至还会走得更远一些。可是像今晚这样，一个人没有带任何照明工具就来，这还是头一回。

　　天空与森林的界限模模糊糊的，感觉非常奇妙。通常而言，如果天上的星星被树林盖住，那就表示进入森林了。可是今天晚上，天空中没有星星，反倒是地面上有好多星星点点的亮光，让树丛在夜色里若隐若现。

　　眼看着地上的星星越来越多，逐渐勾勒出了大鸦桥的轮廓。池泽站着发了一会儿呆。回过神之后，他开始向混凝土浇筑的大鸦桥走去。但他在桥上刚走了一半，突然又停了下来。

　　在树梢闪烁的星星突然间纷纷坠落，如同雪崩一般。不过，它们并没有一致下坠到地上，而是飘在半空，在夜色中轻柔地飞舞。

　　数量惊人的萤火虫像一道璀璨的清风，轻轻划过树林间的缝隙。池泽正琢磨着它们会不会落到自己的周围，突然山谷底下闪过一道白光，映照在河面上。那道白光从大鸦桥下面钻过去，又指向夜空，看上去特别像颠倒过来的龙卷风。最后，在天空中飞舞成鸡蛋形状的萤火虫一起下降，轻飘飘地落在桥上。

　　鸡蛋落在池泽站立的桥面上，裂开了。几乎在同一时间，鸡蛋变形了。一位少女站在里面。星星点点的光亮勾勒出她纤细的四肢和身体，长长的发梢分出几股光的线条，往远处延伸，似乎与森林的最深处相连。她的脸庞只有轮廓，眼睛鼻子完全分辨不出来。不过，池泽一眼就知道这是谁。

　　"阿澄……"池泽轻轻地、喃喃自语般喊了一声，"你回来了……"

澄子的表情池泽有些看不懂,浅浅的,似乎在微笑。

"我来接你了,你看……"

池泽展开双臂。除此之外,他也不知道还能做些什么。

澄子在桥上滑动着,不知道什么时候,她已经扑到了池泽怀里。虽然有些迷惑,不过池泽还是轻轻抱住了她。当然,他怀里空空,什么也没有,如同抱住了一团空气。不过,在抱着她的时候,他感受到了一阵奇妙的温暖,似乎在对他说,她的身体的确在这里。

澄子轻轻地抽泣着。她的声音池泽不可能听不见。可是,池泽也不知道该如何回应。听着听着,池泽自己也想哭了,但没有眼泪流出来,只觉得胸口一阵揪心的疼痛。

"是被山神大人欺负了吗?"池泽半天挤出一句话来,试探着问了问她。

澄子轻轻抬起头,只是摇了摇头。

——我好开心,阿亮来看我了。

池泽感觉她在这样说话。

"我们不是约好了吗? 我一直在等你。"

——是不是大家都把我的事情忘得一干二净了?

"没有的事。"池泽急忙辩解道,"大家都在说,阿澄是不是当萤女了。不过,这可不是我说出去的。大家都想再见到阿澄呢,真的。"

澄子张开双手,轻轻抱住池泽的头。然后,她用那既没有眼睑也没有瞳孔的眼睛,盯着池泽的脸,仔仔细细地看。池泽突然感到后脑勺有一阵发麻的感觉。

——只要阿亮你来了,对我来说就够了……

池泽眼前出现了无数的光线,忽明忽暗,纵横交错。他看了一眼,只觉得双脚突然失去了力量,眼看着就要摔下去了。他拼命抵抗,身子前后左右地不断摇晃。萤火虫在他耳畔扑动翅膀的声音渐渐远去。

——明天你还来吗?

耳边传来澄子清晰的话语。池泽本想伸手抱抱她,没想到不知道什么时候开始反被她抱住了。不对,他似乎整个人都被包裹在她的身体里面了。

"我来,我肯定来……"

身子懒懒的,连一根指头也不愿意动,唯有心跳在不断加速。这是一种他迄今为止从来没有体验过的兴奋感,池泽有些沉醉了。

——好开心。

一听到澄子的声音,池泽浑身一阵酥麻。他想,要是时间能够永远停留在这一刻就好了。

忽然,又是一道白光闪过。澄子的身体被吹散了,散落在一片漆黑当中。也分不清到底是池泽自己的叫声还是澄子的叫声,拖着长长的尾音在黑暗中回荡。不知道是谁的一双大手抓住池泽的肩膀,迅速将他往后面拖去。眼睁睁地看着大鸦桥从他视线中消失,林间小道两侧的树丛飞一般地后退,不一会儿工夫,他便穿过了中乡的村落,再次回到什么都没有的黑暗当中。

睁开眼睛,他看了看自己的双手。他的手指像是要抓住什么似的,僵硬地弯曲着。两只手弯曲的方向,正好就是枹树的树干。

"喂,你还好吧?"

背后传来的声音让他忽然意识到刚才是谁的手在抓他的肩膀。他慌乱地扭着身子转过头来,看着声音的主人。

南方双眼圆睁着站在那里。

"刚刚你到底怎么了？"

池泽跟跟跄跄地起身跪在地上。他浑身无力，大口大口地喘着粗气。随后，他慢吞吞地摇了摇头。

南方靠了过来，盯着池泽的脸。

"不舒服吗？"

"……没事。"从喉咙里面发出的声音，有一丝沙哑。

"你呀，抓着树干突然就发出呻吟了，还出汗了呢。"南方似乎是松了一口气的样子，"我也不知道该怎么办，就先把你从树里面拖出来再说……"

池泽长长地吐了一口气，站了起来，"大概多久？"

"什么？"

"我抓住树干的时间大概有多久？"

南方看了看手表，歪着头说道："嗯，准确的时间我也不太清楚，大概有五分钟吧。"

"五分钟？才五分……"

正在这时，电话铃响了。这是比平时更加飘忽不定的铃声。间隔也不规则，断断续续的，一会儿突然断掉，一会儿又突然响了起来。

池泽与南方互看一眼，飞奔出去。他俩一起扑进弃屋，一把抓起粉色电话的听筒。

跟早上一样，电话那端传来不少杂音。

"喂——"一上来池泽便扯着嗓子喊道，"喂！是坂下小姐吗？"

在这样喊了好几声以后，终于电话那端传来像是喃喃自语一般的声音。

"池……先生……"

"太好了！电话终于通了！"

"你……没事……吧？"

"嗯？嗯，现在还好。"

池泽正想问萤女为什么会问他有没有事，不过他转念一想，时间紧迫，还是先办正事吧。

"坂下小姐，我有事相求。"

"……您说。"

"你今天早上在电话里提到了有关'小东西们'的事情。"

"是的。"

"我知道它们在'湖'底究竟在干什么事情了！还有，山为什么会变热，为什么会说胡话，我都知道了。"

"是吗……"

萤女似乎有些反应迟钝，池泽一口气说了下去。

"'小东西们'其实就是厌氧菌。你知道吗？这是一种讨厌氧气的细菌，生活在土壤里面很深的地方。它们大量释放出硫化氢和甲烷，其目的是为了减少岩石内部的摩擦。如此一来，岩石很可能会渐渐承受不了地壳变形所产生的储存在活动断层中的能量，从而发生地震。而这个活动断层恰好就在绿园度假酒店的正下方。那一带的地壳本来就已经不稳了，即便是很轻微的地震也有可能造成很严重的后果。而山之所以会变热，就是因为活动断层内部不断摩擦产生了热量。"

"会……地震……吗？小东西们……"

"是的，这个并不是我随便说的，而是 W 大学的副教授在总结了大量数据并运用了各种理论知识而得出的结论。请你相信我们。"在这种场合标榜学术权威合适吗？但池泽也很无奈，毕竟现在没有时间来慢慢跟她讲道理了，"你不是说过，事态有可能会恶化到使吉峰先生失去整个绿园酒店这件作品吗？照目前的态势发展下去，有可能就是这个结果……"

"这个……也许是山……大人的意思吧？"

"不，这也许和你所说的'湖'……也就是整个森林体系相关。你也可以把这个整体理解成山神大人。我想拜托你的事情是，你能让'小东西们'平静下来吗？就跟萤火虫一样，厌氧菌也是'湖'的一部分。你既然能够和萤火虫心灵相通，那么同样的，你应该也可以和厌氧菌进行交流吧？我们是这样想的。"

萤女不说话了。

"绿园酒店里面已经有客人入住。他们大多带着家人来度假，其中还有不少孩子。此外还有几十名员工。如果任由事态发展下去，可能真的会酿成一桩巨大的悲剧。最坏的可能性是，此地的地震搞不好会引起整个关东地区的大地震。这真是有可能会发生的……"

"我……可以做到……吗？"

"你应该没问题。即便你最终没能够阻止地震发生，但请你至少为我们多争取一些时间。在此期间，我们会尽可能让更多的人去避难……"

"明白……我来试试吧。不过，……可能没……时间……了。"

"没时间了？什么意思？"

"吉……先生，他正在找我。山道上……他一个人……正在渐渐靠近……"

"这个，你跟我说过。"

"他……恨我。非常恨。"萤女的声音变得十分消沉，"他带着枪……可能会杀掉……我。很快。"

"枪……"

池泽一时语塞。他绝对相信,决绝如吉峰那样的人,肯定会干出这样的事来。不过,最后一次在绿园酒店看见吉峰时,他万万没有想到会是这样的。

杂音变得更加严重了。要说的话还有千言万语,真的是一秒钟也耽搁不起了。

"喂,坂下小姐?"

没有回应。只有杂音时断时续。

"喂——"池泽紧紧抓住话筒,小声说道,"你稍微等等好吗?我们需要你的帮助。"

杂音似乎飘远了,随后什么声音也听不见了。池泽只好将听筒放了回去。

南方抱着胳膊站在弃屋前面。

"她好像听懂了。"池泽说道,"跟她约好了,她会去安抚'小东西们'。"

"是吗?那看来进展挺顺利的?"

"但好像快要没有时间了。"

"什么时间?"

"吉峰在找她,已经进山了,还带着枪。"

"你说什么?他要干什么?"

"她觉得吉峰要杀掉自己。她说,她知道吉峰很恨自己……"

"单单只是恨的话,不至于要杀人吧?"

"他们俩的事情我也不清楚。总之,我现在就去找她。"

南方盯着池泽的眼睛说道:"你在说什么?地震很可能马上

就来了！你现在去找人？"

"如果吉峰真的要去杀她，我无论如何都应该阻止。怎么能见死不救呢？况且，要说能够安抚厌氧菌的人，恐怕就只有她了。至少要为绿园和中乡的人争取到避难的时间啊！难道不该这样吗？"

南方抱着胳膊，低头想了想，随后他抬起头来，对着池泽轻轻点了点头。

"你说得有道理。实际上，我也不打算就此下山。"

"你想做什么？"

"我想翻过夫妇岭，到绿园酒店去。我想过了，如果学生们打电话过去警告他们，估计不会有任何效果。换作是我打电话，结局也是一样。一个没名没分的民间人士打电话说要地震了，估计员工们根本就不会放在心上。所以，我打算直接去见那些酒店里面的客人，一个一个地说服他们——只能这样了。从这里翻过山坡走到绿园酒店的话，大概需要一个半小时。比起先下山再搭车折返回去要快多了。"

"你要去活动断层的正上方？"

"是的。这恐怕比碰上带枪的疯子更加疯狂吧！"

"差不多。"

"不一样。我是科学家，如果我死在发怒的大自然手中，也算是得偿所愿了。可如果让我死在人类的枪下，我是无法忍受的。"

池泽苦笑了一下，"明白！这时候我俩就别再继续针锋相对了！"

"嗯，抓紧时间！"

两人拔腿向帐篷走去。此时，雾气已经基本上散开，天空也比之前亮了许多。或许太阳此刻正躲在云层背后,只是空气依旧湿得像是快要滴下水来一般。

"你把这个带上。"

池泽正在检查自己帆布包里面的东西收拾好了没有,南方递来一部手持式GPS。

"这个有用吗?"

"目前来看应该没问题。"

看了一眼显示屏,果然准确地标出了他们目前所处的位置。

"可能是频率波段的原因,GPS还没有受到地电流的影响。这个至少比指南针什么的管用多了。"

"那倒是。"

指南针的指针滴溜溜地团团转,明显已经失灵了。

"这里面已经输入了昨晚解析出来的直线组合的到达地点和它的延长方向。"

"这可太好了! 谢谢。"

池泽系上工装皮带,将GPS装在皮带扣上,然后背上帆布包。南方也基本上收拾妥当了。两人一言不发地走着。

"对了,我能问你一个问题吗?"池泽开口说道。

"什么问题?"

"你觉得森林有记忆吗?"

"记忆……吗? 理论上来讲应该是有的。你怎么想起来问这个?"

"实际上,我小的时候好像见到过萤女。本来我已经完全忘记了的,不知道为什么,在森林里面突然又都想起来了。"

"是吗? 我虽然不太明白,不过这倒是个很有趣的问题……首先,动物肯定是有记忆的。这个是毋庸置疑的。不过,大多数情况下,这种记忆随着个体的灭亡也就消失了。有一类猿猴可以将自己的经验传给下一代,不过传递的内容极其有限。这也是无论经过多长时间的进化,它们也不可能进化成人类的原因。另一方面,我们再来看看植物的情况。当植物受到来自环境的刺激时,体内就会产生相应的化学物质,这种物质会暂时储存在植物体内。在它们存续期间,植物对相同的刺激都会做出同样的反应。从广义上看,我们也可以将这个称为植物的记忆。不过,无论是哪一种,跟你的记忆相比,都是不一样的东西吧。"

"是啊。"

"我记得我们什么时候好像说过类似的话题呢……砍柴人进入森林之后,周围树叶的生物电位就会发生相同的变化。"

"啊,好像是听过。"

"如果这是真的,那么森林就是有记忆的。只是,这种记忆是与某个特定的人物以及他所做的事情绑定在一起的,我们不能把它理解成复杂的记忆结构。我经常把森林里面的信息网络理解成互联网。事实上,还有比互联网更贴切的比喻。只是,我不想把对话搞得太复杂,所以通常我都不说……"

"……是大脑吗?"

"对。你小子知道的呀。森林这种超级分散的网络与单纯的互联网是不一样的。它更接近于人的大脑。它将化学性的信息传输与电子的信息传输结合起来,这一点跟大脑十分相似。看到树木呈现出动态的分组变化时,我好像看见了神经元在跳动。所以,要说森林就是一个巨大的脑子,我绝对同意。如果是这样,那森林拥有记忆就再正常不过了。是不是每一棵树都有记忆呢?我觉得根本没必要问这个问题。在人类的大脑里面,记忆也不是被写入到每一个神经元里面的,而是储存在由神经元构成的网络里面的。这个道理在森林上恐怕也成立。由植物、动物还有菌类构成的复杂网络里面,或许存在着由电场、化学物质为媒介的某种'场',而过去的你与萤女相遇的情景被深深地烙印在这个'场'里,我觉得一点儿都不奇怪。"

两人走出营地,来到山间小路上。沥青的路面已经快干了。

"如果森林跟人类的大脑一样的话,那自然会有各种各样的想法。"池泽自言自语道。

"应该有吧。这些应该就是通过神或者天狗什么的来表现的。"

两人大约走了十分钟,林间小道出现了分岔,左手边分出一条小岔路。那是通向熊之田洼的登山道。两人站住了。

"嗯,我们就在这里作别吧。"

"嗯,你路上小心。"

南方笑了笑,露出一口洁白的牙齿,"你说这到底是怎么回事? 我们为什么要面对这样的局面?"

"是啊……"池泽歪着头说道,"可能是天狗大神的旨意吧。"

"我们都是天狗大神的掌中之物。"

南方挥了挥手,沿着林间小路继续往前走去。谁知,他刚走出去五米左右便停下脚步,转过身来。

"我说,池泽……"

"嗯?"

"我觉得我们是好人……但不是英雄。"南方出人意料地吞吞吐吐起来,"说真的,我们为什么要去啊?"

池泽眨了眨眼睛,望着登山道的方向陷入了一阵沉思。在这沉默的氛围当中,远处传来的瀑布声十分刺耳,仿佛将两人包围了。

"老实说，我也不知道。不过……我有想见的人。非常想见。"池泽努力挤出这么个答案来。

南方看上去稍稍放心，微笑道："是你在童年时代遇到的萤女吗？"

"是。"

"这样啊……其实也挺好的。"

"那你呢？你又为什么要去？"池泽反问道。

"我想去见识见识神的伟大作品。这样的机会恐怕不会再有第二次了。"

"你可是有家的人啊！我是独身，我无所谓。"

南方稍微偏了下头，苦笑道："那我得改一改刚才说过的话。我呢，恐怕连个好人都算不上。"

说完，他再次背过身往林子深处走去。池泽一直目送着他，直到他的背影完全被山崖上凸起的岩石挡住。随后，池泽快步走上登山道，开始往山上赶去。

5

良夫似乎在活动身子,日奈子这么想着,醒了过来。她浑身
冷得发麻,头却热得发烫。她眨巴了好几下眼睛,视线始终模模
糊糊的。

渐渐能看见周围的景色了,除了草丛就是树根。视野的上
下部似乎都被黑色的岩石遮蔽了。能够感受到凉凉的空气从身
体上面滑过。自己好像躺在岩石之间的缝隙或者岩石的裂缝里
面。

这么说来,背部和屁股那里确实有些凹凸不平的感觉。内
衣内裤虽然已经快被自己的体温烤干了,但那种紧贴着肌肤的
感觉,还是让人觉得很不舒服。

日奈子将自己的头靠在左肩上,看了眼良夫。他还在香甜
地沉睡着。在他对面,还睡着别的孩子。那边还有……除了自
己和弟弟之外,还有七个小孩,大家都靠在岩壁上面。每个孩子
都不认识……不对,其中有一两个人好像在哪儿见过,好像是在
网球场,要不就是在餐厅。

日奈子突然想起来了。

可这里又是哪儿呢? 这里不像是绿园酒店里面。为什么自

己会在这里呢？爸爸呢？妈妈呢？

正在不安的时候，日奈子忽然觉得自己的右侧好像有人。转头一看，一个人也没有。可是，明明有谁在那里。沉默中，那个人似乎朝日奈子靠得更近了些。

是穿铠甲的叔叔吗？

她模模糊糊地记得，伸手不见五指的黑暗时不时地被一道炫光劈开，那一瞬间，能够看见黑压压的背影。仿佛被这些背影吸引着，他们在黑暗的森林当中，晃晃悠悠地走了很长很长一段时间……还是说，这只是个梦？

不管怎样，她一点儿都不觉得害怕。她甚至觉得这种飘在半空中的感觉挺好的。什么时候还想再来一次呢。

可是现在，她浑身都在疼，还觉得有些冷。

"别担心。很快就会有人来接你们了……"

并没有听见说话声，但她就是感觉右边的人（应该）说了这句话。

"现在稍微忍耐一下就好了。就在这里面待着。会好的。"

仿佛有什么暖暖的东西抱住了日奈子的身体，心情忽地变轻松了。

她转向右侧，点了点头。

不一会儿，刚刚那种明显有什么人在那里的感觉渐渐减弱了。石缝间有风徐徐吹了进来。

右边果然什么人也没有啊。

远远地传来一阵咔嚓、咔嚓的声音。似乎是有什么坚硬的东西互相碰撞发出来的。

"菊池君——"

从营地出来,货车已经在林间小道上面开了五分钟左右。车内鸦雀无声,忽然,橘香奈惠喊了一声。因为都牵挂着留在营地的南方和池泽二人,大家谁都没有说话。

"嗯?"握着方向盘的菊池脚下松了松油门。

"稍微停一下车。"

"嗯,好的。"

菊池将车靠在路边停下,左侧是陡峭的崖壁。车一停下,所有人都往小橘的方向看过来。

"把发动机关了吧。"

"好的。"

车的振动停止了。瀑布的声音从开着的窗户传了进来。

"你们听见了吗?"坐在后排右边的橘将手放在耳边,问道。

"什么声音?"坐在旁边的西坂把身子探了过来。

"孩子的声音。"

"孩子?"

车里所有人都不作声了。

"嗯……没有听见。"过了一会儿,西坂说道。

"没有听见呢。"山崎也表示同意。

"咦……怎么回事? 这里并不吵啊。"

"会不会是耳鸣?"

"这是哪里?"

"嗯,再往前走一点儿就是大鸦桥了。"菊池回答道。

小橘将车门打开,走了出来。

"学姐,你要去哪里?"

"我去稍稍找一下。"

"找谁? 这里一个人也没有啊!"西坂慌忙追了上来。

"要是有的话怎么办？有可能就要地震了呀。"

"话虽如此……"

小橘站在林间小道的中央，环顾着四周。

"声音是从那边传来的！"她手指着车对面的崖壁。

"啊？是吗？"西坂将两只手都放在了耳边。

菊池、吉野，还有山崎也纷纷从车上下来了。

"我还是没有听见啊。"

"怎么可能?!"小橘斩钉截铁地说道，眼神变得炽热无比。

"不知道这里能不能爬上去？"她靠近几乎与地面垂直的崖壁，开始找可以放手脚的地方，准备往上攀岩。

"学姐，这可使不得呀！"

"太危险了，小橘！"

有人冲了上来，一把抓住她那柔弱的肩膀和细细的手臂。

"可是孩子们怎么办……"

"这么说的只有学姐你一个人啊……我们真的什么也没有听见。"吉野说道，"你究竟怎么了？赶紧振作起来……"

"什么歌声？"

"嗯?"

"有人在唱歌。这次好像是个男人的声音。"

学生们面面相觑。

小橘已经开始自言自语了。

> 且玩焉，生于世
> 且戏焉，生于世
> 且听顽童之声
> 或然吾身亦动乎

"唉,糟糕……"

"嗯,刚好就遇到……"山崎应和着。

学生们不动声色地交换了个眼色,于是四个人同时绕到了橘身后,然后突然同时从两侧将她抱住。

"啊,你们干什么!"小橘大喊。

"学姐,我们得赶紧走! 地震就要来了。"

"你们放开我! 我真的听见了!"

"明白。不过,我们还是先赶到中乡去,然后我们再来考虑应该怎么办吧。"

"那样有可能就来不及了!"

橘被硬塞进了车里。车门迅速关上,汽车的引擎发动了。

"你们为什么要阻止我呀?"

"因为学姐你要是被山神大人带走就麻烦了。"

"那样我们就没脸去见老师了。"

货车在林间小道上再次出发。

剪场民宿的大厅里坐着四个学生。他们还没有完全平静下来,正打量着四周。年纪最大的山崎在隔壁房间给绿园酒店打了个电话。当然,剪场和他一起。

橘香奈惠靠窗坐着,抱着膝盖。向来感觉敏锐的她,从刚才开始就一直恍恍惚惚的,视线也飘忽不定。另外三个本科生在旁边,偷偷地观察着她。

"成为萤女的时候,是不是就是那种感觉?"

"嘘,小点声!"

"可是,学姐她明明那么敏锐的……"

"不知道啊。"

三个人交头接耳小声说着。

这时山崎推门进来，剪场跟在他身后。学生们看着他们，满脸都是疑问。

"怎么样？"

"哎。"山崎摇了摇头，"怎么说呢，我觉得他们并没有相信我说的话，只是很有礼貌地接了我的电话而已。"

"说到底，他们还是不信？"

"总之，我把能说的、该说的都说了。对方只是回答'好的，我明白了'之类……就是这种轻描淡写的回复，一点儿紧迫感都没有。"

"嗯。"

"你跟什么负责人说上话了吗？"

"跟前台的负责人说了。我说想跟绿园酒店的总负责人通话，结果……对方就一个劲儿地说他现在刚好出去了，我们之后会转达云云。"

"剪场先生也在旁边听见了吧？"

"嗯……听到了。"

"怎么？对方还是觉得，地震这种事，是我们在撒谎吗？"

"也不是。我估计对方也没有听得太明白。这一带的人普遍都不敢轻视大山。但到了我的下一代，这种观念就越来越淡薄了。"

"在绿园酒店做前台的人，好像也不是当地人啊。"

"这倒也是。"

"他们肯定跟我们的感觉是一样的。我们要不是刚好做这方面的研究，肯定也不会相信！"

"要不去一趟?"在一旁抱着胳膊的剪场轻轻说道。

"嗯?"

"我觉得,有可能对方认为你们是学生,所以不太相信你们。再加上,电话里面的说服力总觉得少了一点点。我在想,要不我开车开到绿园酒店去,把动静闹大如何?"

"……这个,或许也可以……"

"在那之前!"

突然,有人大吼一声。大家都惊呆了,纷纷回过头来。之前一直坐在窗边上低着头的橘站了起来。

"在那之前……必须把孩子们找到!"

"啊,又来了。"

"又开始了……"

"孩子们?"剪场皱着眉头问道。

"在我们开车经过大鸦桥附近时,她说听到了孩子们哭闹的声音。"山崎说,"于是我们停车,所有人都下车检查了周围,却什么也没有听到。但是她却坚持要进山去找,一副要拼命的样子。随后她又开始哼唱奇奇怪怪的歌谣。总之,那样子看起来相当奇怪,我们就不管三七二十一硬把她带到这里来了。"

"我真的听见了……"橘眼眶湿润了。因为气愤,她的脸颊都憋红了。

"啊,对不起……"山崎害怕地小声说道。

"山崎把你惹生气啦?"

"胡……胡说八道!"

"什么歌谣?"剪场问道,语气相当平静。

小橘鼻子抽搭着,将手放在胸前,努力让自己平静下来。

"有点儿记不太清楚了……且玩焉,生于世……且戏焉,生于世……大概就是这种感觉。后面的……我就想不起来了。"

剪场站起来，快步走出了屋子。很快，他拿着一本书回来，在榻榻米上坐下，开始哗啦哗啦地翻书。然后他停下来，将书摊开，递给小橘。

"是这个吗？"

橘一边看着一边在嘴里轻轻哼着，"没错，就是这个。"

她开始读了起来：

> 且玩焉，生于世
> 且戏焉，生于世
> 且听顽童之声
> 或然吾身亦动乎

"这本书叫什么名字？"西坂问道。

小橘将书翻回封面看了一眼，"《梁尘秘抄》……"

"平安时代编撰的歌集。"剪场说道。

"哦……学姐，你知道这首歌？"

"怎么可能？最讨厌古文了。"

"明白了。我去吧。"剪场站起来说道。

"嗯？去哪里？"

"我去找找孩子们。如果找到的话，我就赶紧让他们到安全的地方去避一避。然后我再去绿园酒店。你们就听老师的话，赶紧离开这里。"

"我跟你一起去找孩子们。"小橘说道。

"不用，我一个人就可以了。"

"可是，剪场先生有可能听不到他们的声音。"

"就算听不到，我也大致知道他们是在哪个位置。"剪场笑着说道，"我在这里已经住了太长时间了。"

"说得也是啊……"小橘脸上依旧带着疑惑。

"你就别担心我了。就算不发生地震，你也还是不要留在这里好些。万一被山神缠住了，对你对你的家人都是不幸。"剪场说着转身离开了。

终章 山神

1

　　吉峰走在山间小路上，肩上的行李和枪的重量压得他的脸都快变形了。他并不是没有体力的人。最近一个月实在是太忙了，连去健身房的时间都找不出来。之前他一直坚持每周去两次的。我只是不太习惯登山这种运动——他一面这样宽慰自己，一面用毛巾擦着额头上的汗水。用过的毛巾被汗水完全打湿，他只能将它扔在路边，然后又从包里抽出一条新毛巾来。

　　吉峰的车开到被浓雾包围的绿园酒店时，天还没有亮。他沿着游览步道一直走到工地的最西南端，在那里翻过栅栏，向自然林的深处继续往上走，没过几分钟便上了登山道。沿着这条山路继续往西，就是从武持山往熊之田洼走的分岔路口了。

　　吉峰将一直背在肩上的迷你高尔夫球包放下，从里面拿出来复枪。子弹已经装好，弹仓里面有五发，枪膛里面有一发，共计六发子弹，其中一发是为坂下萤子准备的，另外给黑熊至少要准备一发，并且必须保证一击即中。此外的几发子弹会用在什

232

么地方,他现在完全不知道。

吉峰将高尔夫球包藏在附近的草丛中,然后向熊之田洼的方向走去。他从那个叫南方的大学教授的学生那里打听到了很多信息,他有信心走到他们所掌握的那个地点去。问题在后面。如果今天没有顺利地把萤子找出来的话,他打算在森林里面放一把火,把变形菌统统烧死。正因为有这个打算,他才不辞辛苦、汗流浃背地背了一大包灯油进山。

从绿园酒店的停车场出来,已经走了快一个小时。雾气渐渐散开,不过十米之外的地方看上去依旧是白茫茫一片。前方有什么景色,完全看不见。幸运的是,这一带的山路还算开阔,不至于迷路。

随着视野渐渐清晰,走起路来也愈发从容了,吉峰开始觉得前方的雾里面似乎藏着什么东西了。他突然想起了在滑雪场工地附近的森林里面喷洒农药,结果被野兽袭击的工人。吉峰将一直背在肩上的枪取下来,两手握着,举在胸前,继续往前走。

冰凉潮湿的轻风拂过吉峰露在外面的脸和手腕,他起了一阵鸡皮疙瘩。雾里那些若隐若现的树影,时不时地会被吉峰看成是人影闪过,冷不丁地吓自己一跳。森林里的地面到处都是湿漉漉的,刚刚买的运动鞋已经沾满了泥土。吉峰觉得很恶心,索性不去看自己的鞋子。他决定等这件"工作"结束以后,立刻就把它们扔掉。

前方突然有个巨大的影子横穿而过。因为只是短短的一瞬,所以也可能是一团雾被风吹动而已,或者只是树枝在摇晃。但吉峰还是停了下来,端着枪,凝视着浓雾深处。四周静悄悄的,只听见自己的呼吸声在耳畔回荡。视线突然变得更加清晰,现在最远能够看见二十米之外的地方了。

就这样大概过了一分钟,吉峰紧绷的神经渐渐放松下来,这时,雾里出现了一个灰褐色的巨大物体,体积跟大型犬差不多,只是身材要矮胖得多。他是第一次见到这种动物,看样子应该是野猪。

他心跳加速,握枪的手也开始出汗了。社长以前是怎么说的来着?对了,要用脸和肩将枪托紧紧夹住。如果做得不到位,有可能后坐力会伤到自己。可是,他把脸贴紧枪托之后,却发现自己的眼睛离瞄准器还有很远的距离。这种状态下能瞄准吗?是这样射击的吗?

吉峰脑子里闪过各种各样的想法。要是野猪突然向吉峰发起进攻,一切可就完了。

不管对方是人类还是动物,吉峰还是头一次遇到敌意如此强烈的攻击者。吉峰慌乱中想要立刻扣动扳机。可是,无论他怎样用力,扳机就是纹丝不动。为什么?安全装置明明已经被解除了啊。

他感觉血液直冲到大脑,全身僵硬。

对了,对了!枪栓拉柄还没有放下来呢。

野猪埋着头,眼看着离吉峰越来越近了。它嘴的两侧伸出短而尖的獠牙,周围泛着白色的泡沫。吉峰甚至能看清它全身上下每一根竖着的硬毛。

"呜哇哇哇——"

嚎叫声不知不觉地从嘴边漏了出来。他的手指战抖着,怎么也摸不准枪栓拉柄。好不容易触碰到那冷冰冰的金属,然后使劲拉下去的时候,他几乎已经听得见野猪呼呼的喘气声了。

他闭上眼睛,扣动扳机。

轰的一声枪响,伴随着一阵恐怖的惨叫。

　　一个巨大的肉块在地上翻滚，四周尘土飞扬，吉峰不住地往后退去，突然整个身子飞了出去。一瞬间，天与地的方向都分不清楚了。等他回过神来的时候，才发现自己被山毛榉树的树根绊得摔了个屁股蹲儿。要不是他背着包，头部或者脊背早就直接撞在树干上了。

　　吉峰呆呆地坐在地上，肩上还残留着枪托的触感。击中了吧……他缓缓地将目光落在来复枪上。他将枪栓拉柄上提，再往自己身前一拉，空弹壳飞了出来。

　　野猪就横躺在他眼前，四肢还在微微发颤。身长大约有一米五吧。在这样近的距离中弹，竟然还没有死。不过，从它的鼻尖到肩部周围，满是紫黑色的血。无论怎么样，它应该是站不起来了吧。

　　空气中飘荡着一股血腥臭。吉峰皱着眉头，苍蝇从他眼前飞过。这种臭味是在城市里面待惯了的他很少闻到的。他突然意识到这股臭味好像是从他脚下发出来的，惊讶地瞪大了眼睛使劲看了看。

　　从他脚上蹬着的运动鞋一直到牛仔裤大腿的位置，全部沾满了黑红色的污迹。应该是野猪中枪之后喷出来的血。

　　一瞬间，吉峰几乎快要晕过去了。他惊慌失措地站起来，开始用毛巾擦身上的血渍。可是，大概是布料的缘故，根本擦不干净，反而毛巾也很快被染红了。也许是心理作用吧，他开始觉得牛仔裤里面也变得黏糊糊的了。吉峰发疯似的将裤腿卷上来，用新毛巾擦自己的小腿。苍蝇在他身旁打着转。这时候，手上沾着的血已经变得干了，即便用毛巾使劲擦拭也没有一点儿用处。

　　吉峰嘴里发出奇怪的嘟囔声，将毛巾重重地摔在地上，然后使劲踩了几脚。随后，他在山路上拾起几块石头，使劲砸到已经咽气了的野猪身上。

"太脏了！太脏了！太脏了！"

他哭着叫着,这时野猪的头部周围已经聚集了大量苍蝇。吉峰突然发现自己捏着石块的手上面黑乎乎的,赶紧从衣兜里取出几张湿纸巾。他将用过的湿纸巾往苍蝇中一扔,端着来复枪,愤愤然地继续上路了。

向来整整齐齐的发型此时也变得乱蓬蓬的了。他的眼睛几乎一眨不眨地凝视着前进的方向,脚步略显蹒跚。

"太脏了！太脏了！太脏了……"

他继续像说梦话一样地念叨着,时不时发疯似的举着枪驱赶在周围盘旋的苍蝇,头也不回地向着大山深处走去。

2

通向夫妇岭的林间小道有三四米宽，路上一个人影也没见着。路面铺得很好，却没有汽车通过。每当到了新芽吐绿或是红叶漫山的季节，这里总是随处可见徒步旅行者的身影。当然，没有人会专门挑梅雨季节来这里看风景。林业工人今天似乎也休息了。

南方沿着迂回绵延的山路，保持着固定的步调往上攀登。穿着登山鞋走在铺过的路面上反而不是很好走，不一会儿他便气喘吁吁的了。再往前走二十分钟左右，就是这条路的尽头了，在那以后应该就不可能有车子开进去了。林道的一边是十五到二十米高的山崖，另一边有溪流哗哗地流过。每经过一座桥，山崖和溪流的位置便相互交换。顺着坑坑洼洼的崖壁往上看，有些大岩石露在外面，看上去像要马上掉下来似的。崖壁上有水流渗出，一起汇进了旁边的路沟里。鸡爪枫和五角枫沿着溪流交替出现，长得枝繁叶茂。

顺着山崖走，隔一会儿便会发现比较开阔的场地，既有种植林也有杂木林。有时候会看见细细的瀑布从三五米的高处流下来，有时候也会遇到广阔的河床，上面除了石块什么也没有。有的地方虽然足够宽敞,可以支帐篷,但是由于离水源太近,露营和野餐是被禁止的。

南方一面走一面观察树林深处。从刚才开始,他便时不时地见到有白光闪过。眼角余光瞥见有什么东西在发光,猛地一扭头,那东西却瞬间消失了,就像有人在林子里使用了闪光灯似的,但却一个人影也没见着。或许是地电流引起的放电现象吧。话说回来,他突然觉得林子里面回荡着什么声响,听上去像是有个魁梧大汉在跺脚。地上的石块估计都被踩碎了。

"这是天狗在吓唬我吧。"他自言自语地说着,脸上浮起一丝笑意。

如果只是这些突然闪过的亮光和树林里的声响,那他应付起来还绰绰有余。只是脚下的小石头和土块踩下去总是会滚动,着实让有些不好走。他靠向山涧的那侧,抬头往上看了看。崖壁上面到处都有尖尖的岩石冒出来。大多数岩石都被树根紧紧缠绕,像被抱住了似的。要是那些树突然之间放手了会怎样?

咚——

天狗又在跺脚了吧。一块薄薄的岩石碎片被震落了,从南方头上飞落。南方快步飞奔起来,但这一带坡度很陡,他跑也跑不起来。

"抱歉抱歉,请让我再往里走走吧。"南方用手挡住头顶,不知道在跟谁说话。

大约跑了一百米,南方感觉自己就快要断气了,眼前忽然出现一幅由白光组成的幕布,挡在他面前,好像是闪电在地上奔走一般。转瞬之间,光幕便消失得无影无踪,只在南方眼睛里还残留一丝影像。南方战战兢兢地靠近刚刚闪电奔走过的地方一看,只见沥青路面有一道细细的裂缝。他的目光刚一落在这道细缝上，细缝又继续裂开了，一直裂到与崖壁上面旧的裂缝连接上为止。顺着裂缝往上看去，南方突然倒吸一口凉气。

一块体积跟小型汽车差不多大小的岩石，正从崖壁上面滚落下来。

"啊——"南方发出一声惨叫，拔腿便往山坡上跑。他心里想着，完了完了，肯定来不及了。脚下一绊，他整个人摔倒在沥青路面上，脑海里浮现出自己的身体被汽车碾过，成了一张肉饼的情形。

谁知几秒钟过去了，南方并没有听见岩石在林间小道上激烈碰撞的声音，自己依旧在正常地呼吸。南方跪在地上，偷偷地回头往身后张望。

什么也没有。

不对，有两三个拳头大小的石块嵌在地面上的细缝里，正打着转呢。仅此而已。

南方战战兢兢地站了起来，又抬头往崖壁上看了一眼。突出来的岩石已经不见了。慎重起见，他隔着枫树的树枝朝山下的溪流看去。里面倒是有些岩石，不过最大的也不过一抱大小罢了。那么大的一块岩石落下来，不可能就只有这几个石块吧。

"看来……它真的是在吓唬我啊……"南方呆呆地念叨着，同时喉咙里发出类似痉挛的笑声。

太可怕了。可是，不知道为什么，他竟然也有一丝兴奋。

迄今为止，自然不过是他的观察对象而已。当然，随着时间的推移，在长时间进行观察的过程中，他觉得自己好像渐渐懂得了不少草木的心思。可这不过是比喻而已，充其量只是他单方面的想法罢了。大自然基本上就是一副沉默不语、漠不关心的样子，无论人类在一旁做了什么样的努力，都会落得个被嫌弃的下场。

但今天不一样了。大自然明明白白地感受到了这个独自在林间小道跋涉的男人的存在。它不仅意识到了他的存在，还在积极主动地威胁恐吓他。这样的体验，恐怕今后很难再遇到了。

"喂喂，你也不用搞那么大的阵仗吧。"南方对着大山开始说话，"不管怎么说，我也算是你的战友吧。至少在这二十年内，我一直是在努力试图理解你。正因为我懂你，我才知道你想要毁掉绿园酒店。你想怎么做就去做好了！但是，我同样为人子。山下那些木屋和网球场毁了也就罢了，可是我没有办法眼睁睁地看着无辜的大人和孩子也一起丢了性命。"

他在林道上越走越快。幸运的是，随着海拔越来越高，山谷渐渐变浅，山崖也变得低矮了。那些几乎与路面垂直的崖壁渐渐向外侧倾斜，也就是说，那些凹凸不平的岩石的棱角渐渐离开了南方的视线范围。路旁出现了柳杉和扁柏树的身影，铺过沥青的林道的终点应该就在这附近了吧。

然而，天狗并没有就此放过南方。

一阵风吹过，南方感到后脑勺有一阵轻微的冲击感。有那么一瞬间，南方以为是山崖上的小石块落下来砸中了自己。可左右两侧除了树就是溪流，并没有岩石的影子。他皱着眉头往天空中看去。半空中，也就是柳杉树梢的高度，有一只茶褐色的大鸟飞过。

像是猛禽。可能是老鹰吧，可是看起来又比老鹰大了一圈。它在距离地面四五十米的高处盘旋，可以看见它的头部长着冠毛。

"……是角鹰吗?"

那是一种生活在本州岛的巨大猛禽，体积仅仅排在鹫和鱼鹰之后,身长大约有八十厘米,翅膀展开之后能达到一百六十厘米。这种猛禽在这个地方出现虽说不是一件特别奇怪的事情,但总是让人有些意外。只要能够确定它在这里筑巢并且繁殖,那么阻止绿园开发便有了一条强有力的依据。

可是,现在好像并不是感叹它的雄姿的时候。刚才它在南方头顶上空轻轻踹了一下,似乎有点儿要宣战的意思。在南方的头顶上画完第二个圆之后,角鹰突然从正面急速俯冲下来。它张开锋利的爪子,南方只好用手臂护住自己的头部,蹲了下来。

嘶啦一声,一阵疾风扑面而来。一股火辣辣的疼痛迅速传遍南方的整个胳膊。他感到角鹰又飞远了,于是抬头一看,角鹰已经又回到离地面几十米的高处了。这是第一回合的攻击。南方左右两只胳膊上留下了好几处深深的抓痕,血渐渐渗了出来。

"这就差不多了吧,真够倒霉的!"

南方抬头望着天空,拔腿向树林里面跑去。在日本这片土地上,除了他之外,恐怕再没有第二个人被角鹰这样攻击过吧。作为巨型猛禽,它们的攻击对象通常也不过是野兔而已。一定是因为这片森林有让动物发疯的魔力。

南方想着,要是躲到树林里面应该就可以逃脱了吧,可他真是太小看角鹰的速度了。他正打算从林道飞奔进树林,便再次受到角鹰的正面攻击。眼看情况紧急,南方赶紧顺势匍匐在地面上,并向山坡下滚了几转。他正想要从地上爬起来,眼见着角鹰又开始向他急速猛冲过来。慌忙之中,南方将背在肩上的帆布包取下来,拎在手上朝角鹰抢过去。帆布包刚好砸在角鹰的爪子上,猛禽顺势紧紧抓住包不放,又尖又硬的嘴朝着南方袭来。可怕的眼睛就快要凑到南方的鼻尖了。南方慌慌张张地将帆布包整个往路面一扔,然后翻过护栏,整个人顺着斜坡滚到了两三米之下的山涧里。

途中,他不停地被突起的树根撞到腰部,不断地被树枝挡住身体,最后落在了满是石块的山涧里面。一阵飞沫溅起,冰凉的溪水浸透了他的内衣裤。

"好痛——"

南方疼得脸都变形了。不幸中的万幸是,山涧上方的天空几乎被树枝遮挡得严丝合缝,一点儿天空都看不到。也就是说,不用担心角鹰会从上面俯冲下来对他再次发起突击了。不过,偶尔透过树枝的缝隙,他仍能看到一个巨大的黑影掠过,并发出似乎有些懊恼的声音。

"振作起来!"

他收拾好自己的窘态,站起身来。奇怪的是,他竟然感到一种从未有过的充实感。总算渡过了这一劫,而且还没受什么重伤。南方还是第一次如此直接地与野生动物过招呢,他的"野性"似乎也被点燃了。

无论如何,要想走出这段山路,他就必须从山涧底下爬上去。南方用清澈的溪水清洗了自己的伤口,将脸上沾着的泥土弄干净,随后漱了漱口。然后,他用连自己都感到惊讶的轻快步伐,从一块岩石跳到下一块岩石,大踏步地往前走去。

3

池泽正在被注视。成百上千道视线像箭一样射到他身上，连肌肤似乎都有了感觉。那眼神中没有好奇，没有敌意，也没有嘲弄。无论是多么负面的情绪，他都可以接受，至少那是简单易懂的情感。可现在这目光却让人琢磨不透，只是紧紧盯着他。池泽完全不知道自己该做出怎样的姿态来应对它，不知道是应该低垂着头，还是应该回头去看，又或者应该若无其事。原本已经走习惯了的山路，今天变得就跟第一次走似的那样漫长。

池泽只好无奈地将GPS掏出来，研究一下接下来他应该选择哪条道。

根据萤女的话，她登上了武持山的山顶，不知不觉偏离了登山道，于是在山脊漫无目的地走。她想找一处视线好的场所，谁知却在森林里迷了路。从地图上来看，她当时所在的山脊是确定的。那道山脊弯弯曲曲地向南延伸，从纬度上看，刚好在熊之田洼的北边同另一道山脊相连。从那里可以一直走到谷底。

池泽想到了两条路可以走：一条路是直接从熊之田洼向鬼首坡的方向下山，在昨天安装过电极的地方沿着直线组合所显示的方向，一直走到山谷里去；另一条路是从熊之田洼开始就不走登山道了，而是直接走到山谷下面，也就是沿着山谷南下，一直走到与直线组合的延长线相交。不管走哪条路，与熊之田洼的距离都是一公里左右。

选择第一条路的话，有一半都是登步道，比较好走，应该会更快到达目的地吧。可是，假如直线组合的延长线并不是如他设想的那样在山谷里面呈直线延伸的话，那么他就只能沿着山谷上上下下地找。第二条路线的话，因为考虑到了延长线的方向可能会在南北方向上多多少少有些出入，所以只能一开始便下到谷底寻找。从结果上来看，或许这样走更有效率。真是一个两难的选择啊。

池泽犹豫着登上了山谷旁的登山道。树林渐渐地被他甩在了身后。在脚下堆得厚厚的枯叶当中，他竟然发现了厚朴树的巨大树叶，最大的叶子长度有三十厘米，宽度也在十五厘米之上。孩提时代，池泽他们曾经用这种树叶做成简易面具玩儿。秋天的落叶经过漫长的冬季，还有一些留了下来，没有被完全分解。不过，已经找不到毫发无损的叶片了，叶面上都是大大小小的洞，有的洞刚好形成了眼睛、鼻子和嘴，看上去似乎在意味深长地笑。一旦形成了这一印象，池泽便觉得地上所有的落叶似乎都在嘲笑他。

池泽经过一片阔叶林，然后从落叶松林里面走了出来。熊之田洼这一带静悄悄的，连一丝风也没有。池泽看了看GPS，似乎还在正常运转。谨慎起见，他又掏出手机来确认了一遍，显示"无信号"。可能跟地电流什么的没有多大关系，因为平时这一带也用不了手机。他又把指南针拿出来，等了半天指针还是在不停地旋转，根本停不下来。出于安全方面的考虑，或许选择第二条路实在是太冒险了。

　　吉峰到底怎么了？假设他是从绿园酒店出发的话，那他肯定是沿着山路往熊之田洼的方向去了。他平时一定没怎么走过山路，更不曾走到密林深处。他若是先下山往鬼手坡方向走，那么就会发现学生们之前装好的测量装置，从那里开始，他应该就不会走山路了。如果他沿着那些装置继续往里走，就可能会比池泽先找到萤女。

　　池泽走向道路旁并排站着两棵巨大山毛榉树的一棵。这是一棵古树，距离地面五米左右的地方有一个树洞。由于覆盖了地衣类的植物，树干上面很不光滑，池泽战战兢兢地伸出手去摸了摸。没有任何反应。不过，当他试着轻轻闭上眼睛，脑海里便倏的一下闪过一道白光。他慌忙将手拿开，向后退去。不可思议的是，就在这个时候，池泽在心里做了决定。尽管没有任何理由，也没有任何根据，但他坚定地选择好了其中一条路线。

　　池泽在古树这里偏离登山道，从堆满落叶的斜坡上像滑雪一样滑下来。如果一直这样滑下去，借着这股势头估计就要由滑变滚了。所以他时不时地用手拉一下长在斜坡上的树，或者从倒在地上的树干上面飞过去，这些动作起到了刹车的效果，帮他控制了速度。这种有节奏的下滑让他觉得心情特别舒畅。在这里生活的日本鹿还有羚羊，是不是也经常这样从山坡上滑下来呢？它们可能会更加轻快一些吧。

　　往下滑了一段之后，坡度变缓了，池泽控制速度，停了下来。他的视线范围里出现了墨竹，不过数量不多。池泽确认了一下GPS上自己的位置。他比自己预计的还要快。这里距离山谷底部大概只有三百米了。他踩在松软的落叶上面，急匆匆地往谷底走去。

　　他往山坡下面走着，忽然觉得肩部周围有一种奇妙的感觉。这种感觉渐渐从背部传向两侧的肋骨。和刚刚走在熊之田洼的山路上遇到那种"视线"时的感觉不大一样。这次更直接,更有实感一些。

又走了两三米之后,他听见墨竹的树叶时不时地发出沙沙的声响。是风在吹吧?也许是小动物在乱跑。

平时,他在山路上散步时也经常会遇到这样的情况。在特别安静,尤其是前后都见不着人影的时候,对于细小的声音就会特别敏感。多半是风吧,他想。要不就是鸟或其他什么小动物,他曾抱着这样的期待打量四周。不管是什么东西,这时候人的心底都会泛起一丝不安和恐惧,并伴随一阵猛烈的心跳。

现在,这种不安和恐惧盖过了对看到什么小动物的期待心情。但如果既不是风,也不是鸟或者其他小动物呢?这种想法突然闪过他的大脑。他认为自己的预感很可能是正确的。

不过,究竟会是什么呢?

忽然,他右手边的墨竹林里面跳出来一个小小的身影。它从池泽面前的枯叶上面跳过,一溜烟地钻进了左手边的竹林里面。动作实在是太快了,池泽完全没有看清楚它的样子。体积貌似和黄鼠狼差不多。形状和颜色也相似。有可能是貂,和黄鼠狼同属一个科。

根据经验,黄鼠狼通常是在居民区附近或者是平原的河床一带活动,还从来没有像这样在大山深处撞见过呢。相比之下,貂更多的时候是在丛林里出没,所以说刚刚那身影更有可能是貂。不过,它似乎又比貂稍微大了一点。另外,这两种动物都是夜间活动的。这要是搁在平时,到底是黄鼠狼还是貂,他肯定会毫不犹豫地就下结论。

可是,他总觉得有些不对劲。那东西既不是黄鼠狼,也不是貂,甚至连动物都不是。只是形体上相似而已,本质上完全不同。所以,你要问他究竟是什么,他也不知道。

这一带的参天古树相当多,大部分都是山毛榉。和登山道附近的林子相比,这一带的古树树干几乎都粗了一圈,生长得也更密一些。从规模上看,能够与之比肩的树林几乎没有。在池泽看到过的景色当中,恐怕只有被指定为世界遗产,位于日本东北的山毛榉原始森林可以与它相媲美了吧。

每经过一棵古树,池泽就会觉得自己似乎又变小了一些。要是就这样继续变小,渐渐变得和猴子一样大,和黄鼠狼一样大,和貂一样大,最后变得和老鼠一样大,就可以在墨竹之间跳来跳去了。这片树林给他的存在感实在是太强烈了。每一棵树看上去都是那么地庄严肃穆,而这些树并不是简单地聚集在一起而已。它们更像是一个紧密联合在一起的整体。或许,作为个体的每棵树不会使用主语,而作为生物电位的整体,这些树恐怕会说"我"如何如何。

时不时地,会看见年老的大树因体力耗尽而最终倒地。这时,头上的空间就会突然变开阔,原本被密密麻麻的枝叶遮挡住的天空也会露出一角来。而森林的泥土中,榉树种子自由生长出的新芽也悄悄探出了头。在数万年的漫长岁月里,森林就是这样世世代代繁衍生息下来的吧。与此同时,树木与树木之间又是如何获取、交换并存储信息的呢?想着想着,池泽的思绪就渐渐飘远了。在伟大的森林面前,自己可以说就像老鼠一样渺小。

什么东西的影子从池泽头顶上方飞过,停靠在池泽眼前的一株野樱花树上。随后,它又轻快地蹿上树梢,跳到另一棵树上。这一次它停留的时间比上一次长,池泽终于看清楚了。

总体上来讲,体型依旧是和黄鼠狼、貂差不多,脸看起来和狐狸一模一样。要说有什么特殊的地方,就是它有两条长长的、蓬松的大尾巴。这不就是传说中的双尾兽吗?

不过,池泽心里并没有"啊,原来双尾兽真的存在啊"的感觉。总觉得这动物缺乏存在感。而它的身影一旦消失,池泽甚至开始怀疑自己有没有真的见过它。而它的身影似乎也有些蹊跷,没有细节,反而更像是漫画。仿佛自己在想象中勾画过的双尾兽直接从脑子里跑了出来。实际上,可能真的如此。会不会是从前某个在森林里迷路的人关于双尾兽的记忆被森林唤醒了呢?

是澄子的记忆吧?

假如真是这样的话,会不会是黄鼠狼之类的妖怪在带他去萤女所在的地方呢?

池泽想起澄子描述过的双尾兽。放在已经过世的母亲枕头下面的那幅画……形态上几乎一模一样,但是池泽记得,澄子用金色铅笔把它整个涂成了金黄色。

正想着,樱花枝头又闪现出妖怪的身影。刚刚看到的明明是茶褐色,这次一看,竟然毛发都变成了金黄色,体积也比刚刚看到的小了一圈。这么看来,与其说是黄鼠狼,不如说是白鼬。

池泽忍不住笑了笑。没错。你肯定就是双尾兽了,澄子的小跟班。

"她在哪里?快带我去——"

听到有人说话的声音,双尾兽像是突然受到了惊吓一般,转身跳上枝头,随后又蹦到了另一棵树上。池泽连忙拔腿追了上去。

在这片幽暗的林子里面,除了双尾兽之外,一定还有不少其他妖魔鬼怪横行吧。有的怪物在远方哼哼唧唧,有的怪物突然在他耳畔咯咯发笑,还有的怪物躲在老树的树洞里面,睁着眼睛偷偷看他,还有的像雾一样飘浮在空中,轻轻拂过他的脸,如此这般,数不胜数。不过,似乎都没有什么危害。

一旦整个身心都沉浸到森林里面,之前那些恐惧和不安便会渐渐麻木。他越走越从容,甚至开始期待接下来会出现什么怪物,又会怎样来吓唬他。

或许,这些怪物都是某人记忆当中的碎片,又或许是这片森林所接收到的信息的一部分。这些现象之所以看上去那么不可思议,也许是因为池泽缺少可以正确解释它们的知识、经验、感受力或者是想象力。就好比在听到自己完全不懂的外语时,会觉得有些语言听上去像是自己母国的奇怪言语。

也许,这其中还有文化背景的原因,所以他会把双尾兽看作是双尾兽。换句话说,正是因为池泽自己心中已然住着一只双尾兽,所以他才能够将森林传递给他的信息解读成双尾兽。

在川流不息的妖怪当中,双尾兽时不时会露一面,引着池泽往森林深处走。途中,池泽确认过一次 GPS,但 GPS 貌似已经不管用了,池泽索性也就不再看它了。并不是信号不好,而是液晶显示屏竟然变成了一张人类的嘴,说着莫名其妙的话。也就是说,问题其实在池泽这里。

而池泽完全没有感到不安。周遭的情况就跟噩梦一样,而他竟然可以如此冷静,实在是不可思议。可能是因为从小就跟他熟识的双尾兽在暗中守护着他吧。此时此刻的池泽,有点儿像一个梦游病患者,被引领着轻飘飘地移动着脚步。

森林里面树木的品种又有了一些变化。山毛榉和日本蓝桦树渐渐变少了,枫树和赤杨树多了起来。这说明附近有溪流。

不知道从什么时候开始,已经见不着双尾兽的身影了。而刚刚那些热闹非凡、不停作怪的妖怪似乎也偃旗息鼓了。

池泽充满狐疑地继续在平缓的斜坡上面前行。果然,没有几分钟,宽约一米的山涧出现在了池泽眼前。清澈的溪水在岩石之间的隙缝中潺潺流过。池泽蹲在溪边,伸出一只手掬了一捧,含在嘴里,竟然微微有些回甜。被水沾湿的手背,能感觉到一股冰凉的空气从上游飘过来。

为搞清楚状况,他又看了一眼GPS,之前说着莫名其妙的话语的那张嘴已经不见了。液晶显示屏若无其事地显示着池泽现在的位置。他比自己预想中更加接近下游。与直线组合的延长线相交汇的那个点,大概在五百米之外。慢慢走过去的话,也就二三十分钟吧。

池泽站了起来,开始顺着溪流的下游往南走。可是他刚走了不到十步,便停了下来,一动不动地呆呆盯住右手边泥泞的土地。

上面有一串刚刚踩上去的脚印。

乍一看,像是小孩子光脚踩上去似的。不过,他很快就明白并不是这样。首先,那是形状各异的两种脚印:小一点的有五根指头,几乎排成一列;大一点的没有大拇指,而第二根指头十分突出。这两种脚印在指头前端都有一道沟一样的刻痕。这只可能是爪子留下的痕迹。在这一带,能够留下这种脚印的,除了黑熊就没有别的动物了。

终于,池泽踏进了山神的领土。他意识到这一点之后,环顾了一下周遭的景色,一棵树皮被剥掉的山毛榉映入了他的眼帘。树干上面还残留着深深的爪痕。这毫无疑问是黑熊的杰作。有可能是剥掉树皮做食物,或者是磨爪子,或者是宣誓主权。而此时此刻的池泽认为，黑熊很明显是在给自己传递某种信息。

　　刚刚不知隐藏到哪儿去了的恐惧和不安又一点点地溜回来了。他有点儿想把平时就装在帆布包里面的避熊铃拿出来，考虑了一下之后还是放弃了。它应该还不知道自己在这里吧。现在要是把铃摇响的话，不就正好通知山神自己在这里了吗？

　　对了，对方并不是熊，而是山神。

　　池泽突然想通了这一带将黑熊奉为山神的理由。从刚刚自己走过的那片榉树林开始，一直到目前所处的位置，应该可以算作是这片森林的核心地带了吧。通过这些巨树、古树所形成的网络，几千年乃至几万年的时间里积累下来的信息，或者可以被称为"智慧"的东西，应该正在影响整个森林。

　　而这里就是整个网络的中心地带。用互联网来打比方的话，这里就相当于是网络运行中心；用大脑来打比方的话，这里就相当于是丘脑——如果这里受到了破坏，就有可能引发整个森林网络的致命问题。

　　而作为山神的黑熊，不就是将这个核心地带当作自己的领土一样在守护吗？至少对于人类而言，黑熊是一种不那么好靠近的动物。

　　池泽格外小心地注视着前方。确认前方没有任何在动的东西之后，他才小心翼翼地继续顺着山涧的下游往前走去。

4

过了大鸦桥，再往前开了一会儿，剪场将小货车停了下来。
他将发动机熄灭后下了车，山谷里和往常一样回荡着溪流哗啦
哗啦的声音。他一边侧耳倾听，一边凝望着耸立在林间小道另
一侧的崖壁。不过，他并没有听见任何可疑的声响。他从工作
服口袋里取出军用手套戴上，一步一步往崖壁靠近。

眼前的崖壁上，有一条大约一两米宽的缝隙。往里走的话，
缝隙还要更宽一些。崖壁虽然有些倾斜，但还是能登上去，搭脚
的地方也挺多的。崖壁上面不断有水流下来，虽然称不上瀑布，
但是到处都很滑。剪场一边小心翼翼地确认着脚下的情况，一
边向崖壁上面攀登。

一两分钟之后，他渐渐习惯了，开始往顶上攀去。坡度慢慢
变缓，剪场几乎是从一块岩石跳到了另一块岩石上面。呼吸的
节奏几乎丝毫未乱。终于，缝隙没有了，剪场在差不多已经是平
地的地方停了下来。

周围全部是人工种植的柳杉。仔细辨认的话，可以看见树
木之间有踩过的痕迹。若是顺着这些脚印走下去的话，感觉又
会回到大鸦桥。果然，他试着走了两三分钟以后，似乎又听到了

溪流哗啦啦的声音。可能他现在刚好就在大鸦桥通往夫妇岭的林间小道上方。那个叫橘香奈惠的学生听见的孩子们的声音，应该就是从这里传过去的。

剪场小心翼翼地环视着树林，继续往林子深处前进。人工林渐渐没有了，足迹又踏入一片杂木林当中。不一会儿，一棵树干粗壮的栗子树出现在眼前，在树根处有一座用石块垒砌的祠堂。这块空地成扇形，半径有一米左右。周围完全看不见人影。而剪场依旧没有听见孩子们的声音。

剪场正对着祠堂，一动不动地俯视着它。竹本家的一家之主进山之后，世世代代参拜的应该就是这座祠堂吧。根据澄子父亲的日记推测，肯定就是这里了。

剪场蹲下来想往里面探个究竟，但格子门关得紧紧的。这里面应该供奉着畠山重忠的胡须吧。可是里面太暗了，什么都看不见。

"要是孩子们真的在的话，那么应该就是这里了……"剪场自言自语道。对于在橘香奈惠面前拍着胸脯做的保证，他开始后悔了。可是，他也不可能把她拖着一起过来啊。

突然，从他的后背一直到脖颈起了一层鸡皮疙瘩。

他睁大眼睛，打了一个激灵，慢慢把头抬了起来。他的身体变僵硬了，脸颊和额头觉得凉飕飕的，似乎有汗水渗了出来。

有谁站在他身后。尽管他背后并没有长眼睛，可是他对这一点却深信不疑。有一种不容忽视的存在感重重地压在他的后背上。剪场试图与这股重压抗衡，缓缓地站了起来。

他将双腿渐渐伸直，迅速地回头一看。

一位身穿盔甲的武士站在那里。

此人身高与剪场差不多，但体格比他魁梧。他的站姿看上去无比威严，原因就在于他有着宽阔的肩膀和厚实的胸膛。这名勇士若是策马越过了鹎越①的山崖来到此地的话，那必然是大力士，自然拥有让人佩服的健硕体格。想到这里，剪场不由自主地向后退了两三步。

这位武士的打扮绝对谈不上华丽，但那连缀铠甲的红色皮绳和蓝色织锦做成的武士礼服还是相当吸引眼球的。除此之外，颜色还是以沉重的黑色为主。浑身上下除了实战所需的用具，没有任何多余的东西。

剪场站着不动，与武士对视了一会儿。可是，武士头盔的投影挡住了他的脸部，以至于剪场完全辨认不出他的模样。武士的下巴周围有什么软软的东西在飘，应该是髯须吧。

难道此人是重忠吗？

剪场突然想起了什么似的，差点儿让自己的疑问脱口而出。武士突然转过身，背对剪场，随后向林子深处走去。

咔嚓……咔嚓……

好像是佩刀撞在铠甲上面发出的声响。

剪场呆呆地目送他的背影。武士突然停下脚步，做出一副要回头的样子，随后又继续往前走去，看样子像是在催促剪场快点跟上他的脚步。剪场迟疑了一瞬，最终还是迈开步子跟在了他身后。

尽管身上的装备看上去很重，武士的步伐却是出人意料地轻巧。他并没有绕开密密麻麻的树林，而是径直向前走。剪场几乎是一路小跑着跟在他身后。就这样大概追了一百米，武士突然不见了。剪场慌忙地四下张望，可是四处都没有他的踪影。

此时一阵声音传来。孩子们的声音。

①神户市区向西翻过六甲山地后通往北方的山路，因源义经的奇袭而出名。

　　他环顾四周,发现附近有一块巨大的岩石。声音好像就是从那里传过来的。剪场钻过树与树之间的缝隙,朝岩石跑了过去。那是一块巨大的岩石,看体积得有汽车的拖车或者公共汽车那么大。底部被深深地挖走了一块,形成了一个天然的洞穴。他弯下腰往里面窥探,挤靠在一起的孩子们的身影映入他的眼帘。

　　他试着数了数,一共九人。年龄从四五岁一直到七八岁都有。两三个人在抽泣,其余的似乎刚刚醒过来,看上去有些蒙。

　　"你们都没事吧?"剪场提高了嗓门问道,脸上笑得有些不太自然,"叔叔叫剪场,在山脚下开了一家民宿。你们不要害怕哟。"

　　洞穴里光线很暗,看得不是很清楚,孩子们满身都是泥,似乎是昨晚冒着大雨,从森林里面走过来的,衣服和头发都湿乎乎的。如果不是躲在这块岩石下面的话,恐怕早就冻坏了吧。

　　"大家都出来吧。和叔叔一起回家好吗?"

　　剪场向他们招了招手。最前面的女孩子一脸狐疑地看着他。

　　"叔叔,你是那个穿着铠甲的叔叔吗?"女孩问道。

　　"什么? 不是,不是的。那个穿铠甲的叔叔已经不知道跑哪里去了。"

　　"噢……"

　　"你叫什么名字呢?"

　　"日奈子……小菅日奈子。"

　　"你叫日奈子啊。是那个穿着铠甲的叔叔带你到这里来的吗?"女孩点了点头。

　　"你是从哪里过来的?"

"绿园。"

"绿园!"剪场不由自主地提高了嗓门,"那么这里所有的人一直都在一起吗?"

女孩摇摇头,"小良一直和我在一起,其他孩子不是。"

"不过,你们应该是在绿园酒店里面集合的吧?"

"嗯。"

剪场脑海里浮现出穿铠甲的武士带着孩子们在深夜的森林里面走路的情形。显然,他们遇见天狗了,也就是传说中的天狗隐。可是,为什么天狗只把这些年幼的孩子带到这里来了呢?

要发生地震了。

学生们是这么说的。他们还说,地震有可能破坏整个绿园酒店。如果这是真的,那么……把孩子们带到这里来,应该是山神在大发慈悲吧。

且听顽童之声

或然吾身亦动乎

让橘香奈惠听见这首歌谣的,只有可能是畠山重忠了。他除了骁勇善战之外,还是出了名的人格高尚。不管他对敌人恨得多么咬牙切齿,都不会伤及无辜,比如说像这样年幼的孩童。

"你爸爸和妈妈,他们怎么样了?"剪场问道,他第一次看见这个女孩露出一丝不安的神色。

"不知道……我必须回家。"

其他几个发着呆的孩子有些不太舒服地活动着身体。

"是啊。来,跟叔叔走吧。我让你们的爸爸妈妈来接你们。"

女孩子点了点头,从岩石下面钻了出来。其他孩子也跟在后面一个接一个地钻了出来。

"变成墓所!"突然,最小的男孩精神抖擞地大喊了一声。

"这就是我弟弟小良。"叫日奈子的女孩伸手指了指。

"他说什么?"

"变成墓所。"

剪场皱着眉头,女孩向他解释道:"穿铠甲的叔叔是这么说的。"

"变成……什么?"

"啊,我明白了,墓——所——就是坟墓的意思啊。"剪场自言自语地说道,"就是说,会变成坟墓啊……"

——这又是什么意思啊?

穿铠甲的武士走起路来发出的咔嚓咔嚓的声音,此刻又回响在他的脑海里。他的心情再次变得沉重了。

沿着与林间小道平行的山涧大概走了十分钟,来到水泥堤坝前面。堤坝上架了一座仅容一名成人通过的窄桥。也就是说,林间小道此时已经走到了尽头。

南方站在山涧中央,抬头望了望天空。空中没有角鹰的身影。不过,它们的视力可比人类强太多了。说不定,此时此刻正躲在某个地方远远地窥视着自己呢。不管怎样,南方想要前行的话,不从桥上走比较安全。

走到桥下一看,他发现两侧都是水泥修筑的护岸。想要从这里攀登上去似乎更艰难,南方又回到先前的地方,准备从有泥土露出来的斜坡处着手攀登。他抓着草茎和树根,艰难地向上攀爬了四五米,然后拨开草丛,总算是来到了桥的另一端。脚下刚好就是登山道,穿过树林继续往山里面延伸而去。沥青路面的林间小道先是变宽,然后就突然中断了。

南方掸着身上沾的泥土,再一次望向空中。天空中的云层虽然很厚,但依旧能感受到阳光穿过云层射下来。他环顾四周,没有发现有角鹰会俯冲下来袭击他的迹象。南方长长地松了一口气,背对着桥往大山里面走去。

谁知道,天狗又为他准备好了另一道难题。

在幽暗潮湿的杉树林里面穿行时,南方突然产生了一种不祥的预感,于是他停了下来。到处是石块的山路宽约一米,坡度也并没有那么陡。这要是在平时,他完全可以一边吹着口哨一边轻松自如地往上攀登。可是现在,他觉得似乎在十米开外的暗处,有什么东西在蠢蠢欲动。他眯缝着眼睛,一步一步地向前靠近。

"果然……"南方在嘴里念叨着。

山路上面到处是起伏的波浪。一大群蛇正在缓缓地蠕动。身长大约从五十厘米到七十厘米。是小型蛇,身上有硬币形状的花纹,看上去似乎有剧毒。显然这是群日本蝮蛇。

"希望你们放过我呀……"南方在嘴里嘟哝道。

蝮蛇原本是比较老实的动物,不会主动袭击人类。不过,就像刚才角鹰一样,在这座仿佛被施了魔法的森林里面,许多现象已经无法用常识来判断了。关于这一点,南方已经深深地领教过。

被一条蝮蛇咬过的话,恐怕不至于死。可是这么多条蛇一起上的话,后果就无法预料了。左右两侧都是广阔的树林,走路是一点儿问题也没有的。可是,山路上已经出现这么多条蝮蛇,谁能保证树林里面就一条也没有呢?况且,树林里面枯枝落叶在地上铺了厚厚的一层,还杂草丛生,相比外面更难发现蝮蛇的身影，因此也更加危险。当然，除了从这里走过去之外，没有别的办法可以绕过这里。

"看来只能硬着头皮往前走了……"

南方稍稍往后退了两步，小心翼翼地观察着山路两侧。路边似乎并没有发现蝮蛇的身影。于是他稍稍往林子里面走了走，将落在地上的杉树和扁柏树的树枝收集起来，从里面挑了一些带着树叶、比较干燥的枝丫，随后又剥了一些树皮下来，将这堆树枝、树皮集中捆在一起，拿出打火机点上了火。

虽说不像火柴那么好使，但杉树和扁柏树都属于易燃木材，很早以前就经常被用作火把。而扁柏树的日语单词从语源上来讲本身就有"火之木"的意思，少许扁柏木加上精油就能做成点火台或者引火棒。话虽如此，由于树枝里面残留了一些水分，所以并不如想象的那样好点火。反而树叶更容易被点燃，一会儿便冒出了白烟。而最重要的枝干和树皮部分却怎么也点不着火。好不容易他才点燃了六把小火炬，两只手各拿三支。

蝮蛇依旧盘踞在山路上。可以说，它们有四只眼睛——两只普通眼睛，还有两只被称为"颊窝"，是一种红外线接收器。一般来讲，蛇的视力并不是很好，当然更没有所谓的立体视觉了。但"颊窝"是一种高度成熟的热传感器，可以通过红外线看见物体。

这两个"颊窝"并列于眼睛与鼻子之间靠前侧的位置，刚好形成立体的视角。因此，即使是在夜间，蛇也有捕获猎物的能力。那么在白天，蛇又是怎样捕获猎物的呢？相比起它那并不太好使的眼睛，它应该是通过灵敏的传感器感知猎物的体温，从而推断与猎物之间的距离，再将猎物捕获的吧。南方决定利用它这个特点，反其道而行之。

也不知道是幸运还是不幸,南方的双脚已经被山涧里的水完全打湿了,冰凉冰凉的,似乎一点儿温度也没有了。另外,他举着火把的样子,看上去也不太像是生物吧,尽管这火把仅仅是冒着烟。

南方将火把高举在身子前方,一点点地靠近毒蛇。有几条蛇很快就有了反应,不出意料,它们簌簌地向火把所指的方向爬了过去。就这样,南方渐渐引开了一小批毒蛇。他踩着道路中间毒蛇腾出来的空隙小心翼翼地往前走了一段,将手中的一支火把往身后扔去。毒蛇一起往火把那里聚集,跟火把扭打撕扯,乱做一团。这样一来,他也就不用担心毒蛇会从后面偷袭他了。

即使接下来的事情按照他的预期发展,在毒蛇当中穿行也绝对不是一件让人开心的事情。四面八方都是把嘴张开到一百八十度、龇着牙的蝮蛇,南方一秒钟的走神也不敢有。他抬着头,目不转睛地盯着前行的方向,一点儿也不轻松。因为一直是弯着腰在前行,不一会儿他便感到腰酸背痛了。到底这群毒蛇会一直跟到哪里呢?他开始担心,如果火把都用完了他还没有突出毒蛇的重围,又该怎么办?

不过,说到底毒蛇不可能永无止境没完没了地出现,就算还会有毒蛇从远处源源不断地过来,移动也是需要花时间的。自己总会突破毒蛇的重围的。忍着腰痛继续往前走,南方觉得眼前似乎出现了希望之光。毒蛇的密度在逐渐降低,之前一分钟也前行不了几米,现在每分钟可以往前走十米以上了。还剩下两支火把,照目前的情形来看,应该可以……脸上和头上都开始冒汗了,南方加快步伐往前走去。

蝮蛇的密度已经到了每一米大概一条蛇,基本上可以开始跑了,不过最容易疏忽大意的时候也到了。神经几乎紧绷到了极限。

突然传来一阵拍打翅膀的声音，似乎还有什么扑到了他的脸上。一次，两次，三次，不断向他脸部袭击。南方一边用胳膊挡住脸，一边抬头向天空望去，停下了脚步。可是，同时做出这三个动作让他重心不稳，脚下被一个小石块绊了一下，整个人仰面朝天地摔了出去。

倒地的一瞬间，他看见有几只松鸦向树上飞去。肩膀受到地面的冲击，一阵剧痛传遍全身，他吸了口气，突然感到右手腕下面传来一阵火辣辣的疼。他慌慌张张地正想要从地上爬起来，才发现自己偏偏坐在了一条蝮蛇的尾巴上。狂怒的蝮蛇大张着嘴，龇着三角形的牙齿，扭动着身躯准备向南方发起第二轮攻击。

南方立刻转身试图躲避，可惜慢了一步，大腿再次遭受到雷击一般的感觉。他挣扎着想站起来，发现眼前还有一条蝮蛇咧开大嘴，吐着长长的舌头。他猛地伸出火把，想把毒蛇引开，但是毒蛇始终盯着另一个同样温暖并且更大的目标，那就是南方的脸。

南方盯着蝮蛇那像猫眼一样、被拉长的眼睛看了看，然后慢慢地站了起来。就这个节骨眼儿上，蝮蛇忽然跳起来，向南方发起突袭。说时迟那时快，南方一把抓住它的脖颈，然后将它整个儿扔进了旁边的草丛里。这样敏捷的行动力，应该是蝮蛇始料未及的吧。

已经陷入混乱的南方，忍住手腕和大腿上的剧痛，拼命地往前跑，甚至都顾不上看自己的脚下了。他将最后一支火把朝自己身后扔去，然后朝没有蝮蛇的地方跑去。途中，腿肚子附近又感到一阵剧痛。尽管如此，他也没有回头。

——我已经厌烦了。它要咬，就让它咬吧。

他在心里这样想着，可仍旧咬紧牙关，以向前俯冲的姿势拼命奔跑。坡度有些陡，空气也变得黏糊糊的，似乎有一只无形的手在阻挠他前进。时间缓缓流淌着。

南方知道自己应该已经把毒蛇甩在身后了。他停下来，双手扶住膝盖，大口大口地喘着气。可他回头一看，也不过只跑出五十米左右而已。被毒蛇咬过的地方火辣辣地疼。他看看手腕，上面赫然留着两个牙印，早已发红发烫。

糟糕！这样下去，蛇毒会传遍他的全身吗？

他知道，被蝮蛇只咬上一口，应该是没什么大碍的。可是他被咬了三处啊。被蝮蛇这么咬过之后，身体究竟会受到什么样的损害，他全然不知。有可能会搭上性命吗？

幽暗的林子里，忽然闪过一道白光。又出现天电现象了。南方被吓得身子一颤，挺了挺上身。汗水从鼻翼和耳后流了下来。他用手背擦了擦汗水，再次沿着山道缓缓攀登。

大约过了二三十分钟，被蝮蛇咬过的地方已经肿起来了。他只看了看手腕上面的伤口，但大腿上的伤应该也是一样的。一阵阵刺痛传来，每走一步都特别费劲。腿肚子上面的伤虽然肿得不是很厉害，但依旧很痛。另一方面，越接近夫妇岭的顶峰，山路就变得越险峻。换作平时，再爬个十分钟应该就到达山顶了。可是在目前这种状态下，他估计还得花上两倍的时间才能登顶。

不知为何，他只觉得眼睛周围发热，浑身发冷。这个也是蛇毒的影响吧。脚步也变得沉重了。走了大约二三十步之后，他开始发抖，上气不接下气，身体状况越来越差。

尽管如此，南方还是坚持匍匐在山路上继续前进。在他内心深处，还有另一个享受目前这种状况的南方。这个南方并不讨厌壮烈的战斗，尤其是在与天狗对决的时候。尽管他知道最后自己能取胜的概率很小，但那种不拼到最后一刻决不认输的精气神，他还是有的。

随着海拔越来越高，树林的修整状况越来越不好，树枝没有修剪过，也没有进行过疏伐，林子里面越来越暗。倒掉的树木就横在林子里，上面爬满了苔藓。除了蛇毒，南方还觉得胸口似乎蔓延着一种说不清道不明的郁闷、不爽的感觉。他顾不了那么多，一门心思地往山顶登去，大脑里一片空白。

山坡右手边的上方，出现了枫树和栎树等原始森林的身影。柔软的绿叶随风摇摆，似乎在向南方招手，鼓励他继续向前。左手边虽然还是人工林，但似乎渐渐要被原始森林包围了。

南方的嘴边浮起一丝浅浅的笑容。马上就要到达夫妇岭的山顶了。到了山顶之后，就不需要再登山了，走个五分钟左右便是绿园酒店内修滑雪场的工地。已经筋疲力尽、几乎是在地上拖行的双腿，似乎又有了一丝力量。他努力克制住想要停下来的欲望，一口气登了上去。

终于看见写着"夫妇岭山顶"这几个字的路牌了。

幽静昏暗的树林里面，再次出现了天电现象。白光连续闪现了三回。原本集中注意力在登山的南方，几乎是条件反射般向林子深处看过去。只见白色的影子晃了一下，应该只是白光的余像吧。南方眯缝着眼睛，停了下来。不对，不是余像。

好像有什么人在那里。

人影渐渐清晰起来。他从荒无人烟的树林深处，缓缓地向南方这里靠过来。树墩子和被砍倒的树干散落在林子里，但那个人似乎全然不顾脚下，也完全没有被羁绊的样子，就这么平平静静地朝南方走过来。更加让人惊讶的是这个人的装束。

他穿着铠甲,戴着头盔,似乎是镰仓幕府或者是战国时代的打扮。佩刀不知道和什么地方碰撞着,每走一步就发出咔嚓咔嚓的声音。

南方惊讶得合不拢嘴,呆呆地看了一会儿。谁知,身穿铠甲的人物从林子里面走出来以后,在距离南方只有两三米的地方停住了。冷不丁的,南方后背打了个寒战。

他想起了以前从池泽那里听说的事情。这一带好像是某位活跃在镰仓幕府时代的武将,叫畠山什么的人的故乡。而且,跟历史记载的史实有些不符的是,据说此人最后是在石那村丧命的。是一个卷入了阴谋、不幸死于非命的人物吧。

另外,夫妇岭这个名字的由来也跟这位武将有关。相传每当这位武将要火速奔到镰仓幕府时,他的夫人必定会将他送到此地,因此这里后来被人称为"夫妇岭"。这些故事到底真假几何,已经无法考证了,但它们在石那村以及旁边的武光镇广为流传。作为这片土地上的英雄,武将的存在感已经渗透到这片森林和这座大山的每一寸土地。这并不是一个比喻,很可能在漫长的岁月里,人们将关于武将的各种认识或是印象不断地植入森林网络里并储存下来。

穿着铠甲的武士将佩在腰间的刀握在手里,明晃晃的刀刃从刀鞘里静静地抽出来。头盔的阴影刚好投影在他脸上,南方看不清他的脸部表情。

这是在开玩笑吧。是某个头脑不正常的男人刚好游荡到了此处?

要不,还有比这更合理的解释?

如果这是这片森林关于畠山某某人的印象,那又为什么会出现在自己眼前呢？还有，当他把那明晃晃的刀挥向自己的时候，会发什么事情？还是说，什么事情都不会发生呢？

各种各样的疑问在南方脑子里翻滚，搞得他几乎快要不能思考了。可是，身体上的反应却变得更加迅速而直接。当武将把刀挥起来的那一瞬，南方几乎是同时往后面退了好几步。这是绝对正确的反应。在搞不清楚发起进攻的对手究竟是现实还是幻觉的情况下，先把它当作是现实来对待会比较安全。不过，后退之后又该怎么办，南方束手无策了。

武将举着刀，一步一步向南方逼近。不管他是不是幻影，很明显他全身上上下下都透着一股杀气。南方一面往身后退去，一面登上斜坡，经过写着"夫妇岭山顶"的路牌。如果说被角鹰或者蝮蛇袭击相当不合常理的话，那么被镰仓时代的武将用刀砍死简直就是荒谬绝伦，但南方并不相信自己被砍了以后会平安无事。他一面回避着武将的眼神，一面绕到路牌的后面。

"你到底是谁？"

虽然他并不期待对方会有任何回答，但他又不得不这么问一句。两人以路牌为中心，缓缓地画着弧形。

"你是那个叫畠山的人吗？"

脱口而出的问题相当愚蠢。武将当然沉默不语。

"我只是想让绿园酒店的那些人避难而已。我并不是有意阻止你们的。我根本不想阻止你们。那里的设施被破坏了也无所谓，但是没有必要连同那些人的性命也一起夺走吧？"南方虽然觉得说这些话可能没用，但还是继续说道，"我求你了，放我走吧。像我这样一个手无寸铁的人，对你们也构不成什么威胁。你们可是天狗，是神啊！"

突然，他听到一阵声音。虽然看上去武将并没有开口说话，可是声音明明白白是冲着南方传过来的。

"变成墓所。"

好像是这么一句话。意思却不太明白。要成为坟墓吗？要把哪里变成……难道是绿园？

还是说，要在某处给自己修一座坟墓？

南方在心里暗暗尖叫了一声。

不对。天狗想做的是把整个绿园酒店都毁掉，包括其中的人类。墓地虽然被看作是神圣之所，但在通常意义上也被人忌讳。如果某个地方曾经活埋了很多人的话，那么将来谁也不会愿意靠近这个地方，更加不会有人想在上面修建度假村了。这就是他们的目的。

也就是说，事到如今，想要劝阻他们已经无济于事了。

南方绕着路牌走，眼角余光拼命寻找可以逃命的地方。山顶上面的路线是个有些倾斜的"十"字形。往北是去武光镇的方向，往南是中乡，两边正好对着。往东走可以到大川岳，而往西走的话，经过绿园的南侧，就会来到武持山和熊之田洼的岔路口。武将出现的那片扁柏树人工林，位于南面山坡的西侧。除了这片人工林，山顶上面几乎全部被原始森林所覆盖。

不管怎样，通过山路逃跑绝对不是上策。还是选择树林里面吧，在林子里面挥刀可不是一件容易的事。他可不想再踏入那片人工林了，于是决定选择原始森林。

就在南方陷入沉思的这会儿工夫，武将突然向他逼近。南方只好猛冲进旁边的人工林。背后传来了空气被劈开的声音。南方一边跑一边回头看，只见枫树树叶和拇指粗的树枝被砍得七零八落，在空中凌乱地飞舞。

"不会吧?!"

南方一边哼唧,一边以"之"字形路线向山坡下面跑去。自己虽然被蛇咬过受了伤,行动起来有些受阻,可是对方穿着铠甲,跑起来应该更加困难吧。然而,武将却身手敏捷地追来了。他们之间的距离一直没法拉开。一旦南方领先多一些,道路前方就会遇上阻碍。也许这些阻碍都是实实在在存在的东西。南方的体力迅速耗尽,终于在一棵巨大的栗子树前被追上了。

这块地方就像是包一样隆起,但地面有一部分是平坦的。栗子树盘根错节,像是要紧紧抓住这个鼓起的包似的。树旁有一座小小的祠堂。南方其实已经来过夫妇岭的山顶好几回了,但是这座祠堂他竟然从来没有注意到过。它隐藏在树林深处,估计很少被人发现吧。

祠堂位于平坦的岩石上,高度大概到膝盖,全部用石块砌成。有一扇小门被涂成了蓝色,里面漆黑一片,什么也看不见。栗子树的根部直径大概有一米,在接近树干的地方分成两股。分叉处的下面是一个巨型的裂口,让人觉得这是一棵年代相当悠久的老树。

刀锋逼近南方眼前。南方试着在衣兜里找点儿什么可以抵挡的东西,他摸到的除了手机就是打火机。要不先把手机拿出来吧,把这玩意儿向对方扔过去,也不知道会不会起到什么效果。除此之外,他也没有别的办法了。

南方盯着武士,举着手机的手越过肩膀,慢慢向上抬。

忽然,武将的身影晃了晃,随即开始变淡。他的身影闪了闪,竟然凭空消失了。

"什么?"南方叫道,迅速将视线往左右两边扫去。

可是,周围除了枫树和栎树之外,完全见不着半个人影。身后也只有那棵老树矗立着而已。南方拿着手机的手垂了下来,随后，三四米开外的地方升起一阵烟霭，武将的身影又出现了。

这一次他不再跟南方有任何眼神的交流，而是突然向南方发起了进攻。南方再次举起自己的手机。武将的刀在他头顶上方划出一道银色的弧线。南方闭上了眼睛……可是，什么事情也没有发生。他轻轻睁开眼，武将再一次消失了。

"原来如此……"南方喃喃自语道。自己原来能够看见森林制造出来的武将的影像。这个体系究竟是如何运转的，他并不清楚，不过有一点他敢肯定：武将的影像肯定是通过电场传输的。

由于产生了地电流现象，这一带覆盖了强烈的电场。作为森林网络传播介质的电场原本是很微弱的，只有野生生物还有像池泽那样敏感的人才能感受到。不过今天，森林网络上面的信息通过地电流所产生的电场竟然传递给了像自己这样"迟钝"的人。如果是这样的话，那么屏蔽或者干扰这个电场就可以解决武将的问题了。

手机的周围通常都会有电场存在，所以把手机靠近大脑的位置，就会有干扰出现，从而导致森林的信息无法顺利地传递给南方。

南方将手机放在耳边，稍稍喘了口气。今天必须得好好感谢感谢这件文明的利器，尽管这跟它本来的用途完全不相关……南方脑海里浮现出一个男子在空无一人的森林中死死攥住根本无法拨出电话的手机的样子，那画面一定相当好笑。

终于可以从容地观察四周的情况了。南方回过头去看了看身后的栗子树，然后将目光移向树根附近的那座祠堂。这棵树绝对算得上是老树。在过去，这棵树肯定是人们敬奉的对象。不过，自己为什么会走到这里来呢？是偶然走过来的吗？不对，他觉得自己是被那个武将引过来的。如果刚才自己在这里被武将砍死了话,岂不成了神树面前的祭祀品了吗?

但凡是生长了几百年、几千年的古树,无一例外都有一种让人不敢靠近的庄严感。不过,即便是南方这样迟钝的人,也觉得这棵树有些不一样。它散发着一种气势,准确地说,更像是一种妖气。

南方想起在进行生物电位调查的时候,有的树干怎么也插不进电极。恐怕这棵栗子树就是这样。说实话,南方心里还是有点儿害怕,大脑似乎已经发出了警告。这样的树,在森林网络里面应该占据了相当特殊的地位吧。

如果森林形成的网络是一个超分散网络,那么基本上我们不用刻意去假定这个网络里面会有一个中心存在。不过,在这个网络里面,职责的分配及比重是会有所不同的。举个例子,同样是超分散网络的大脑,为了使脑电波产生节奏,就必须将作为构成要素的神经元同步化。于是,为了让数量众多的神经元按照相同的节奏进行活动,就必须设置一个类似指挥的职位负责整体的节奏感。位于丘脑的非特异性投射系统所发挥的就是这个作用。同样,在这个森林里面,很有可能就是老树承担了非特异性投射系统的工作,负责协调引导其他树木的生物电位呈现出一样的步调。

"老爷子,我差点在你眼皮子底下丧命啊。不过,我还有一口气在呢。"南方开始对着老树说话,"另外,那个镰仓武士的幻影真是让我大开眼界呢。我来这一趟太有意义了!话说回来,你刚刚也太不地道了,救人的性命对你来说不就是举手之劳吗?"

尽管南方知道了手机的威力,但他也不可能一直把手机举在耳边。单手做什么事情都不方便。要不,想个办法把手机绑在头上如何?……如此一来,他看上去恐怕更像疯子了。在空无一人的大山里面还好说,要是以那样的打扮进入绿园度假酒店,恐怕没有一个人会相信自己发出的警告吧。

南方把手机继续保持在头部附近,伸出天线,这样一来,电场应该比之前更强大了。然后他缓缓移动手机,离开头部附近。他将胳膊举到水平状态,武将没有出现。谨慎起见,他稍微等了几分钟。在确认武将的确没有再出现之后,他将手机放进了上衣胸前的口袋。他把手放在胸口附近,以便随时都可以掏出手机,又这样待了几分钟,仍然没有武将的身影。看来,这个办法行得通。

南方登上斜坡,又回到了山路上面。往东边看去,可以远远看见夫妇岭的路牌。他无意中绕了个大圈,但前进的方向还是对的。

被蛇咬过的地方已经变成紫色,肿起老高,疼痛也加剧了。可能跟他刚刚剧烈活动过有关。蛇毒正在一点儿一点儿地扩散到他的全身。他感到浑身发冷,却搞不清楚究竟是气温下降了还是发烧了的缘故。不过,根据常识,应该是后者吧。他有点儿想吐。

"山神大人啊,求你放过我吧。"南方嘟囔道,又拖着腿开始前行。好在绿园度假酒店就在前面不远的地方了。

5

　　吉峰从墨竹中站起身来。他已经记不清这是第几次摔倒了。第十次吧,还是第二十次了……一定又是被地面上蠕动的蛇绊倒的。那些全身被黏液包裹着的、颜色恶心的蛇。吉峰浑身都起了鸡皮疙瘩,神色慌张,像类人猿那样弯着腰,拨开草丛往前走着。

　　沿着这条他遭到野猪袭击差点滚下去的山道往下走,在靠近鬼首坡的地带,他发现了学生们安装的测试装置。从这里往后就是森林深处了,脚下走的几乎已经不能称之为路。吉峰感觉自己仿佛是落入血池的罪人。自己生下来并不是为了到这种地方来的——他内心被这种感觉强烈地冲击着。这一切都是因为那个可恶的女人。必须尽快逃离这个困境。

　　脸上突然一阵冰凉,不知道什么东西啪的一声掉在他脸上。抬头一看,只见墨竹的叶尖上面悬挂着什么东西。那东西竟然是乒乓球大小的眼珠。等他反应过来,周围所有墨竹的叶尖上面好像都悬挂着眼珠,马上就要掉下来似的。这些眼珠突然一起转动方向,齐刷刷地看着吉峰。

　　"啊! 啊!! 啊!!!"

吉峰忍不住发出尖叫,抡起手中的来复枪。有几颗眼珠突然飞出来,落在了他的头上。就像是敲开蛋壳后的生鸡蛋一样,黏糊糊的,也没有固定形状,从他头顶滑到脸上。吉峰拼命挠着头和脖子,一不小心脚下又被绊倒了。

"脏……好脏……好脏……"

他哭着不断重复着这句话。突然,他浑身一震,连忙站了起来。地面上似乎刚刚有一阵高压电流通过。他两只手紧紧地握着来复枪,水平端着,用枪推开墨竹,小心翼翼地继续往前走。他走的每一步都十分艰难,但总比碰到眼珠强。

走了一段之后,墨竹渐渐变得稀疏了,随后他看见一棵大树。树干就像女人的肌肤一般雪白光滑,扭曲着身体矗立在那里。根部像章鱼脚一样纠缠着,盘踞在岩石上,向四面八方延伸。每条树根的最前端是一条裹着黏液的蛇,抬着三角形的脑袋,吐着红色的舌头望着吉峰。而在大树根部,也就是树根分岔的地方,有一个湿答答的女性生殖器。蛇的黏液似乎从那里汩汩地溢了出来。

——是那个女人的生殖器。

吉峰觉得恶心,可与此同时又感到两腿之间开始发热。为了缓解这种心情,他慌忙挠了挠头皮。他端坐在岩石下面,想要平静一下,谁知更加恶心的东西突然闯进了他的视线。

他不敢相信自己的眼睛。他竟然看见了一个巨型人类胎儿。看上去似乎尾巴还没有完全退化,体积跟一只肥猫差不多大。一根头发也没有的头上看得到血管在搏动。眼睛像青蛙一样鼓出来,仔细看看他放在嘴边的手上似乎还长着蹼。皮肤呈半透明状,上面清晰可辨由无数血管织成的网状图案。他坐在枯叶上,就像是一尊佛像似的静坐着。

腹部垂着脐带,弯弯扭扭地与那棵白树的性器官连在一起。

吉峰胃里翻江倒海。他不假思索地端起来复枪,对准胎儿。恨不得立刻将眼前这个怪物轰成粉尘,让它灰飞烟灭。犹豫了一下,他强忍着恶心,将枪口放了下来。不行。只剩下四发子弹了。之前遇到一只巨型蜘蛛,他用掉了第二发子弹。

那只大蜘蛛也是令人毛骨悚然。红黄相间的条形花纹,一看就有剧毒,全身上下被针一样的刚毛所覆盖。八只腿的前端竟然长着像人类一样的手指,像猴子一样抓着树枝,悬挂在树上。体积也和猴子一般大。日本应该是没有这种蜘蛛的。与其说是蜘蛛,不如说是手脚比较多的猴子更恰当。

不管怎样,那蜘蛛不断地从屁股下面吐出黏糊糊的丝,如果那些丝缠绕在吉峰脸上头上,那感觉……他实在是不能再忍受了,没有多想直接对着蜘蛛开了一枪。蜘蛛体内绿色的血液和内脏的碎片喷了出来,有的还飞溅到了吉峰脸上。不过,所幸的是,大蜘蛛当场毙命,全身浸泡在冒着热气、散发着腥臭的血泊当中。软塌塌的肠子也被打了出来,搭在蜘蛛的肩上……

吉峰终于吐了。胃里面几乎没什么东西可吐了,只有些苦涩的液体被挤了出来。他忍不住流下了眼泪。这会儿他终于不想吐了,转而呜咽起来。

胎儿左右摇晃着脑袋,嘴唇边浮现出一丝浅浅的笑容。

"爸——爸——"

那婴儿好像嘴里嘟哝的好像是这个词。

"啊!"

吉峰将猎枪反过来拿着,枪托向上举着。他必须这么干,没有别的办法。他明知道自己这么做肯定会后悔。这就像一个陷阱,可是他已经无法继续忍受下去了,再也无法忍受这种恶心的感觉。除了消灭它之外,他别无他法。

吉峰对着胎儿的头顶将来复枪挥了下去。那感觉像是把来复枪敲在了跑了气的橡皮球上。嘭的一声,光溜溜的脑袋裂开了,黄色的、黏糊糊的东西从里面喷了出来。意料之中的事。果然,他不应该这样做。可是一切都晚了。

黄色的东西一点一点地紧紧附着在吉峰身上,他以为它们会像阿米巴虫一样蠕动,谁知它们开始向四面八方伸展着类似触角的东西,这些触角又分岔出新的枝丫,渐渐在吉峰身上织出一张复杂的网络。网状花纹相互交织、融合,迅速扩展开来。吉峰手忙脚乱地把网撕破、扔掉,谁知道,撕破的地方很快就又复原了。无论他是在落满枯叶的地上打滚,还是在树干上面使劲蹭,都无济于事。就算是暂时将它剥下来,这张网很快便又长好了。

吉峰渐渐放弃了。他喘着粗气,紧紧握着来复枪,缓慢而沉重地向前走去。

"哈哈哈……哈哈哈……"

不合时宜的笑声和喘气声一同从他的喉咙里莫名其妙地发了出来。他眼神空洞,一边的嘴角微微上扬。

小菅心烦意乱地在客厅里来回踱着步。电视遥控器被他攥在手里,时不时地他就要打开电视搜索一遍新闻报道。可是,不管他换到哪个频道,都是千篇一律的八卦综艺。即使偶尔遇到一两个新闻节目,也没有与地方新闻相关的报道。每当这时,小菅总是抱怨几句后便把电视关掉。

虽然头皮上面有的地方依然还有些刺痛,但总体来说他基本缓过劲来了。他不能只是老老实实地待在沙发上休息。尽管他全身疲惫，肩和脖子又酸又痛，亟须休息和睡眠，可他却完全没有困意。

妻子脸色苍白地坐在沙发上。就一个晚上，她看上去似乎老了许多。

小菅走到她身后，两只手放在她肩膀上，说道："你还好吧？"

妻子虚弱地点了点头，"嗯……"

"你到床上去稍微躺一会儿吧？"

"唉，睡不着啊，在知道孩子们的下落之前我根本睡不着。"

意料之中的回答。

"你呢？头还痛吗？"

"嗯，我好多了，头也不晕了。"小菅一边说着一边走开了。他要去看一眼阳光房那边怎么样了。

爱犬依旧是来来回回地跑着，似乎在看着小菅。它好像没什么食欲，早上给它摆的狗粮，几乎原封不动地剩在那里。注意到小菅的目光后，它眼神中露出一丝忧伤，鼻子里面也发出呜呜的声音。

"你也担心日奈子他们吧？"小菅对它说，"还是有别的心事？"

金毛望着阳台的方向，浑身微微地战抖着。

回到沙发上后，小菅又打开了电视。刚好，一则新闻弹了出来。

"……昨晚十点左右，在位于武光镇的度假设施绿园酒店内住宿的九名小孩下落不明。酒店和警察已在附近的山里搜寻过，迄今尚未发现孩子们的去向。据酒店相关人士介绍，孩子们几乎都是在父母没有注意的时候突然就不见了。警察已呼吁周围的居民伸出援手一同寻找，截至目前还未取得任何进展……"

电话突然响了。

妻子立刻从沙发上弹起来,一把抓住放在桌前的电话子机。小菅慌忙关上电视。

"喂……"妻子的声音在发抖,"是,是的……嗯。什么?叫日奈子和良夫……是的。什么?真的吗?"

房间里传来了妻子明快的声音,小菅连忙跑了过来。

"太好了……谢谢!嗯,嗯,这样啊。真的是太感谢您了。"妻子含着眼泪说道,"嗯,好的……那我们马上到您那边去……嗯?是,好的……这样啊。嗯。明白了。大概需要多长时间?一两个小时?明白了。好的,拜托您了。谢谢。"

妻子挂掉电话,立刻扑到了小菅怀里。

"两个孩子都找到了。没有受伤,也没有其他问题。真的太好了!"

小菅紧紧地抱住妻子,体内的各种疲乏顿时烟消云散。

"……到底是在哪里发现他们的呢?"

"据说是在石那村那边。被一个在中乡开民宿的人发现了,救了他们。从这里走过去的话,要走两个小时。"

"为什么他们会走到……那种地方去?"

"先不管这些了,好像警察局的人已经出发去接他们了。接下来会把孩子们带到附近的医院接受检查。具体去哪家医院还没确定,一旦定下来,马上就会跟我们联系。"

"是吗。不管怎样,总之孩子们找到了,这真的是太好了。"

小菅带着笑容站起来,往阳光房的方向走去。金毛朝着主人飞扑过来,小菅爱抚着它。

"权太,日奈子和良夫都找到了!两个人都平安无事,你开心吗?"小菅大声地向金毛汇报着,随后抱着金毛的脖子,抬起它的下巴,凝视着它的眼睛。

它的眼神里流露出一丝胆怯。

金毛有些不乐意地摇着脑袋往后退,从他的手臂下面钻了出去。小菅笑了笑,由它去了。

金毛走到房间的角落里蹲下,呆呆地看着窗外,一动不动。

距离看见黑熊的脚印,已经过去十五分钟了。沿着到处都是岩石的山涧往下游走的池泽,在一处被倒下的树干阻挡了部分水流的地方,发现了一个红色的东西若隐若现。走近了一看,原来在枯叶和树枝中间,有一只女士的运动鞋。直觉告诉他,这应该是坂下萤子的东西。穿着这样的鞋到森林里来,说明平时不怎么走山路。

池泽回头看了看山涧。如果在这里发现了鞋子,那么鞋子的主人在上游遇难的可能性就比较大。会不会是自己没有注意到,走过了?

池泽小心翼翼地环视着山涧的两岸,开始往回走去。刚才似乎经过了一处坡度很陡的地方。萤子踏空的地方很有可能就是那里。池泽自己若是不扶着岩石或者抓住树枝什么的,也根本没办法从那里爬下来。

两三分钟后,他便来到了那处陡峭的斜坡前。岩石表面长满了苔藓,看上去非常滑。刚才经过的时候,他完全没有留意周围的景色。现在他才注意到,斜坡旁边开满了蓝色的绣球花。山涧的两侧河岸比较开阔,上面铺满了落叶,细竹偷偷探出了脑袋。再往深处一点,山毛榉的老树威严地矗立着,千金榆像家臣一样站在旁边。

像是受到某种吸引似的,池泽一点一点地靠近山毛榉树。

双脚在混着小石头的泥土上面留下了脚印,然后踏着柔软的落叶绒毯,拨开细竹林,穿过千金榆,终于来到这颗直径约有一米的巨树前。

树根附近被绿色的苔藓覆盖得严严实实。树干上到处都鼓着的瘤子,覆盖着好几层地衣类的植物,颜色十分厚重。树并没有他想象中那么高大,只是扭曲粗壮的树枝像是要把天空抓住一般,向四面八方伸出去。一股肃杀威严的气息扑面而来,震慑了池泽。

他坚信萤女就在这附近。他绕着树干走了一圈,却没有发现萤女的身影。脑海中突然有个念头闪过,他拨开树根附近的落叶一看,果然有那种东西。坑坑洼洼的树根表皮上面,有好几处地方附着黄色的变形菌,它们渐渐变得像绳子一样,每一根都很粗壮,大致朝同一个方向延伸。池泽沿着其中一根向外走。

在距离山毛榉大致四五米的地方,有一块不大的高地,密密地生长着齐腰深的细竹林。看起来像是一个天然形成的坟墓一样的土堆,仔细打量了一番之后,池泽发现,以高地为中心,在竹林里面形成了一个大致呈圆形的空间。周围环绕着包括那棵山毛榉在内的十几棵树,阳光透过树冠的缝隙洒下来,温柔地笼罩着这里,连空气似乎都与别处不一样了。变形菌沿着这个土堆爬上去,朝顶部延伸。池泽跟在变形菌后面爬了上去。

土堆顶上,在细竹林的环抱之中,似乎有个人横躺在那里。在这个地方躺着,除了狩猎的人之外,估计没有人能发现吧。

池泽并没有作声,默默地观察了一会儿。从穿着的衣服来看应该是个女人。恐怕就是坂下萤子了。可是她的脸被变形菌裹得严严实实,完全看不清楚,只有几缕黑发从细密的网缝间飘了出来。

从 POLO 衫的袖子下面伸出来的胳膊看了让人触目惊心。已经变成茶色的、皱皱巴巴的皮肤裹在骨头上面。如果发现她的人并不认识她的话,肯定会把她当成老太婆吧。

仔细想想,她在这里已经待了一个月以上,竟然还能活着,实在是太不可思议了。说不定,她所需要的水分和营养都是变形菌一点一点搬过来的呢。或者是别的什么动物⋯⋯如此说来,她从斜坡面滚了下来又受了伤,又是怎么移动到这里来的呢?她说自己不能动弹,那么一定是什么人把她搬到这里来的。是山神吧?

不管是谁救了她并一直照顾她,现在都无关紧要。光看看她露在外面的那只胳膊,就知道她不可能一直这么生存下去。她快要撑不下去了。照目前的状况看,她就是马上断气也不奇怪。

池泽想,要不自己一个人把她背下山如何?恐怕会相当吃力吧。不过,一时间到哪里去找援手呢,还不得不考虑到吉峰正在行动⋯⋯

池泽决定先把她叫醒试试。从她的胳膊看,她应该很轻,说不定一个人也可以把她背下山去。

池泽跪在她身旁。

"坂下小姐,坂下萤子小姐——"

没有回应。会不会她已经断气了?不过,他观察了一会儿她的胸口,那里依旧在微弱地上下起伏。

"坂下小姐,你还好吗?"

池泽探出身子,凑到她脸部(应该是脸部的位置)附近,提高了嗓门继续喊道。然后他观察她的全身,想看看有没有什么反应。可是,她连手指头都没有动一下。

池泽胆战心惊地朝她伸出手。他本想碰碰她的身体，却又不知道该碰哪里才好，于是那只手悬在半空，有些不知所措。要不试着拍拍她的肩膀，或者把她的手拿起来……

池泽看着她，变形菌一直覆盖到她的肩头。最后，池泽只敢用指尖碰了碰她那瘦长手指上面的指甲。冰凉的触感传来。

"不要动。"

突然觉得像是听见了这句话，池泽吓得赶紧把手缩了回来。

"你在说什么呢？"

他虽然这么问了一句，却没有任何回应。他环顾左右，当然周围一个人也没有。他又试着用手指碰了碰她的指尖。

"不好意思。"他虽然没有听见这句话的声音，但他明显感觉到了她在和他说话。"我现在连开口说话的力气都没有了。现在，我正在唱歌给'小东西们'听呢。所以，请让我静静地待着，别动我。"

"唱歌？"

"是的。非常古老的歌谣。歌词的意思我也不太懂。感觉是很久很久以前的记忆了。"

仔细一听，的确能听见微弱的歌声。似乎是从地底下传来的，旋律舒缓悠扬，听上去没有什么跌宕起伏。

> 释尊宣讲《法华经》
> 众生云集恭敬听法
> 菩萨眷属从地涌出
> 是诸菩萨身皆金色

"很久很久以前，似乎有谁用这首歌安抚过'小东西们'。据说山神本人也很喜欢这首歌。至于为什么，我也不清楚……"

忽然，那个白色的人影又浮现在池泽脑海中。在一片黑暗当中，人影妖媚地扭动着身躯，似乎在和着萤女的歌声翩翩起舞。不对，那人影似乎自己一边唱着歌一边跳着。鼓点的声音震动着黑暗，铜钹碰撞发出的金属声又镇住了黑暗。人影穿着纯白的和服，披着短外褂，腰上系着细细的带子。

随着她的舞步，和服下摆稍显凌乱。光洁的小腿，曲线若隐若现。她身体微微后仰，同时舒展着胸部。那白净得几乎透明的肌肤令他仿佛看见了澄子。看着这撩人的舞姿，池泽竟然有些舍不得将目光移开。

> 各路菩萨纷纷请愿
> 弘扬光大《法华经》
> 菩萨眷属从地涌出
> 数目犹如六万恒沙

池泽将歌词一句一句地深深刻在了脑海里。恐怕它们也来自《梁尘秘抄》吧，之后一定要去确认一下。山神是不是想要借这个暗示什么呢？

可是，"菩萨眷属从地涌出"这句，难道不是在煽动"小东西们"吗？这不是与自己的想法背道而驰吗……

"可是，想要完全化解'小东西们'的愤怒，这几乎是不可能的。它们的愤慨也好，山神大人的悲痛也好，都太深刻了。您说过就要发生地震了吧？我希望通过这首歌，尽量把损害降到最低……但绿园是不可能安然无恙的。非常抱歉，我已经尽力了，也只能做到这么多了……"

"不,非常感谢你,我相信大家都很感激你。"

"我心里也很痛苦。不知为什么,我和'小东西们'已经一点一点地融合一起了。所以,它们的行为其实也是我的行为。我现在所做的事情,其实让我感觉特别矛盾……"

"你说的这些我大致是理解的。'小东西们'和你在森林这个系统里面合为一体了。"

"我会一直唱歌的,一直唱到你朋友到达安全的地方。"

"南方他……"

池泽看了一眼手表,他们从营地出发已经过了两个小时。如果一切还算顺利的话,南方应该早就到达绿园酒店了。跟那些人解释起来也许需要花费些时间吧。

"南方现在在哪儿呢?他没事吧?"

她犹豫着未能作答。

"请你告诉我,他现在怎么样了?"

"南方先生目前已经距离绿园非常近了。他虽然受了重伤,不过暂时没有生命危险。"

"重伤……"

"可是,我能为他做些什么呢……我只能继续努力唱歌而已……"

"不,这就很好了。"池泽握着她的手说道。皮肤一点儿弹性也没有,沙沙的十分粗糙,"那个家伙相当坚强。如果能争取到时间的话,他一定能完成任务的。请你继续唱歌吧。"

"嗯,我答应你。只要我还有一口气在……可是……"

"可是什么?"

池泽心中突然涌起一股恐惧和期望交织的复杂情绪。这种情绪来得太凶猛,他差点儿叫出声来。不过很快他便反应过来,这并不是自己的情绪。

"那个人……他来了。"

"是吉峰先生吗?"

"是的。他离这里越来越近了。刚才他在叫我名字,我好像听见他的声音了。"

"是吗……坏了!"

看见她的样子,池泽实在是太吃惊了,以至于把吉峰的事情忘得一干二净。他忍不住咒骂自己的愚蠢。

"没事。反正早晚都会是这样的命运。"

"阿亮,你快跑……"

池泽竟然同时接收到了两种不一样的声音。而且,肯定都是她传递过来的。到底该做出什么反应呢? 池泽不知所措。

"你……刚刚说什么?"

"我……竹本澄子小姐……"

"有个很可怕的人来了,你赶紧离开这里!"

坂下萤子的声音里面,明显还交织着另外一种声音,另外一种他曾经听过的声音。虽然是同时传递过来的,但还是能够分辨出来。因为那声音的语气、节奏完全不一样,一下子就听出来了。跨过了漫长的岁月和记忆的鸿沟,他终于来到了他一直在寻找的人身边。

池泽两只手捧着她那又细又瘦的手,犹豫了一会儿,鼓起勇气似的喊了一声:"阿澄……"

等了一会儿,没有回应。他在脑海里努力回想着她的面容,然后又叫了一声:"你在吗,阿澄?"

"阿亮……你不能到这里来。"

他似乎听到了一句近似自言自语的话。池泽的嘴边露出了微笑。

"我想再见你一面。"

"……我知道。是我叫你来的。对不起。"

"为什么要说对不起？你不用跟我道歉。三十年前的我，没有能力去帮助阿澄，也没有办法成为你的依靠。我心里一直想着这件事。正因为当时都是小孩，根本不知道该做什么、能做什么，所以我心里一直都在懊恼。而后来，我也没有践行我们之间最后的约定……该道歉的人，应该是我才对。"

"阿亮，你来看过我的。在大鸦桥，你见到了已经成为萤女的我……我当时太开心了。"

"是吗……原来那不是幻觉啊。太好了。光是能够确认这一点，我来这一趟就已经很有意义了。"

"可是，阿亮你是被天狗带过来的。你忘了和我见面的约定，也是因为天狗。他还让你再也想不起要过来看我。"

"为什么呢？"

"那是因为……我太喜欢阿亮了，甚至超过了对山神大人的喜欢。可是，这是不被允许的……"

池泽想起他站在桥上抱着萤女的情景。那一泻千里的光束和几乎让人窒息的心脏的狂跳……还有肌肤上针扎似的刺痛，浑身发麻的感觉。

回忆变得更加明晰了。

"……我是一定要找到阿澄的。我要到森林里面去，把阿澄从山神大人那里夺回来，然后我们找个地方一起生活。当时，在那座桥上，我也是这么想的。"池泽微笑着说道，"虽然那时候我只是个孩子，可是从那时候一直到现在，我没有对第二个人产生过相同的感情。"

　　她那原本冰凉的手突然间有了温度。干枯的手背上开始泛红。池泽感到自己的胸膛快要被涌起来的暖流塞满了。与此同时，一直压在他心底的憧憬也在胸中波涛翻滚。这既是池泽的感觉，也是澄子的感觉。

　　他长长地呼出一口气来，肩上似乎轻松了些。

　　"我不会再把阿亮叫来了。只要我知道你还记得我，就不会觉得寂寞了。"

　　"我一直记得，我根本忘不了你。"

　　"阿亮，以后你不要再来这里了。"

　　"……为什么？"

　　"因为天狗……"

　　突然，一股散发着寒气的恐惧沿着池泽的脊背爬上来。这是阿澄的感受。

　　"你怎么了？"

　　"天狗他……"

　　阿澄纤细的手指突然又冰凉了，池泽连忙往身后看去。

　　"阿亮，你快逃跑吧！"

　　"……对，快点离开这里，池泽先生。"

　　山涧里面闪过一个人影，手里似乎端着一支来复枪。由于有竹叶和千金榆的树枝的遮挡，完全看不清楚他的脸，但毫无疑问，这个人就是吉峰。

　　对方貌似也发现了池泽，正一步一步向这边靠近。他走路的姿势看上去有些笨拙，可能是受伤了。

　　池泽放下坂下萤子的手，站了起来。吉峰钻过千金榆的树枝，在山毛榉树的树根前面停了下来。看着对手渐渐靠拢，池泽脑海中突然闪过一个念头：这个人真的是吉峰吗？无论如何，眼前这个男子真的很难与那个模特般英俊的家伙联系在一起。

他的衣服看起来脏兮兮的,腰以下的部分以及上身好几个地方都沾上了黑红色的印迹,像是血渍,但不清楚到底是他自己的血还是别的什么东西的。不过,如果是自己的血,流了这么多以后应该是站不起来的。走路姿势之所以奇怪,也有可能是血液凝固之后牛仔裤变硬了的缘故。

平时总是一丝不乱的发型如今早就乱得不成样子。那俊俏的面颊上也满是伤痕和污迹。而让他看上去最不像吉峰的,是他那双眼睛——那双眼睛无神地大睁着,眨都不眨一下,里面布满了血丝,曾有的冷静与理性的光芒消失得一干二净。

"吉峰……先生?"

池泽叫他的同时,浑身是血的男子正好重新抬了抬来复枪。他双眼直勾勾地盯着土堆上方,打直了腿,开始像机器人一样地走起来,嘴里似乎还念念有词。

"脏……脏……脏……"

他嘴里重复着这个词,像是在念经一样,一步一步地朝池泽逼近。

6

　　南方翻过栅栏，纵身一跳，原本以为可以双脚着地，谁知等他反应过来的时候，已经滚下了山坡。慌乱之中他想抓住点儿什么，可是在这片被精心维护的白桦林里面，连一株杂草也找不着。坡度总算是缓了下来，南方终于停住了，慢慢站起身来。情况比他想象的还要糟糕，双腿一点儿力气也没有。

　　"糟糕……这下惨了！"

　　他匍匐在地上，慢慢爬到附近的一棵树前，扶着树站了起来。他虽然不敢看，但他知道自己的大腿和腿肚子肿大了至少两倍。不过，他终于抵达了绿园酒店。意想不到地花了太多的时间，不知道还来不来得及，也不知道池泽那边是什么情况。

　　往下走五米左右就是游览步道。从这里下来之后先向西走。不一会儿，右手边便出现了第一座小木屋。这里宛如西方童话故事里的人家似的。看起来像是砖砌的小屋，可实际上一块砖也没有用到。

　　南方离开游览步道，在木屋前面徘徊着。门前挂着一块木板，上面写着"童话房·格蕾特尔①"。南方愈发觉得快要用尽力

_____

①《格林童话》中的故事《聪明的格蕾特尔》的主人公。

气了,他拖着双腿来到木屋的玄关处。

手指放到大门门环上的那一刹那,他犹豫了。可是,现在已经没有余地左右思量了。南方敲了敲门。

一位头发被染成金色,皮肤晒得很黑的中年妇女从门后面探出脸来。

"噢,抱歉打扰了。我是W大学的,在这附近做一些关于地质和植物的调查。"南方滔滔不绝地说了起来,"事实上,最近这段时间的大雨让绿园酒店内的地基变得非常松弛。而且,从昨晚开始便频频出现一些地震的预兆。你知道地震的活动断层离这里非常近吗? 很有可能马上就要发生大规模的断层活动了。最坏的情况下,还有可能引发山崩。所以,请你们赶紧撤离到安全的地方去吧。"

女人呆呆地看着站在门口的这个满脸泥垢和汗水、喘着粗气的男人。随即,她夸张地皱起眉头说道:"你是绿园酒店的人?"

"不是……我是W大学的学者。是副教授。"

南方在想要不要把自己的名片给她看看。遗憾的是,名片放在帆布包里面。被角鹰袭击的时候,他把包扔在了林中小路上。

"前台有没有发出警告或者通知?"

"没有。"女人摇了摇头,很快便将头缩了回去,迅速关上了大门。

"总之,请赶紧撤离! 情况真的非常危险!"南方用尽力气喊道。

这是他预料当中的反应。不过,也没有必要在一处人家纠缠太多的时间。南方索性就不管她了,回到游览步道,继续向西前行。

这种时候与其挨家挨户地说，不如直接去网球场或是高尔夫球场，那样要有效率得多。不过，那种地方多半会有绿园的工作人员在场。在劝说住客的时候，搞不好会被工作人员以非法入侵的罪名抓走呢。那样一来，一切努力就都白费了。照目前自己的状况来看，根本没有反抗的体力。

——欲速则不达……是这个道理吧？

南方在心里嘀咕着。小木屋一共有八十栋，在现在这个季节，也不可能全都住着人。

第二栋没有住人。第三栋里面住着一对年轻的夫妇，反应和第一栋大同小异。到了第四栋，一开始他们看南方的眼神就如同看见了脏东西一样（事实上他的确很脏），根本不想听南方把话说完。可能是把南方当成流浪汉了吧。这山里有流浪汉吗？

就这样，他渐渐走到了最西边。拜访完最后这一栋，他就把位于绿园酒店内海拔最高位置的所有木屋全都拜访了一遍。园内的游览步道是横向并排的，他决定接下来去下面一条步道，一直往东边走。越往下走，木屋的数量应该会越多。

南方在写着"家庭房·雪松"的牌子前面停下来，这是目前为止最大的一栋木屋。木屋的东南侧有一个很大的露台，旁边是一间阳光房。从外面就可以看见阳光房里面有一只貌似是金毛的狗在来回走动。

南方敲了敲门，一位四十出头的男子走了出来。虽然他的头发已经开始变得稀疏，但体型保持得不错，想必很喜欢体育锻炼。接下来他的反应应该也会同之前几家差不多吧。果然，那人看见南方之后的第一反应就是双目圆睁，估计是因为没有预料到竟然在如此高级的度假酒店里面看见一个这么脏的人吧。

"冒昧打搅到您,非常抱歉。我在调查这一带的地质和植物。因为一直在现场采样的缘故,所以身上有点儿脏……我是W大学的副教授。"南方开始解释道,"由于最近一段时间的集中降雨,以及从昨晚一直下到今天早上的暴雨,绿园酒店的地基已经非常松弛。这一带基本上把原始森林都砍伐了,取而代之的是人工种植的白桦林,地基本来就非常脆弱。而且,酒店正下方还刚好是一处活动断层。实际上,从昨晚开始,这里就已经频频出现了地震的预兆。目前已经处于非常危险的状态了。很快,也许就是下一秒钟,断层中积蓄的能量就会爆发。最坏的情况还有可能引发山崩。所以,请赶紧去避难吧。"南方一口气说完之后,长长地松了一口气。

"预兆啊……"男人追问了一句。

这是个好现象!

"森林中出现了像闪光灯一样的白光。大山与天空之间被染红,就像夕阳一般。还有,地底下的气体喷出来,空气中弥漫着硫黄似的味道,等等。"

男人的眼神突然有了变化,"白光……硫黄的气味?"

"是的。你注意到了吗?"

"嗯,不是。事实上,从昨晚到今天早上这段时间里面,我的经历可以说是不可思议。"

"是吗?我们就不要浪费时间详细解释了。总的来说,这些都是活动断层中积蓄的能量即将爆发的证据……您养狗,是吧?它这两天出现过什么反常举动吗?"

"说起来,它倒是真的很奇怪。不想吃东西,还莫名其妙地很烦躁。"

"我认为这也是地震的预兆之一。比起我们，动物对危险要敏感得多。还有，岩石的变形加剧会导致电流产生，动物有可能是感受到了这个，所以变得有些狂躁……"

"原来是这样。"男人点了点头，"这么说来……不，可能跟这个也没有什么关系……"

"什么事情呢？"

"昨天晚上，我的孩子们像是遇到'神隐'了。您看今天早上的新闻了吗？"

"'神隐'……没有。从昨天开始我就一直待在山里调查来着。"

"这样啊。准确地说，是包括我家的孩子在内，连同住在绿园酒店的其他孩子一共九个人，在昨晚十点左右忽然都消失了。这下动静可闹大了。不过，幸运的是，刚刚有人打电话来说，孩子们全部被找到了，在一个叫中乡的地方，所有人都平安无事……我这才松了一口气。"

"哦，中乡啊？这可不得了！孩子们是怎么说的？不过话说回来，他们为什么一声不吭地就离家出走了呢？"

"我还没来得及问。这会儿他们被送到医院去了，我们也准备到那里去与他们会合。只是……"

"只是？"

"我不太清楚这究竟和你刚刚说到的白光有没有关系。在他们失踪之前，曾说过看见了奇怪的人之类的话……你也知道，孩子们的世界经常是想象与现实不分的，所以我们也没太在意。可是，后来孩子们不见了，于是我就慌慌张张地出去找，谁知我竟然也看见了类似打扮的人……同时，我也看见了白光。"

"你看见的是什么样的人？"

"这个嘛……你可别笑话我……是穿着铠甲戴着头盔的武士。"

南方的表情凝固了。他不由得将手放在胸前的口袋,确认了手机还放在里面。

男人扬了扬眉毛问道:"怎么了?"

"没事。"

"对了,您脸色看上去很差啊……您的手怎么了?"他指了指南方又紫又肿的手臂。

"这个啊,被蛇咬了一口。"

"蛇!"

"没什么大不了的。关于那个武士的话题,我之后再和你详聊。现在最要紧的是,你们要赶快从这里离开!"

"可是,我们必须留在这里等警察的消息。"

"现在不是说这些话的时候!警察要什么时候才会给你消息?我认为,孩子们的失踪也是某种预兆。可能是有什么人为了保护你的孩子,提前把他们送到了安全的地方去避难。"

"那会是什么人呢?"

"这个……"南方还没有说完,背后便传来一阵说话声。

"屋里有人。"

"在那边呢。"

回头一看,三个男人正从大门外走进来,其中一人看上去像是绿园酒店的工作人员,另外两人穿着保安人员的衣服。

"打断你们的谈话,十分抱歉。"

看上去像是工作人员的男人走到木屋客人与南方中间,将两人隔开。他中等身材,看起来没有任何特点。不过,他努力让自己看起来很有威严,对南方说道:"不好意思,请问您是住在绿园酒店的客人吗?"

南方摇了摇头。

"那您是会员吗?"

"不是。"

"您到酒店里面来,拿到许可一类的文件了吗?"

"嗯,到底是不是正式的许可我不知道,总之,大约一周前,我跟环境与发展公司的吉峰先生见过面。他委托我帮他调查这一带的地质和植物。"南方信口开河地胡编道。

"那么,我们给您出具了委托书或是许可证吗?"

"这个嘛,有可能不是正式文件,手续和流程方面的事情我不太清楚。"

工作人员满脸狐疑地看了南方一眼,随后转过身去,对着客人说道:"刚刚接到其他客人的举报,说有一个流浪汉模样的男子对他们说要地震了,让赶紧撤离之类的话,不知道您见到他了吗?"

"那就是我。的确是要地震了。"南方在客人回答之前,自报了家门。

"明白了。那请跟我去一趟主楼吧。我们去那里详谈。"

"没有时间了。现在不赶紧通知所有客人危险正在逼近的话……我就在这里跟你说吧,从昨晚开始就频频出现地震预兆:地底下的放电现象,喷出的气体……还有动物的反常行为。你是这里的工作人员,你一定知道酒店正好修在地震的活动断层之上。活动断层中积蓄的能量很有可能马上就会爆发。那样的话,在这种地基脆弱的山坡地带究竟会发生什么,我们谁也不知道。还有,昨晚还下了一晚上的暴雨。"

"不管怎样,这些话我们到主楼那边去说……"

"要是引起山崩的话怎么办？那简直是人间惨剧！这样高级的度假酒店，顷刻之间就会变成墓地。如果发生那样的事，你根本负不起这个责任。还是说，你也想一起埋进这个墓地？"

工作人员朝南方身后使了个眼色，两个保安分别从两边把南方的胳膊抱住。

"放开我！"

南方试图挣脱，可是浑身却没有一点儿力气，只能由着他们把自己向后面拖去。

"请稍等一下。"住木屋的客人对工作人员说道，"关于酒店下方就是地震活动断层这一点，我可是一点都没有听说哦。在我购买会员资格的时候，酒店并没有做相关说明。"

"这是他一派胡言。"

"绝不是胡说八道！"南方生气地怒吼道，"只要看一眼地质图上所显示的活动断层，立刻就会明白！"

"不管怎样，我觉得这个人说的话并不完全是一派胡言。"客人继续说道，"从昨晚开始，这里的怪事便层出不穷。我也闻到了臭鸡蛋的味道，在森里里面也看到了类似放电现象产生的光。明明没人动过的空调竟然被打开了，还有我养的狗，完全不吃东西……最后连孩子们也失踪了。这也太奇怪了！这难道不是预示着有异常情况要发生了吗？"

"不会的，绝不会出现那种事情。"

"你为什么这样轻易地下结论呢？明明什么调查都没做过。"

"可是……我这边没有收到任何关于这类现象的报告……当然，除了孩子失踪的事情。"

"那是因为没有人报告吧。那我现在就报告。"客人看着南方继续说道,"而且,如果这位先生真是这方面的专家的话,我认为你有义务把他刚刚说的内容转达给所有客人!"

"话不能这样说。那个,他并没有任何证据啊!"

"证据没有,可是有理论依据!"南方任由自己被保安驾着,说道。可工作人员并不理会他。

"如果我们把没有任何根据的信息散布出去的话,那……对,那会引起恐慌的。"

"在不引起恐慌的前提下给客人正确的引导,这才应该是你们的工作呀!"南方继续说道。

"总之,我们会调查的,请你放心好了。这一带已经有上百年都没有发生过地震了,请放心吧。"

"就是因为上百年都没有地震过,才更可怕!"南方越说越来劲了。

工作人员递了个眼色,保安又开始把南方往后面拽。南方想要抵抗,双腿却像灌了铅似的动弹不得。

"可恶! 你这家伙!"

"快站起来!"保安怒吼道。

南方朝客人伸出他那又紫又肿的胳膊,使劲喊道:"总之你先逃命吧! 拜托! 请相信我!"

正在这时,传来了"咚"的一声。与其说是声音,不如说是一种低频的振动更准确。这是一种身体感受到的声响。随后,地面开始摇晃。树叶沙沙作响。大幅度的摇晃出现了两三次,随后地震暂时偃旗息鼓。

所有人都呆住了,一动不动。

"……有理论依据,也有证据了。"南方小声嘟哝道。

　　就像是带着一张面具似的，吉峰面无表情地走着，每走一步便说一句"脏"，慢慢向池泽他们的方向靠拢。来复枪被他稳稳地抱在胸前。他的视线虽然看上去集中在坂下萤子身上，可是眼神空洞，目光似乎并没有聚焦。

　　"吉峰先生，请您稍微等一下。"

　　池泽从土堆上面下来，走到吉峰身旁。可是，吉峰的目光里面面一丝一毫的变化也没有。没办法，池泽只好把手放在他肩膀上，示意他停下来。

　　吉峰忽然挥了挥来复枪。池泽肋骨被重重地打了一下，剧痛让他扭动着身子，倒在了落叶上。

　　吉峰头也不回地继续往土堆顶上走去。走了两步，他似乎注意到有人倒在这堆竹叶上，于是停了下来，嘴里念叨着什么，面无表情地看着地上。

　　池泽捂着胸口，挣扎着站了起来。他看着吉峰继续往土堆顶上登去。

　　"这还是……我给你买的衣服呢。"

　　池泽听见他念叨了这么一句。接下来，吉峰端起了枪，瞄准了自己的脚下。保险栓被打开的声音传来。

　　"住手！"

　　池泽飞奔到土堆顶上，一把抓住来复枪的枪托，试图把枪夺过来。

　　一阵似乎要将鼓膜震破的枪声传来。

　　子弹向天空射去，细碎的树枝和树叶从高高的树梢上面落了下来。吉峰用他那与瘦削身体完全不匹配的蛮力将来复枪向池泽抢过去。池泽却紧紧抓着来复枪不撒手，在重力和离心力的作用下，两人互相推搡着从土堆顶上摔了下来。

胸部再次遭到重击。吉峰对着他的胸口踢了一脚。一时间，他顿觉呼吸困难，握着枪托的手忍不住松开了。等他反应过来时，吉峰已经跑到了山毛榉树前，将枪口对准了池泽。

咔嚓一声，弹壳飞了出来。他似乎又往枪膛里压入了一颗子弹。池泽身体僵硬，视线被几米开外那个小小黑洞吸引着。开枪的一瞬间，应该可以看见火花从那里迸出来吧，无所谓了，怎么样都无所谓了，他想。他听见自己的呼吸声在鼓膜内侧回荡。

令人窒息的寂静。他再次听见溪流哗哗流过的声音。远处似乎传来了松鸦尖厉的叫声。

吉峰缓缓地将枪口放了下来。他用原本托着枪托的左手将背包肩带从左肩上面退下来，随后一面盯着池泽，一面将来复枪换到了左手，同时把右肩上面的肩带也退了下来。他把看起来沉甸甸的背包放在地上，随后又将枪换到了右手，左手打开背包，从里面拿出一个两升装的塑料瓶。里面似乎装着纯净水。一共四瓶，他把它们拿出来，并排放在枯叶上面。如果是饮用水的话，似乎有点儿太多了。背这么多东西，还端着枪走到这里来，也实在太辛苦了。

吉峰从这四瓶水里面拿了一瓶起来，往左手边移动了几米。然后打开盖子，将里面的液体洒在枯叶和树根上面。他到底要干什么呢？完全看不明白。池泽目瞪口呆地看着他。他倒完第一瓶之后，开始倒第二瓶，空气中飘浮着一股异味。

是煤油的气味。塑料瓶里面装着的并不是纯净水。

"你究竟想要干什么……"

池泽嚷着正想要靠近吉峰，谁知吉峰一把将手中的塑料瓶扔掉，把原本抱在怀里的枪又端了起来，池泽只好停下。两人就这样僵持了一会儿,吉峰把枪放下,继续往落叶上面洒煤油。只要池泽一动,他便立刻恢复端枪的姿势。

"吉峰先生,您真的是错怪坂下小姐了……"池泽继续说道,"出现变形菌,并非是她在搞鬼,而是森林的自保意识使然。她拜托过我,希望我帮忙阻止滑雪场的修建工程,结果我到现在什么忙也没能帮上。坂下小姐真的没有妨碍到您任何事情啊。"

可吉峰似乎什么都听不进去,也不看池泽一眼,只是一门心思地继续洒煤油,看上去就跟被什么附身了似的。不过根据澄子的话,应该不是天狗。天狗是不会在森林里面放火的。或者说,这是澄子被虐待时留下的恐怖的回忆?还是潜伏在人类内心深处的魔鬼的影子?或许,在森林这个系统里面,有关人类的一切记忆和心象,无论好坏善恶,它都照单全收并且储存了下来。

终于把最后一个瓶子也倒空了,吉峰又看了眼池泽,从夹克口袋里面掏出一样东西来。好像是打火机。只听噗的一声,火苗从他左手握着的拳头里面蹿了出来。

"吉峰先生,您不能这样做。"池泽怕刺激到他,尽量用平静的语气对他说,"在森林里面点火会有什么样的后果,您肯定是清楚的,对吧?到时候,恐怕连你自己都跑不出去。来,把打火机给我吧。"

池泽伸出一只手来,轻轻地朝前面踏出一步。

吉峰浅浅地笑了笑,将点着火的打火机向左边扔了出去。枯叶上面很快便燃起了橘红色的小火苗,不到十秒钟,火势便迅速蔓延到了树根的位置。

"我要把脏东西全部烧光。"吉峰一边说着,一边朝右边又扔了一个打火机,并且很快又掏出一枚打火机来点上火。

土堆周围已经被白色浓烟包围。火烧到山毛榉老树下,并且大有向上蔓延之势。在缓缓升腾的灰白色烟雾当中,吉峰再次出发。他的目光不再盯着池泽,而是投向了土堆顶。

这样一来,只有背着坂下萤子逃跑了。可是,一动她的话,本来一直在唱给厌氧菌听的歌就中断了,地震也就随时会爆发。而南方那边可能才刚刚到达绿园酒店,所有人可能都跑不掉。真是一筹莫展啊。

池泽咬着牙关注着吉峰的一举一动。后者带着得意的微笑,一步步向土堆走去。

浓烟渐渐从后面袭上来,不经意间,已将池泽整个包围住。眼前白茫茫一片,吉峰也变成了黑色的剪影。池泽觉得机会来了。他猫着腰,暗暗在浓烟当中前行,准备突袭。可是,浓烟忽然被吹散了,池泽一下子看得清清楚楚。他原本打算一把抱住吉峰双腿,谁想到却抱了个空。不过,吉峰为了躲闪池泽的突袭,失去了平衡,一屁股摔到了枯叶堆上面。

正在此时,从烟雾当中突然弹出了一个巨大的黑色物体,刚好是从山毛榉树上燃烧处的附近冒出来的。黑大个以迅雷不及掩耳之势朝吉峰逼近。将枪重新端好的吉峰,扣动了扳机。震耳欲聋的枪声在树林里回荡。然而,仓促当中射出的子弹什么也没有击中,就这样被浓烟吞没了。

黑大个直接撞向吉峰,吉峰整个人被弹出去好几米高,重重地摔在地上。吉峰落地后,黑大个压了上去。野兽的咆哮和凄厉的惨叫同时传了出来,鲜血四溅。似乎还传来了骨头被碾碎的声音。

这一切几乎都发生在一瞬间。

黑大个终于笨重缓慢地扭动着身躯,离开了吉峰。然后,它向站在一旁瞠目结舌的池泽走了过来。这是一头身长大约一米五的黑熊。

"山神……"池泽用沙哑的声音喃喃自语道。他想往后躲闪，双腿却不听使唤，根本动不了，仿佛有一双看不见的手死死拽住了他的腿。

黑熊在池泽面前站了起来，身高与池泽差不多，但看上去却比池泽壮得多。实际上，它的体重应该是池泽的两倍。从脖子到胸部的那块白色月牙已经被鲜血染红。相对于脸的面积而言，它的眼睛实在是太小了，可是眼神却十分犀利。池泽迎上它的眼神，努力不让自己的视线有所回避。当然，他也不敢直接回瞪过去。他感觉只要稍微动一下眼睛，下一秒钟黑熊带着尖利的爪子的熊掌就会朝他挥过来。

不过，山神并没有这个意思。

——赶快离开这里。不要再回来。

头脑里突然接收到了这样的信息。黑熊威严地瞥了池泽一眼，然后改为之前四脚着地的姿势，缓缓地转过身去，慢悠悠地迈开步子。它的身影消失在熊熊烈火和滚滚浓烟中。

池泽目不转睛地目送它离开。回过神后来，他发现吉峰倒在土堆下面。他赶紧跑过去。吉峰整个头部都浸在血泊当中，从耳后方一直到太阳穴被撕裂了好大一块；眼皮也被撕开了，整个眼珠都露了出来；胸部估计被压碎了，嘴里不断吐着带血的泡沫。

"吉峰先生！"池泽知道他可能快要断气了，大声喊了下他的名字，又轻轻敲了敲他的肩膀。果然，没有任何回应。池泽叫了三次，又轻轻晃了晃他的肩膀。吉峰依旧没有任何反应。池泽决定放弃了。

他正要站起来，吉峰的右手突然发力，一把抓住了池泽的衣服下摆。他使出让人意想不到的力量，将池泽往下拽，一点一点地靠近他的脸。他把池泽拖到自己没有被撕坏的那一侧脸边，用发烫的眼神直视着池泽。

"为什么……"他的嘴唇战抖着，"我……不过是在……工作……"

他的话语里面夹杂着咕嘟咕嘟的声音，池泽有些听不清。他每说一个字，嘴里便会飞溅出红色的泡沫。

拽着池泽衣服的手突然松开了。池泽将他的手指轻轻扳开。吉峰半睁着双眼，就这样断了气。

背后滚滚热浪袭来，大火正在步步逼近。

池泽跑到土堆上面环顾四周，火焰和浓烟把三个方向的路都截断了。如果要逃的话，只能往山涧对面的森林里面跑。但那条退路也正在变窄。耳朵里尽是噼里啪啦的炸裂声和火焰呼呼的燃烧声。似乎已经产生了上升气流，扑到脸上的风夹杂着火星子。已经没有时间了。

池泽将手放在萤子的头和腰部，试图将她抱起来。

"请不要动我。"突然大脑里面响起一阵刺耳的声音。

"可是火……"

"绿园里面已经开始地震了。'小东西们'如果再闹腾一下，接下来可能就是山崩了。我正在用歌声努力制止它们。尽管我明白这坚持不了多久，但现在如果停止唱歌的话，可能下一秒南方先生就会丧命。"

池泽僵在那里。

"您不用考虑我，赶紧逃命去吧。我希望就这样被烧死。不管怎样，我这身体早晚也会撑不下去的。不过，就算我的身体不在了,作为真正的萤女,我也早就和这座森林融为一体了。如今,我更加希望这样的结局……毕竟,吉峰先生在我身边。"

池泽终于将他的手从萤子身上挪开。他向背后看了一眼,那个浑身是血的男人的尸体看起来就像是倒在地上的一截木桩。白色的浓烟已经弥漫到他脚下。

突然他的脑子里面哐当响了一声。仿佛是突然解开了谜语一样,他好像想到了什么。

池泽碰了碰她的手。

"坂下小姐,该不会是你把吉峰先生叫到这里来的吧?为了把他永远地留在你自己身边,为了让他与俗世做一个了断……想必你早就预见到了这个结局吧?你联系我,让我去找他,就是为了得到今天这个结局吧?"

说实话,池泽并没有想要责备她。他就是想把话都说出来。可是,坂下萤子并没有给他任何回应。打破沉默的却是澄子的声音。

"阿亮,你赶紧逃走吧。火焰马上就快把你包围了。"

"阿澄,你怎么办?要是你的身体被烧坏了怎么办?"

"我……我本来就没有身体……"

"啊……明白了。"

池泽想起了那具孤零零的少女的白骨。

"好孩子,赶紧走吧。你要是不走的话,我或许会舍不得让你走的……"

池泽心里传来一阵酥麻的感觉。很奇妙,这酥麻的感觉沿着池泽的手臂传到后背,仿佛是轻轻的抚摸一般。他想起了在大鸦桥上与萤女拥抱的感受。

就算走不了也不是什么坏事。到目前为止,池泽虽然活着,

可并不是因为有特别开心的事情让他活下去。他只是没有找到
去死的理由，所以才在这个世界上苟延残喘，就这样被萤女抱着
吧，就这样慢慢与这座森林一同化为灰烬吧……这可是相当美
妙的诱惑啊。

可是，瞥见吉峰惨死的模样后，池泽摇了摇头。他拿不准森
林是否能迅速接纳他的灵魂。对了……山神不是说了让他"赶
紧离开"吗？

池泽再次用两只手温柔地握了握萤女那消瘦的手。随后，
他站了起来，准备离开这座土堆。火焰画出一个几乎完整的圆
形，快把这里包围起来了。

"再见。"池泽喃喃自语道，从土堆上面走下来，横穿空地，头
也不回地钻过火苗的缝隙，再次冲进了山毛榉树林。

主楼面前已经聚集了不少避难的客人以及走来走去的工作
人员，看上去乱哄哄的。南方坐在被树丛遮掩的长椅上面静静
地观望着。从绿园酒店的东南端往下走了二十分钟来到这里，
几乎把他仅存的体力完全耗尽了。

被蝮蛇咬过的手脚依旧疼痛难忍，而比这个更难受的是他
浑身都在发冷。明明周围的气温已经超过了二十五摄氏度，可
他仍然觉得犹如待在冬天的山里似的。他全身发抖，牙齿嘚嘚
地直打颤。走起路来的时候注意力被分散了，没觉得有这么难
受，现在他只感觉天旋地转。

在经历了初期的小震之后，再加上那位名叫小菅的客人热
心帮忙说了不少好话，绿园总算是同意使用内线广播发布警
告。不过，仅仅是发布警告而已，并不是避难通知。

可是，也许是大家在一开始就将南方的警告口口相传，有的

客人也开始出来避难了,加上人类的从众心理,一时间绿园客人的危机意识高涨。等到南方慢腾腾地从游览步道上面走下来,倒在长椅上面奄奄一息的时候,主楼外面嚷着要退房的客人们已经排起了长队。现在,无论是客人还是工作人员都已经陷入了恐慌,有的客人连房也来不及退便慌慌张张地离开了。

也不知道小菅一家怎么样了。南方时不时地用他那已经有些看不清的眼神在人群中搜寻小菅的身影。可是却没有看见和他相似的人。他应该已经避难去了吧。

前震结束之后,工作人员和保安将南方放开了,小菅曾一度力劝南方进屋休息一会儿,简单处理一下伤口。但是南方拒绝了,坚持一个人下了山。他不想手脚被包扎起来。他觉得独自下山才是正确的选择。不过,对于自己的体力,他好像误判了。

南方将背靠在长椅上,抬头看着自己刚刚登过又爬下来的山峰。对于不知情的人而言,这就是一座普普通通的大山而已。谁能想到,在这座山里的地上地下竟然延伸着厚达几十米的生命网络,还保存、传递着跨越时空的丰富信息。

而自己见到、听到、嗅到并且感受到了这一切,所以他才无比心痛。森林是活的,这并不是比喻,也不是推理。整个森林就是一个完整的生命,和你我这些人类没有什么区别。能明白这个真理,他的这次赌上性命的冒险才有意义。之后,他必须要把这个感悟传递下去,要让那帮学生们也明白这个道理。

所以,他不能死在这里。

南方用两只手不断地敲打着自己的脸。他明明使了不少力气,可是脸上竟然没有任何感觉。看来他中的毒比想象的还要严重得多。他苦笑着,使出全身力气从长椅上面站起来,立刻感觉头晕目眩。他不管这些,径直朝出口方向走去。一百米开外的大门,感觉竟然那样遥远。

从停车场出来的汽车现在也排起了长队。虽然大门外是一块比较开阔的空地,可再往前走就是只容许一辆车通过的狭窄山路了。堵车是不可避免的。如果没有人好好疏导的话,真有可能会在这里堵得水泄不通。可是,这里并没有见到绿园的工作人员疏散交通、指挥车辆的身影。

穿过这个二十米见方的小空地,南方足足用了一分钟。他正要往大门方向迈步,突然地面开始摇晃,他一个趔趄摔倒在地。周围的人群发出了尖叫。南方挣扎着抬起身子,看见自己刚刚横穿过来的空地上出现了一道裂缝。

又是一阵地动山摇,腹部下面的地底传来轰隆隆的声音,如同一辆大型运输车正在靠近。南方回头往山那边看了一眼。

东面的山坡上已经升腾起黑色的烟幕,刚好就是为了修建迷你滑雪场而砍伐出来的空地以及木屋和网球场所在的区域。

突然山也开始摇晃起来。

烟雾中,无数白色的东西飞了起来。人工栽植的白桦树被连根拔起,从山坡上滚下来。设计雅致的木屋几乎被完全摧毁,时不时地可以看见屋顶在飞扬的尘土和烟雾中若隐若现。

人们呆若木鸡地站着,怔怔地看着这一幕。

南方看着更靠近主楼的童话区、多功能大厅以及疗养馆一带。跟他预料的一模一样,这一带的山坡上面到处都出现了裂缝和崩落的迹象,有的地方白桦树也快倒下了。东面的山坡率先崩塌应该只是地震在小试牛刀。

南方靠近一位站在空地上嘴半张开的工作人员,一把将他手中的扩音器抢了过来。

"接下来应该会从正中往西边塌落。到处都是裂缝!赶紧离开这里！不要开车了！"他用尽力气呼喊道。人们渐渐行动起来。停车场里面，还有长长的车队末尾，渐渐开始有人从车里走出来，往大门的方向走去。也有不少人犹犹豫豫地还留在车里。崩塌声和大自然的怒吼交织在一起，震耳欲聋。有一些工作人员也放弃了疏导交通，混在客人的队伍里开始逃难。

南方看着周遭的骚乱，有一种仿佛置身事外的感觉。争先恐后地逃难的人群中，时不时有人突然被什么东西撞到，之后就再也没爬起来。

——糟糕！这个……

一个念头划过脑海。果然，忤逆天狗的，都没有办法平安脱身。

他低着头一步一步往前走，不断有人追上他，从他旁边跑过去。不过，他根本顾不上去体会那种被抛下的不安感。满世界都在摇晃。是不是地震又来了，他根本搞不清楚。

记忆渐渐碎片化，像电影里剪辑的画面片段一样。哪个片段在前，哪个在后，顺序都被打乱了。南方突然发现自己来到大门口的圆形花坛前。五颜六色的花朵簇拥着一块绿色的木板，上面刻着"自由绿园"的字样。环绕着花坛的道路上面挤满了轿车，不断有人从车与车之间的缝隙挤过去。他好不容易挤了出去，靠在一辆被人遗弃的厢型货车上，回头往绿园内部看去。

花坛正对面的缓坡往上就是主楼。广场的另一头是多功能大厅，再往里走就是疗养馆。被树林掩映着看不清楚的地带应该是游泳池和迷你高尔夫球场。另外，中间的斜坡上应该还有几栋木屋。

突然，整个世界又开始摇晃起来。慌乱中，他赶紧抓住了汽车的后视镜。整个身体也随着摇晃起来，可以肯定地震又来了，而不是因为他在发烧。天狗要放最后的大招了。

转瞬间，山脊像变魔术一样崩塌。白桦树被连根拔起，飞了出来。童话区的小木屋像玩具积木一样地倒下，顷刻便被飞沙走石吞没。大山里面似乎流出了黏稠的液体，泥沙像海浪一样汹涌。用钢筋浇筑的疗养馆也未能幸免于难，白色的外墙很快便消失在泥浪之中。

南方看见整座山被红色的光芒笼罩着。

——全部变成墓所！

他仿佛听见了天狗的怒吼。

泥石流很快便涌向主楼前面的广场。泥沙组成的黑色海洋，像深海怪物一样扭曲着身体前行。很快，整个广场都被淹没了，泥石流昂着丑陋的头颅，汹涌澎湃地向大门前进。

南方重新迈开步伐。可在他心里，他知道这一次无论如何也来不及逃命了。不过，他还不想就此放弃。他艰难地扶着车身，努力向大门的方向一步一步挪去。空气沉重得如同飘浮着黏液似的，而时间的节奏也缓慢得令人难以想象。

事实上，泥石流正在步步向他逼近。他不用回头，光听声音就能明白。

其他人远远地跑在了前面。即使他想喊叫，声音也会立刻被周围的轰隆声所淹没。南方的嘴角扬起一丝自嘲的微笑。

——果然，我是最后一个。

天狗的利爪追赶着不可饶恕的造反者。他感觉脖子马上就要被抓住了，一旦尖叫，立刻就会被捏碎吧。恐惧感袭来，他顾不得想太多，但还是回头看了眼后面。

背后并没有天狗的身影，只有被泥沙冲得横七竖八、东倒西歪的车辆，层层叠叠地堆在一起。这堆积如山的车辆随着泥沙往前面涌,不断有新的车辆被裹挟进去。

他的记忆突然又碎片化了。到底是地面在摇晃,还是因为他发烧头晕,他又搞不清楚了。

前方有谁向他走来吗?眼前的一切看上去就像是画质不好的电视机似的,画面不停摇晃,看不清楚。是在夫妇岭遇见的那位武将吗?不对,这次有两个人。差不多的身高打扮,穿着相同铠甲的两位武将,眼看着越走越近了。他们拔出了佩刀。是要挥刀砍向自己吗?到底是被天狗的利爪撕碎,还是被武将的佩刀砍死呢?

身子竟然不听使唤地浮了起来,轻飘飘的,慢慢从空中往地上落。南方已经毫无抵抗力,只能任由摆布。

"老师,振作点!"

"南方先生,您没事吧?"

耳畔传来一阵熟悉的声音。他睁开眼睛,双眼却无法聚焦,只觉得有两个男人一左一右要将他抱起来。并不是那两个武将。站在右手边的是小菅。还以为他早就避难去了呢。

"你……蠢货!你的家人呢……"南方说话还有些不利索。

"多亏了您,我老婆已经转移到安全的地方去了,我们在医院里面也和孩子们会合了。但是,我特别放心不下受了伤的老师您……刚好,我在医院里面见着了……救回孩子们的那位先生……我说我想去找您,于是我们就一起来了……"

南方应该是被抬起来往前走的,小菅说话有些气喘吁吁。左手边这位看起来也有些眼熟。对了,是不是在中乡经营民宿的那位大叔啊?

"是……剪场先生吗?"

"嗯。"剪场望着前方,也就是南方脚的方向,答道。

"对不起……让你们到这么危险的地方来……"

"您别多想。大山发怒,我们也是有责任的。老师,您已经尽力了。"

"可是……"

"您还是别再说话了。"

两人抬着南方走下坡,然后将南方抬进一辆小型货车里面。车没有熄火。剪场一坐上驾驶席便立刻倒车掉头,动作猛得让坐在一旁的小菅差点撞上侧面的窗玻璃。随后,货车便飞速往下坡的方向驶去。

身后传来爆炸声。南方抓着座椅靠背,透过有些脏的汽车后窗看过去。貌似有车油箱破裂着火,堆积在一起的车辆,势不可挡地熊熊燃烧起来。

泥石流的气势并未减弱。一辆已经烧成火球的轿车被泥石流推着滚下了山道,整辆车在山路上面翻滚着追赶南方他们的小型货车。汽车后窗外,已经完全成了橘红色和泥灰色的海洋。

"啊!"小菅尖声叫着,身子缩成一团。

剪场渐渐放缓了速度,在山路上拐了个弯。轮胎与路面剧烈摩擦,发出凄厉的尖叫。一个巨大的火球发出巨大的金属碰撞声,差一点儿就撞上南方他们的车。随后火球越过山道上的护栏,翻滚着向山谷底下坠去。

沿着被白烟包围的山涧往下走,不一会儿就能到达一个叫鸟帽子岩的村落。池泽在那里可以重新走回登山道,然后经过鬼首坡到大鸦桥。在大鸦桥附近,沿着林间小路下山,就可以直接回到中乡。池泽是这么打算的。

他第一次感到地震来了,是刚刚从鬼首坡下来之后。震感大致是三到四度左右,也就是平时那种会让人心头一惊但不会惊慌失措的小震。不过,绿园酒店的地基已经相当脆弱,这样的地震究竟会对绿园产生什么样的影响,还真不好说。他开始担心南方的安危,可是手机始终显示没有信号。

接下来第二波、第三波地震依次袭来。池泽走过名叫黑岩的村落,从山路换到林间小道。震感也已经提升到四到五度。他想,绿园酒店很有可能已经震塌了。

沿着林间小路走了几百米之后,他确信绿园已被震塌。因为左手边的悬崖已经坍塌,大大小小的岩石碎块将宽三米的道路塞满了。一部分岩石还翻过护栏,直接落到了右手边的山涧里。如果,刚刚震的时候他恰好走在这条路上的话……这么一想,他不禁打了个寒战。他愈发担心起南方来,可是目前他也没有任何办法可以跟南方联系。

池泽无奈之下只得返回黑岩村。从这里穿过树林,绕一下就能走上林间小路。不过,就刚刚的情形来看,估计大鸦桥前方的道路已经被毁。而这里也很有可能会崩塌。

在搞清楚状况之前,还是找个相对安全的地方待着不动比较好。于是,池泽决定返回到露营地。虽然他平时很少走这条路,不过他知道沿着山脊往西北方向走,刚好有一条路可以通向营地附近。

大概走了一个半小时,饥肠辘辘的池泽终于到了营地。时间已经是下午两点左右。天空中云层依旧很厚,淡淡的阳光从云层的缝隙洒下来。天气有些闷热。

原本被扔在桌上的餐具、调料瓶什么的,有一部分已经滚到长椅和地上。他正想去找点充饥的东西,可转念一想,决定还是先看看电话能否接通。池泽掏出手机,发现已经有信号了。可能地电流的影响又消失了吧。他赶紧掏出手机给南方拨了个电话。

电话响了四五声之后被切换到录音。他有一种莫名的预感，又拨了一个过去。这次电话只响了两声就被接起来了。

"喂！"电话那端传来一声粗嗓门。这并不是南方的声音。

"喂？我是池泽……"

"啊，是我，剪场。"

"啊，大哥？为什么……是我拨错电话号码了？"

"没有。这个就是老师的电话。我暂时帮他保管。我们正把老师送到武光镇的医院去。"

"医院？要不要紧啊？"

"嗯，他被蛇咬了，现在非常虚弱。不过，应该没有生命危险。能成为学者的人，应该都很坚强。"

"是吗？那就好……对了，绿园怎么样了？"

"已经没有了。"

……已经没有了。池泽在心底重复着这句话。

"相当大规模的一次山崩地裂。绿园酒店几乎全部被埋。"

"遇难的人呢？"

"目前还不清楚。不过据老师说，应该有一半以上的人都幸免于难。"

池泽心里稍微好受点儿了。坂下萤子唱的歌，自己的种种努力，总算起到了一点儿作用。

"你怎么样？现在在哪里？"

"我没事，没有受伤。我现在在营地。从黑岩到大鸦桥的林间小路被埋了。我觉得大鸦桥往后的路也不安全，所以决定暂时先回到营地避一避。"

"是的。之后不知道还会不会震，总之先别动比较安全。"

"我就是这么想的。中乡那边还好吗？"

"嗯，没有什么特别严重的破坏。也就是神龛上面供奉的东西被震落了，刚好砸到我老婆头上。估计被砸得挺疼，她已经跟我抱怨过了。"

池泽忍不住想笑，可是剪场接着很认真地说道："对了，亮。"

"嗯？"

"那件事——祭拜山神的事——我觉得还是应该去做。"

"嗯，好啊。做吧，重新做起来吧！我也要参加。这次恐怕不能只是简简单单供点儿东西就完事。"

"真是的！"这次轮到剪场笑了，"确认老师没事之后，我就先回中乡去。情况允许的话，我就去接你。林间小路被埋了，我就再想别的办法。总之你待在那儿别动。"

"谢谢。好的，我在这里等你。"

池泽挂掉电话，坐到了长椅上。松了一口气的同时，那种在神经紧绷的状态下赶山路的疲乏一下子就袭了上来。肚子空空，他一点儿也不想再动。

当池泽再次站起身来，时间已经过去快半个小时。他决定还是找点儿东西先填饱肚子再说。他再次环顾四周，这才发现有些异样。

那栋弃屋不见了。

他慌慌张张地跑过去想探个究竟，发现空地上只留下那个柜台和上面那部粉色电话。背后是堆积如山的腐坏的木板和碎片。不过，这栋弃屋本来随时都可能倒塌。这次应该是在地震中被震塌了吧。

柜台歪歪斜斜地靠在倒下来的墙壁和柱子上。被塑料薄膜包裹起来的电话挂在柜台边缘,看样子坚持不了多久就要掉下去。

池泽踏着满地的碎片,缓缓绕着弃屋走了一圈。时不时地,他捡起一个沾着烧焦食物的平底锅或者被压瘪的饭盒,一动不动地盯一会儿,又将它们放回去。他将缠在电话上的铝箔取下,又将它们小心翼翼地卷起来,放进口袋。之后他回到了长椅前。

帐篷里面还剩下些做三明治的面包和罐头,池泽索性吃了点儿,暂时填饱肚子。本想泡咖啡喝,结果他嫌麻烦,直接喝了点儿水。吃饱喝足之后,疲倦感和困意再度袭来。池泽直接仰面躺在地上,闭上了眼睛。他感觉自己的身体似乎陷进了地里。

然后,他的身体缓缓地往下坠落,直到地球的另一面……

远远地传来了虫子鸣叫的声音。

非常细微,仔细一听似乎又没有了。有点儿像蟋蟀的叫声,可是这个季节出现蟋蟀似乎又早了点儿……不对,不是虫鸣。难道说……

池泽微微睁开眼睛,四周一片黑暗。他慌忙坐起来,用手拍了拍自己的脸。可能是帐篷里面光线太暗了。他摸到手电筒,打开照着看了看手表,已经接近夜里八点了。不知什么时候他睡过去了。

电话响了。

池泽的心跳立刻加速。他抄起手电筒,飞奔出帐篷。电话铃声听上去的确是从弃屋那一带传过来的。池泽一路小跑,穿过小树林。

黑暗中,似乎有什么在一闪一闪。

站在已经毁坏的弃屋前,池泽关掉了手电筒。萤女已经站在那里了,亮闪闪的"长发"迎风飞舞,延伸到森林的深处。她脸上依旧是一副让人琢磨不透的表情，像是在微笑吧。萤女伸出一只胳膊，指了指电话，电话像是在咳嗽一般地响着。

池泽踩在那堆木板碎片上面，一步步地靠近电话，拿起听筒。

"本来我已经不打算再与您见面的……可我还是来了。"坂下萤子的声音传来。

"你……没事吧？"

"……要说没事的话，我的确没有被火烧伤。那之后火很快就熄灭了……落叶和树枝的水分都相当充足，即便表面被点燃，也很难支撑火势继续蔓延。"

"是……是的。这个季节不应该有森林火灾。想想是这个道理。不过，你没事就好。"

萤女沉默了。池泽的笑容有些生硬。

"我的身体已经快要支撑不下去了。而我的'灵魂'之后会渐渐融入'湖'中。在此之前，我有一些话想对你说。我给你添了太多麻烦，真的非常非常抱歉，不过，我们总算是避免了最坏的结局。这要多亏池泽先生和南方先生……非常感谢！"

"不，多亏了你，绿园酒店的大多数人才得以幸免于难，南方先生也总算是保住了一条命。要说谢谢的，应该是我。你作为巫女，很好地起到了人类与神灵之间的桥梁作用。"

"……成为萤女，经过第一个萤火虫季节后，我作为巫女的使命也就完成了。随后，我就会抛弃自己的肉身与'湖'完全融为一体，成为这座森林的一部分。'湖'不仅大而且深……在其中，我肯定会忘记我自己的这部分记忆，只留下一些记忆的碎片……直到新的萤女出现，我才有可能借助那个人的意识，作为她的一部分复活过来。毕竟，人类的记忆只有在人类身上才有可能苏醒……"

"萤火虫季节……已经快要结束了吗?"

"是的,已经接近尾声了。我们可能没有机会再见面了。"萤女轻飘飘地突然靠近池泽,用她那极具穿透力的目光注视着池泽,"池泽先生,说实话,我很害怕自己不再是自己……害怕自己的记忆变成七零八落的碎片,与别人的记忆混在一起……可是,'湖'太大太沉了,我将要彻底成为碎片了……可能,就是下一个瞬间……"

池泽不知所措地看着眼前吐着苦水的她。他明白她目前的处境,可他却无能无力。对于一个即将踏上黄泉路的人,这个世界上已没有任何东西可以挽留她。

池泽只能将头低下。

"阿亮。"萤女的声音突然变了,"你还记得我吗?"

听到这怯声怯气的语调,池泽像是突然得救似的仰起脸来,微微笑道:"你在说什么呢,阿澄? 我记得呀! 我肯定记得呀。"

"太好了。我担心天狗会不会又在你的记忆里面上了锁。"

"不会的。我记得清清楚楚。"

"你能一直记着我吗?"

"会的。"

"一直?"

"一直记着。"

"说话算话! 我们钩钩手指吧。"

萤女伸出她那雪白发光的手,池泽也伸出了自己的小手指。不可思议的是,当池泽触碰到她那纤细的手指时,竟然是有感觉的。三十年前,他们也这样约定过。那天发生的事……还有当时梅花淡淡的清香,指尖温柔的触碰,一切都记忆犹新。

"再见,阿亮。"萤女喃喃自语道。

一瞬间,她的人形便消失了,成了一根萤柱。随后,这根萤柱开始缓缓旋转,越变变粗。以池泽伸出的小手指为中心,柱子的厚度不断增加,渐渐快要变成一个圆盘了。

池泽轻轻叹了口气。

以池泽为中心,似乎形成了一个正在旋转的旋涡状星云。池泽偶尔会产生一种错觉,仿佛大地还有自己也在转动。星云渐渐扩散开来,旋转速度也越来越快。星云的几条旋臂疯狂地闪烁起来。

电话听筒中传出微弱的声音,听上去既像是悲伤的叹息,又像是欢快的喊叫。拖着长长尾音的声音突然中断了。

星云也随之爆发。萤火虫纷纷飞上夜空,如同无数的火星被风吹散了似的,转瞬间消失得无影无踪。

等池泽回过神来,发现只剩自己一人呆呆地伫立在伸手不见五指的小树林里。

尾 声

　　依旧是煞风景的大学校园，池泽一边擦着汗水一边走着。梅雨季节就快结束了，白晃晃的太阳挂在空中。水泥建筑的表面都快要烤焦了。大楼里面的通风不太好，热气散不出去，比外面更加闷热。

　　T恤已经被汗水浸透了，紧贴在身上。池泽用手指把衣服提着，沿着走廊往里走。他推开记忆中的那道门，一脚踏了进去，一阵凉风将他轻轻包裹起来。池泽不由自主地"哇"了一声。虽然他个人并不是很喜欢空调，可是这种地方没有空调果然还是不行啊。

　　虽然不是周末，可研究室里并没有看见学生的影子。可能已经放暑假了吧。南方一个人坐在最里面的房间，正对着电脑，手臂上面缠着白色绷带。

　　"喂，你感觉怎么样？"池泽跟他打了声招呼。

　　南方一边敲打着键盘，一边抬了抬眼皮，"哟，稀客呀。"随后他用下巴示意池泽拿放在旁边的折叠椅坐下。

　　"我没有打扰你工作吧？"

　　"没有。我现在在处理一些事务方面的琐事，很无聊的。你先坐。"

文章似乎敲打完毕了,南方从椅子上站起来,晃晃悠悠地走到外面,随后端着装了凉茶的玻璃杯回来。

"天气真热啊。"

"谢谢。"

池泽端起玻璃杯,将里面的凉茶一饮而尽。汗水好像稍微收住了些。

"你是在采访中顺道过来看看我?"南方微笑着问道,壮硕的身躯压在袖珍的转椅靠背上。

"不,我今天休息。"

"哇,你这家伙真让人羡慕啊。"

池泽指了指南方包扎着的手臂,问道:"你这里怎么样了?"

"嗯,基本上快痊愈了。你要看吗?"

"不必了。"

"腿也差不多了,已经恢复到被咬之前的粗细了。我当时想,完了完了,怎么办啊。不过现在已经可以自由走动了。"

"你这个贼运亨通的家伙!"

"好像是这么回事。"

池泽拿起堆在旁边桌上的资料,随意地翻了翻,"其实,我已经辞职了。"

"辞职?"

"就做到这个月底。现在也就是把手上的工作收收尾,做些整理的事情。"

"为什么这么突然?"

"哎,你别皱眉啊。我觉得啊,电脑也好网络也好,都不过是玩具一样的东西。对一期接一期的新闻报道,我已经完全提不起劲了。你说得没错，人类做的这一切都像是在炒陈饭。"

"……明白。嗯，你一旦这么想，就很难再回到之前的思路上了。"

"是的。"

"那你接下来有什么打算？"

池泽摇摇头，"不知道。先回中乡吧。"

"中乡啊。那里不错，你老家也在那边。"

"不，我老家的人基本上都搬到东京来了。我大哥，就是剪场说，如果我愿意干点儿活的话，可以收留我吃吃闲饭。所以，我可能暂时去他那儿待一段时间，帮他砍砍柴什么的。"

"你会砍柴？我可是从来没见过！"

"那欢迎你到时候来参观哦！……话说回来，我好像没有做过写作以外的工作。搞不好，我可能会继续做做地方报纸的记者或者自由撰稿人，为复兴或者保存乡土文化做点儿贡献。"

"嗯，听上去不容易啊。不过很有意义。"

"对了，有件事情我想问问你……"

"什么事？"

"就是那个变形菌，之后怎么样了？有没有新的进展？或者，你们有没有什么新发现？"

南方默默地看着池泽，随后又将视线移到了地板上，"实际上，这个事情……"

"怎么了？"

"变形菌已经不见了……"

"不见了？"

"嗯。我明明把它们放进浅口盘里面培养来着，出院以后回到学校一看，竟然只剩下培养基和它们蜕下的一层壳了。原因还没搞清楚。"

"逃跑了……是吗?"

"可能吧。也可能是学生们没管理好。现在也没搞清楚逃走的原因和路线。那可不是普通的变形菌。说不好是学生们把现场伪装成逃跑的样子……总之,也不好责怪他们。"

"在房间里面找过了吗?"

"当然。不过,它们和阿米巴虫一样,哪里都能去,比普通的变形菌移动起来快多了,来无影去无踪。哎,样品没有了,研究也搞不下去了。"南方摊手说道。

"真是遗憾。"

"的确遗憾。我想再去营地附近找找看。它们慌慌张张地逃跑了,说不定在那儿还能找到。"

"嗯。我最近也打算去趟那边。对了,这种变形菌究竟是新品种,还是突然变异了?"

"我要是早点儿对它们进行DNA方面的研究就好了。现在说这些也没用了。不过,有关萤女的传说是从镰仓时代就有了吧?如果从一开始这个传说就和变形菌有关,那就不存在突然变异之类的说法了。"

"你说得有道理。可是,为什么它们先前都没被人类发现呢?嗯,我应该问,为什么唯独这一回它们会大规模地出现呢?以前它们都是悄悄地活动,尽量不被人们发现……"

"这个你只能去问变形菌了。现在这个阶段若要推理的话,应该还是和萤女有关吧。"

"怎么说?"

"萤女究竟是何许人物?她或许肩负了各种角色,但至少有一点我们可以肯定,她是人类与森林之间的介质。如果人类就生活在森林当中,与森林是一个整体,自然是不需要这种介质的。可人类一旦组成了村落,在森林之外生活,两者之间就必然出现各种交流渠道。祭神仪式、占卜,还有祭祀活动等,都是人们……也就是人类发出的沟通信号。另一方面,森林也在做各种沟通和试探。比如,'神隐'就是其中一种。定期把人类诱骗到森林里面,或许就是为了吸收人类大脑里面储存的信息。萤女的出现其实也是一种'神隐'。变形菌作为连接森林网络和人脑的工具,不也是森林开发出来的吗?变形菌的大规模出现,刚好说明森林必须马上'神隐'。"

"这一次的起因恐怕还是绿园。"

"有可能。我很早之前就在想,植物和人类其实是在不同时空生存的。为什么这么说呢?因为对植物而言,时间的流逝是非常缓慢的,缓慢到它们完全可以忽略时间这个要素。这就是为什么植物的寿命通常比较长的原因。另一方面,人类的一生却并不长。所以我们通常是在追赶时间生存。对植物而言,更重要的是空间;而对人类而言,更重要的是时间。换句话说,人类的世界与植物的世界是很难同步的。绿园酒店抢走了对植物来说最重要的空间,并且以人类的高速度进行建设改造。为了对抗人类的这种行动,植物就必须学着像人类那样处理信息。而最省事的办法就是直接利用人的大脑。"

"……可是,萤女曾跟我说过,只有人类才拥有人类自己的记忆。"

"是。为了思考对付人类的办法,为了处理储存至今的人类的记忆,都必须使用人类的大脑……不管怎样,我们现在的这番话,在科学家看来只不过是笑谈而已。什么依据也没有,全部是想象。我打算从现在开始,用我的一生去研究森林网络。"

"哟,你还没有吃够苦头呀!"

"当然!要是害怕天狗的话,那就干不了植物学家!"

池泽苦笑道:"你自己小心吧。你可不要连累我哟。石那村那一带的天狗有多厉害,你上次是领教过了的。"

"哪里都一样!你以为只有石那村附近的森林才会出现那种现象吗?"

"难道不是吗?"

"我认为任何一处森林都会出现这种现象。只是碰巧我们这次在石那村的森林里面遇到了而已。比如说,位于奥多磨的三头山就曾在1991年爆发过大规模山崩。奥多磨一带只有三头山还残存山毛榉树林,于是,在一家建筑工程承包公司的主导下,当地建起了游览区,取名为'东京森林'。原先的山路被铺成柏油观光大道,山里面也修建了各式各样的商店、展示场所和餐馆。然而,开业第二年便发生了山崩,'东京森林'和周边产业遭受重创。虽然没有跟地震有关的记录保留下来,不过,如果当时我们恰好在场的话,说不定也会有与这次类似的经历。追溯日本各地的历史,与此相近的事例还真不少。所以,我们真的很有必要去更多地了解我们的森林。或许我们人类过去是很了解森林的,那我们更有必要把我们失去的知识都一一找寻回来,恢复我们同森林的和谐关系。我希望在石那村进行的,就是这样的研究。"

"我明白了。咱俩殊途同归,虽然道路不同,可我们的目标是一致的。"

南方点点头,"对了,你去帮我找找石那村那一带已经快被人们遗忘的传说和文化吧。那里面一定隐藏着我们已经失去的宝贵知识。"

在一阵犹如阵雨的蝉鸣声中，池泽站在中乡的公交车站。他背着登山用的双肩包，两手各提了一个旅行包。虽然他穿的是T恤、短裤、凉鞋这样的轻便装束，但一迈开步子，头上的汗还是像瀑布一样流了下来。他并没有觉得不快，心情反而如同在橘子树间飞舞的凤蝶一样轻快。

道路两旁的向日葵在风中轻轻摇摆，似乎在和池泽招手。空气中飘荡着野百合花的浓郁香气。一抬头，深绿色的大山耸立在前方，一动不动地注视着池泽。他也默默地注视着大山。

一切都没有变。在这里生活时的种种回忆就如同植入了这片土地里一样。而今后，他还将继续在这片土地上植入自己的回忆。只是，他花了很长的时间才想明白这回事。

他用眼角余光瞥见了那块没有任何装饰、只写着"民宿"的招牌。推开大门，池泽立刻便听见了咚咚咚的木头碰撞声。剪场正光着上身站在院子中央挥舞斧子。满身肌肉在阳光下闪闪发光。他看见了池泽，于是用毛巾擦了擦汗，抬起头来。

"我回来了……"池泽小声地打着招呼，仍旧提着行李，呆呆地站着。

"你回来得太晚了吧！"剪场指了指右边堆得跟小山一样的柴火，"都是你的。"随后他把斧子递给了池泽。一张被太阳晒得黝黑的脸上，雪白的牙齿露了出来。

致　谢

　　我在写这个故事的时候，早稻田大学创造理工学院综合机械系的三轮敬之教授给予了我诸多帮助。此外，岸昌孝先生、长浜阳介先生、金子隆先生在资料收集方面也给我提供了相当大的支持。我在此向各位深表谢意。

　　下文所列举的参考文献也给了我极大的帮助。在此，也向各位著作者表示感谢。

　　这个故事当中如果有与事实相出入或是不正确的描述的话，都是由于作者本人的无知、不用功和误解造成的，与前文所列的各位先生及参考文献中的各位著作者无关。

主要参考文献

［1］池谷元伺. 地震前，为何动物会骚乱. 日本广播出版协会.

［2］市野隆雄. 蚂蚁的好朋友——热带植物.《言语》1995 年 8 月号 , P28-37.

［3］岩井宏实（主编），近藤雅树（编）. 图解：日本妖怪. 河出书房新社.

［4］梅木清. 认清"竞争者"的植物.《言语》1995 年 8 月号，P20-26.

［5］SHINICHI ENDO. Japan's Ancient Trees Whisper Their Secrets. New Scientist（13 May 1995 p.19）.

［6］加藤久晴. 续 : 伤痕累累的百座名山. Riberuta 出版.

［7］加藤久晴. 新 : 伤痕累累的百座名山. Riberuta 出版.

［8］神山弘. 奥武藏物语. 岳书房.

［9］梳桥康博. 植物有耳朵吗.《言语》1995 年 8 月号，P70-77.

［10］清水博，久米是志，三轮敬之，三宅美博. 场所与共同创造力. NTT 出版.

［11］Jean-Marie Pelt. 植物们的秘密语言. 工作舍.

[12]新间进一,外村南都子(校注/翻译).日本古典全译第34卷:梁尘秘抄.小学馆.

[13]大护八郎.山神诸像及祭祀.国书刊行会.

[14]高林纯示.偷听的豆子.《言语》1995年8月号,P38-45.

[15]佃为成.解说地震的预兆现象.《牛顿》1995年11、12月号,P120-125.

[16]托马斯·高德.未知的地下高热生物圈.大月书店.

[17] TOSHIYUKI NAKAGAKI, HIROYASU YAMADA & AGOTA TOTH. Intelligence: Maze – Solving By An Amoeboid Organism. Nature (28 September 2000 p.470).

[18]贯达人.畠山重忠.吉川弘文馆.

[19]根津富夫,堀内敬一.山里的诗:奥武藏.埼玉出版会.

[20]萩原博光,山本幸宪,伊泽正名.日本变形菌图鉴.平凡社.

[21]萩原博光,伊泽正名.森林的魔法师.朝日新闻社.

[22]藤原信(编著).已经不需要滑雪场了.绿风出版.

[23]三石晖弥.平家萤火虫.酸浆果书籍.

[24]三轮敬之.植物的交流.《言语》1993年9月号,P12-17.

[25]三轮敬之(编).生命机械工程学.裳华房.

[26]三轮敬之.树木间的交流.《言语》1995年8月号,P54-61.